Karla Letterman

Mörderische Masche

Ein Fall für Henri und den Häkelclub

Im beschaulichen Ort Bökersbrück in der Lübecker Bucht scheint die Welt noch in Ordnung zu sein. Bis Maike auf der Weide bei einem Zusammenstoß mit einem Stier ums Leben kommt. Ihr Mann Henri ist am Boden zerstört. Was soll er nur mit Maikes Handarbeitsladen ›Nähschiff & Nadelflotte‹ anfangen? Edda, die einzige Angestellte, möchte einen Verkauf unbedingt verhindern. Ihr gelingt es, Henri für Wolle & Co. zu begeistern und ihn in die Treffen des Häkelclubs einzuspannen. *Häkel-Henri*, wie er fortan von seinen Stammtischfreunden spöttisch genannt wird, bemerkt bald, dass die Damen des Clubs finstere Machenschaften aufdecken möchten, denen wohl auch Maike auf der Spur war. Wurde ihr das zum Verhängnis? Der Häkelclub ermittelt!

Karla Letterman, 1964 geboren, stammt ursprünglich aus dem Harz und lebt heute mit ihrem Mann in Lübeck. Nach dem Abitur erlernte sie bei einer Tageszeitung in Göttingen das journalistische Handwerk. Danach studierte sie Informatik und Philosophie in Hamburg. Hauptberuflich arbeitete sie bereits als Journalistin, Geschäftsführerin einer Druckerei, Werbemanagerin und Software-Entwicklerin.

KARLA LETTERMAN

MÖRDERISCHE MASCHE

Ein Fall für
Henri und den
Häkelclub

dtv

MIX
Papier aus verantwortungsvollen Quellen
FSC® C019821

Originalausgabe 2022

Umschlaggestaltung: Alexandra Dohse unter Verwendung von Bildern
von shutterstock.com/artbesouro; Milanana
Satz: C.H.Beck.Media.Solutions, Nördlingen
Gesetzt aus der Stempel Garamond
Druck und Bindung: Druckerei C.H.Beck, Nördlingen
Printed in Germany · ISBN 978-3-423-22039-2

Für Keno

Prolog

Henri sagte sich später oft, dass er es hätte verhindern können.

»Ich gehe jetzt das Polnische Warmblut ansehen, egal ob es dir Heißblut nun passt oder nicht!«

Er stand im Flur und war stinksauer. Maike wollte ein Pferd begutachten – an einem Sonntag, ihrem einzigen gemeinsamen Tag, und heute noch dazu dem Jahrestag seines Antrags! Er konnte sich noch gut an ihre Rührung erinnern, damals vor fünf Jahren, als er vor ihr auf die Knie fiel und die samtbezogene Ringschachtel öffnete.

Und nun hatte sie das Datum einfach vergessen.

Seine Stimmung hatte sich auf sie übertragen. Sie kickte die Pantoffeln weg, bevor sie ihre Stiefeletten mit dem groben Profil überstreifte, und ließ die Hausschuhe mitten im Flur liegen. Normalerweise nahm sie sich die Zeit aufzuräumen, weil sie wusste, wie sehr er Unordnung hasste. Doch jetzt wollte sie offenbar nichts wie weg.

Sein Verdruss füllte ihn ganz und gar aus; er fand keine Worte. Weder erwähnte er den Jahrestag, noch hakte er nach, was genau sie vorhatte. »Schon wieder ein neues Pferd beim Rinderbaron begutachten?«, war die Frage, die ihm auf der Zunge lag. Doch bevor er sie aussprechen konnte, war Maike schon aus der Tür.

Mit kraftvollen Schritten eilte sie über den Innenhof, zog

ihr Rad aus dem Schuppen und schwang sich in einer fließenden Bewegung darauf.

Er sah ihr aus dem schmalen Flurfenster nach. Heute hob sie nicht die Hand zum Gruß, wie sie es sonst so oft tat. Zum Maike-Gruß, der immer ein klein wenig nachlässig wirkte, doch Henri war sicher, dass das eine antrainierte Attitüde war, da sie sich in Wahrheit auch für den kleinsten Weg am liebsten mit Küsschen und Tätscheln verabschiedete, und er liebte sie dafür. Grundsätzlich jedenfalls.

Als er ihre Hausschuhe mit den Füßen mehr unter die Flurbank trat als schob, spürte er weder Zärtlichkeit noch Verständnis. Er war enttäuscht und unwirsch.

Na gut. Dann würde sie eben stundenlang weg sein. Dann würden sie eben kein Picknick am See machen, nicht zusammen den Crémant probieren, den er, von Vorfreude und heimlichem Stolz erfüllt, extra beim Weinhändler besorgt hatte. Vielleicht würde er die Flasche allein öffnen, nur für sich? Grimmige Schadenfreude erfüllte ihn bei dem Gedanken.

Er trug den dicken Bildband über antike Standuhren, den die Buchhändlerin ihm besorgt hatte, auf die Veranda, ließ sich in den Korbstuhl fallen und blätterte gedankenverloren darin herum. Die boshaft flüsternde Stimme in seinem Kopf gab keine Ruhe, also ging er in die Küche und öffnete den Crémant.

Als das Mobiltelefon klingelte, wusste er sofort, dass etwas nicht stimmte. Der Schreck fuhr ihm in die Glieder, seine Finger waren auf einen Schlag eiskalt. Er tastete nach dem Gerät, nervös, fahrig, stieß die Sektflasche um.

»Deine Frau hatte einen Unfall.« Es war die Mutter des Rinderbarons. Ihre Stimme klang hohl. »Ein … ein Bulle hat sie … Besser, du kommst her.«

Henri verschwendete keinen Gedanken an Promille und Fahrtüchtigkeit. Er sprang in den Kangoo und trat das Gaspedal durch.

Den Suzuki Jimny, der ihm auf schnurgeradem Feldweg entgegenkam, hätte er beinah gestreift. Doch statt eines schlechten Gewissens braute sich Wut in ihm zusammen: Wer bitte ist in einem solchen Spielzeugauto unterwegs? Diese Farbe allein! Leuchtendes Türkis, wie lächerlich! Ein Möchtegern-SUV in Bonbonpapier. Zum Teufel mit diesen Sonntagsfahrern!

Nach der Kurve am Lindenhain sah er Blaulicht. Es kam von rechts, von einer der Weiden. Henri kannte die Feldwege und nahm direkten Kurs auf die große Koppel.

Maike lag da, reglos, mit seltsam verdrehten Beinen. Eine Rettungsassistentin, die neben ihr gekniet hatte, erhob sich. Henri nahm überdeutlich wahr, wie der andere Sanitäter zum Wagen ging und das Blaulicht ausschaltete.

Henri kauerte sich neben Maike, strich ihr über den Arm, über die Schürfwunden. Sie lag auf der Seite. Am Rücken war das Shirt modrig-feucht und klebte am Körper. Er wagte nicht, es hochzuschieben. Er berührte mit dem Handrücken zart ihre Wange. Sie war nicht kalt. War sie nicht sogar ziemlich warm? Da war doch Leben in ihr, merkten die das nicht? Warum schalteten die das Rettungslicht aus? Waren die noch zu retten?

Henri rief und schrie und brüllte.

Er spürte eine Hand auf seiner Schulter. Sanften Druck auf dem Arm. Hörte Stimmen in wattiger Ferne. Säuseln, Raunen, Murmeln. Es drehte sich. Irgendwas drehte sich. Irgendwas zerschellte.

Vor dem inneren Auge sah er die umgestoßene Sektflasche,

sah den Crémant heimtückisch in die Ritzen zwischen den Verandadielen triefen.

Dielen. Streben, Stäbe. Augen glänzten. Böses Glänzen. Schillernder Ring. Der Bulle tänzelte aufgebracht im Fanggitter. Die Leute des Rinderbarons hatten ihn offenbar eingefangen.

Henri sah die breite dicke Stirn, ein Bollwerk, sah dunkle schlierige Augen auf sich gerichtet. Der Nasenring des Bullen glänzte silbern. Blank gewienert wie Sonntagsschmuck.

1

Holunderblütenmelancholie

Edda Langner stand mit zwei prall gefüllten Segeltuchtaschen vor dem hinteren Busausstieg, eingeklemmt in der Menge der Mitfahrenden. Ihre lederne Handtasche trug sie schräg über dem Oberkörper, um in jeder Hand eine der ausladenden Taschen halten zu können, die zwar nicht schwer, aber unhandlich waren. Sie bugsierte sie mühsam durch die Masse von Menschen, die unmittelbar vor Schul- und Arbeitsbeginn unterwegs waren. Manchmal wünschte sie sich, Jugendliche würden Älteren ihren Sitzplatz abtreten, so wie sie es selbst früher getan hatte, doch das passierte heutzutage nur alle Jubeljahre einmal. *Ich sehe eben noch nicht so alt aus,* versuchte sie sich zu trösten, doch wenn sie ehrlich war, wusste sie genau, dass ihre grauen Haare sie in den Augen von Kindern eher noch älter als 58 machten.

Der Busfahrer bremste so abrupt, dass mehrere Fahrgäste stolperten und unfreiwillig nach vorn, zurück oder zur Seite taumelten. Dabei verkeilte sich die Tasche, die Edda links trug, so unglücklich zwischen Rucksäcken, Armen und Schultern, dass sie sie von leichter Panik befallen im letzten Moment losließ.

Als sie auf dem Gehweg stand und sich beide Bustürhälften seufzend schlossen, sah sie aus dem Augenwinkel, wie ein halb garer, rothaariger Bursche aus dem Bus sich in ihre Richtung ironisch zum Dank verneigte. Er schwenkte dabei zwei, drei Holunderzweige wie eine Trophäe über seinem Kopf. Edda war bedient. *Eine Stunde Arbeit im Eimer. Und der schöne, stabile Segeltuch-Shopper beim Teufel.*

Sie hatte noch überlegt, ob sie nur eine oder doch besser beide Taschen mit Holunderblüten füllen sollte. In der Feldflur hinter ihrem Haus gedieh der Schwarze Holunder prächtig und säumte die Wege im Frühsommer mit seinen weißen, duftigen Blüten, die wie Schaumkronen auf dem grünen Blättermeer tanzten. Doch gestern hatte sie dann gar nicht mehr aufhören mögen, die Dolden abzuknipsen, so herrlich meditativ fand sie die Arbeit. Außerdem hatte sie im Stillen gehofft, dass die Chefin, der sie die Blüten versprochen hatte, damit genug Sirup produzieren würde, um ihr ein Fläschchen abzutreten. Dann hätte sie endlich wieder einen guten Grundstoff für ihren Lieblingscocktail Hugo. Doch so blieb wieder nur der Sirup aus dem Supermarkt, den sie viel zu süß fand. Unwirsch ruckte Edda ihre Handtasche zurecht, klemmte die Tragegriffe des verbliebenen Shoppers unter dem rechten Arm fest und trat in zügigem Schritt ihren Fußweg an.

Das süße Aroma der Holunderblüten stieg ihr in die Nase und weckte eine vage Erinnerung. Sosehr sie sich aber auch bemühte, sie bekam sie nicht richtig zu fassen. Der Treibsand verstrichener Jahre hatte davon nicht mehr als eine Ahnung zurückgelassen. Es musste ein schönes Erlebnis gewesen sein, Edda spürte, wie ein Hauch Sehnsucht sie streifte.

Sie schloss die massive Holztür auf und betrat den Handarbeitsladen ›Nähschiff & Nadelflotte‹ durch den Hintereingang. Im Flur ließ sie die Riesentasche mit den Dolden auf den Boden gleiten und schob sie sacht mit dem Fuß an die Wand. Sie streifte den Lederriemen über den Kopf, hängte die Handtasche an den Griff der Küchentür und fuhr sich mit beiden Händen durch die raspelkurzen Haare, ihr Markenzeichen. *Mecki-Schnitt* hatten ihre Freunde früher dazu gesagt, oder *Igel*. Dann kam jemand auf *Stachelbeere*, und diese Bezeichnung hatte ihr gefallen, sie klang so vorwitzig-weiblich.

Edda war früh dran. Umso besser, dann konnte sie Kaffee aufsetzen und in Ruhe ein Tässchen trinken, bevor die quirlige junge Chefin den Laden mit Tatkraft flutete.

Es war Montagmorgen. Wahrscheinlich würden sie Zeit haben, die neuen Angebote der Lieferanten zu studieren, bevor die ersten Kundinnen den Laden betraten. Edda freute sich darauf, in den Katalogen zu schmökern. Handarbeiten waren ihre Leidenschaft, schon seit der Schulzeit. Während ihre Freundinnen im Bett bei Taschenlampenschein aufgeregt ›Bravo‹-Heftchen durchgeblättert hatten, hatte sie selbst bis tief in die Nacht hinein Norwegermuster gestrickt. Sie tat das für ihr Leben gern, begleitete das Werden eines Kleidungsstücks mit dem stolzen Staunen der Urheberin und sah gespannt zu, wie selbst entworfene Rhomben, Sterne und Ranken heranwuchsen.

Wolle, Garn und Webwaren strahlten für Edda Geborgenheit aus, es waren die Rohstoffe einer Kreativität, die Beständiges schuf. Stricken war ihre liebste Handarbeit, doch sie brannte auch für Häkeln, Sticken und Nähen. Sie bekam nicht genug davon, aus Seide, Mohair, Baumwolle, Perlgarn, Filz und Kunstleder etwas Neues, etwas Einmaliges entstehen zu lassen.

Edda hatte auf dem Lederstuhl hinter dem Verkaufstresen Platz genommen. Die Ladentür war aufgesperrt. Falls eine Kundin oder ein Kunde einträte: Sie wäre bereit.

Ein wenig wunderte sie sich, dass Maike noch nicht da war. Zwar kam die Chefin hin und wieder ein bisschen später, aber sie versäumte es eigentlich nie, Edda darüber zu informieren. Nun ja, Montagmorgen. Maike wusste, dass nichts Dringliches anlag, wahrscheinlich dehnte sie das Frühstück ein wenig aus; Henri, ihr Mann, war in Kurzarbeit geschickt worden und hatte es vermutlich nicht eilig. Das Uhrengeschäft, in dem er als Feinwerkmechaniker arbeitete, durchlebte gerade eine Auftragsflaute. »Eine vorübergehende«, wie Maike ihren Mann zitierte. *Mal sehen*, dachte Edda.

Ihr Blick fiel auf den Holunderstängel, den sie aus dem Doldenmeer herausgefischt und in eine schmale Glasvase gestellt hatte. Seine Blüte war klein und von berührend filigraner Anmut. Spontan zog sie einen Bleistift aus dem mintfarbenen Stifteköcher, schnappte sich ein Blatt aus dem Papierstapel des Belegdruckers und begann mit einer Skizze.

In schnellen, sicheren Strichen hatte sie fünf Blätter um einen schlanken, geschwungenen Stiel angeordnet, dann begann sie eine schirmförmige Rispe zu zeichnen. Sie ließ einzelne Blüten aus der Dolde hervorschießen wie weiße Sternschnuppen. *Voilà!* Ein aufregend asymmetrisches Gebilde war entstanden. Sie konnte sich die Holunderblüte als pastellfarbenes Strickmuster auf mitternachtsblauem Grund vorstellen oder auch als Stickvorlage für eine Tischdecke. Sie würde mit Maike besprechen, ob sie darauf aufbauend vielleicht sogar einen Blütenmusterkatalog entwickeln sollte. Wie sie diese kreative Arbeit liebte!

Edda betrachtete die Skizze noch einmal mit Abstand – und

plötzlich war sie da, die Erinnerung. Sie mochte zwölf oder dreizehn Jahre alt gewesen sein, als sie für den Biologieunterricht ein Herbarium anlegen sollten. Taglichtnelke, kriechender Günsel, Holunderblüte, Hahnenfuß, Spitz- und Breitwegerich, Bärenklau. Oft war sie gemeinsam mit einem Mitschüler und Freund aus Kindergartentagen losgezogen, um die Blumen und Kräuter zu sammeln. Rafael – oder hieß er Rainer? – riss stets voller Ungeduld die Pflanze mitsamt fleischiger Wurzel aus dem Boden und wunderte sich dann, wenn sie beim Pressen nicht richtig trocknete. Doch eines Tages …

Edda stockte. Ihr Blick war durch das Schaufenster auf zwei betagte Damen gefallen, die auf dem Gehweg vor dem Laden innegehalten hatten. Sie kauften hin und wieder Druckknöpfe oder Stopfgarn für zwei Euro zwanzig und taten dann so, als könnte das Geschäft ohne ihre Einkäufe nicht existieren. Jetzt fuchtelte die Ältere mit ihrer Gehhilfe vor der Fensterscheibe herum, und beide schüttelten, als sie Eddas Blick bemerkten, empört die dauerwellenumrahmten Häupter. Edda sprang auf, doch als sie aus der Ladentür trat, hatten sich die beiden abgewandt und watschelten, immer noch kopfschüttelnd, weiter.

Edda kontrollierte den Gehweg, sammelte drei Hamburgerverpackungen auf, die der Wind an die Wand vor dem Schaufenster gedrückt hatte, und ging ins Haus zurück. Vermutlich hatten die Alten geargwöhnt, der Müll stamme aus ihrem Laden.

Edda entsorgte das Einwickelpapier im Müllcontainer auf dem Hof und nahm wieder im Lederstuhl Platz. Die Zeichnung lag vor ihr auf dem Verkaufstisch. Feingliedrige Blätter, zarte Blüten, wie in ihrem Herbarium, wie es sein sollte. Rainer hingegen – nein, Raimund hieß er! – hatte sich wie ein Junge fürs Grobe gebärdet.

Sie erinnerte sich jetzt lebhaft an die eine besondere Szene. Als sie Raimunds frisch geschnittenen, feisten Holunderstängel sah, entwand sie ihm diesen lachend und ließ ihn so lange neue Stiele schneiden, bis er einen passend zierlichen vorweisen konnte. Da saßen sie dann inmitten der duftenden Dolden, stachen ihre Strohhalme in die Pappkrusten von Sunkist-Pyramiden und saugten, plötzlich verlegen, süßliche Limonade ein. Da ergriff Edda die Initiative: Indem sie vorgab, die geschnittenen Stängel zu sortieren, berührte sie wie beiläufig Raimunds Finger. Zuerst hatte er seine Hand erschrocken zurückgezogen, doch es dauerte nicht lange, bis er Gefallen an dem Spiel fand. Hatten sie sich nicht schließlich sogar einen hastigen Kuss auf die Wange gedrückt? Edda schloss die Augen, um die Bilder jenes Sommers heraufzubeschwören.

Die gläserne Pendeltür ächzte, jemand betrat energischen Schrittes den Laden. Edda schrak zusammen. Kaum war sie einmal ausnahmsweise nicht hundertprozentig präsent, rauschte natürlich die Chefin herein!

Doch es war nicht Maike, sondern Frau Padderatz, die Frührentnerin, die über dem Supermarkt wohnte und an manchen Tagen mit einem schier unerschöpflichen Redebedürfnis in den Laden kam. Sie betrachtete dann vorgeblich Wollneuheiten, während sie sich mit zunehmender Empörung über rauchende Kassiererinnen und Lageristen beschwerte, deren Ausdünstungen bis in ihr Wohnzimmer zogen – als ob Maike oder Edda daran etwas ändern könnten.

Edda holte Luft. Frau Padderatz' Gesichtsausdruck nach zu urteilen, mussten die Angestellten des Supermarkts heute geradezu erbittert um die Wette paffen. Sie machte sich auf eine ausufernde Predigt über mangelnde Rücksichtnahme gefasst.

»Finden Sie es wirklich schicklich, den Laden heute zu öffnen?«

Der Tonfall stimmte, doch der Text irritierte Edda.

»Wie meinen Sie?«

»Na, besonders pietätvoll ist das ja wohl nicht.« Frau Padderatz brummte oder grunzte, es war auf jeden Fall ein verächtliches Geräusch.

»Ja, aber was …?«

Da klingelte das Ladentelefon. Edda war froh. Vielleicht entwickelte sich ein längeres Gespräch, und die Frührentnerin würde wieder von dannen ziehen.

Sie erkannte die Stimme zunächst nicht. »Wie bitte? Welcher Henri … was? Sind Sie das, Herr Ketelsen?«

Edda sah Frau Padderatz an und hob entschuldigend die Schultern. Da ihr Gegenüber die Geste jedoch nicht vollends richtig deutete, legte sie die Hand über das Mikrofon und murmelte beklommen: »Verzeihung – ob Sie mich wohl bitte allein lassen könnten?«

Nachdem die lästige Besucherin den Laden verlassen hatte, schloss Edda die Tür ab. Irgendwas war passiert.

Wie in Trance nahm sie den Telefonhörer wieder auf, lauschte und hörte sich schließlich selbst sagen: »Herr Ketelsen – einen Moment … das … das kann doch nicht sein. Das ist doch ganz unmöglich …« *Dafür ist sie viel zu jung.*

Nachdem Henri Ketelsen aufgelegt hatte, starrte Edda den Telefonhörer an, ohne die Nachricht zu begreifen. Diese Wörter ergaben doch keinen Sinn! *Maike ist tot.*

Edda räumte Wollknäule von links nach rechts und wieder zurück. Dabei leerte sie einen Becher Kaffee nach dem anderen. Inzwischen spürte sie ihr Herz bis zum Hals schlagen, gleichzeitig fröstelte sie. Wirre Gedanken schossen ihr durch den Kopf. *Was mache ich jetzt mit den Holunderblüten? Welcher Jahrgang ist Maike noch gleich?*

Sie warf einen Blick auf die Wanduhr, vergaß die Uhrzeit jedoch sofort wieder. Den Laden konnte sie heute nicht mehr öffnen, Frau Padderatz hatte recht gehabt.

Als sie ›Nähschiff & Nadelflotte‹ durch den Hintereingang verließ, vergaß sie abzuschließen. An der Bushaltestelle fragte sie sich, warum ein junger rothaariger Mann sie so schuldbewusst musterte. Sie hatte den schon mal gesehen, doch wo?

Als sie auf die Rückbank gesunken war, weit entfernt von den anderen Fahrgästen, und die ausgedehnte ostholsteinische Feld- und Wiesenlandschaft an ihr vorüberglitt, kam ihr eine Frage in den Sinn, die sie bis ins Mark traf: Was würde jetzt aus ihr werden?

2

Henris Vorsatz

Henri konnte Dosen-Ravioli und Tiefkühl-Croque nicht mehr sehen. Seit acht Wochen waren sie seine Hauptnahrungsmittel. Doch ab sofort würde er wieder richtig kochen!

Er würde auch wieder auf Menschen zugehen. Mit Schaudern erinnerte er sich an sein Telefonat mit Edda Langner am Tag nach dem Unfall. Er hatte nur gestammelt, war kaum in der Lage gewesen, einen zusammenhängenden Satz zu formulieren. Die folgenden Gespräche waren ihm etwas besser gelungen, aber stets hatte er sich hinter dem Telefon verschanzt. Doch so konnte es nicht weitergehen, er konnte sich nicht dauerhaft verkriechen. Henri seufzte.

Als er den Gurkenhobel suchte, wurde ihm klar, wie lange er kein Gemüse mehr geschnippelt hatte. Eigentlich hatten sie das Einkaufen und Kochen gerecht unter sich aufteilen wollen, doch mit der Zeit war es darauf hinausgelaufen, dass Maike, die geübter und einfallsreicher war, kochte, während Henri die Lebensmittel besorgte.

Wenn möglich, kaufte er direkt bei regionalen Erzeugern ein. Als Junge vom Bauernhof hatte er den Unterschied zwischen frischer Ware und Supermarktprodukten sehr genau kennengelernt, und auch wenn er jetzt in einem Reihenhaus ›in der Stadt‹ lebte, wie seine Eltern sich ausdrückten, legte er

Wert auf unverarbeitete Lebensmittel. Dass er sich seit Maikes Tod fast ausschließlich von Konserven ernährt hatte, war gar kein gutes Zeichen.

Den Gurkenhobel fand er schließlich nicht in der Besteckschublade, sondern im Gewürzfach. So flink und energisch Maike auch gewesen war, ein System hatte sie nicht gehabt. Oder wenn, dann eines, das nur sie selbst durchschaute.

Henri reihte die geschälten Kartoffeln der Größe nach neben der weiß-blauen Fayenceschüssel auf, legte den Hobel mittig auf den Rand und begann, die Knollen über die metallene Schnittfläche zu ziehen. Im Radio, NDR 1 Welle Nord, tönte Kylie Minogue ›Can't get you out of my head‹. Die Wörter segelten am Rande seiner Wahrnehmung vorbei. Henri arbeitete im Takt. *Can't* – Schnitt. *Out* – Schnitt. *Head* – Schnitt.

Er stellte sich vor, Maike würde ihn beobachten. Wenn er die Kartoffeln bis auf drei Zentimeter heruntergehobelt hatte, legte er die Enden beiseite, um nicht mit dem Daumen ins Messer zu geraten. *Vorausschauend wie immer, Henri,* würde sie jetzt sagen, ihm im Vorbeigehen einen Kuss auf den Nacken drücken und feststellen, dass sie ihm wieder einmal die Haare nachschneiden musste. Oder sie würde eine Bemerkung über seine großen, feingliedrigen Hände machen, die sie so schön gefunden hatte.

Bratkartoffeln zubereiten war von Anfang an ihre Sache gewesen, darauf hatte sie bestanden. Aber er hatte ihr oft genug zugesehen und wusste, dass er Geduld brauchte, wenn er rohe Kartoffeln verarbeitete. Also würde er noch damit warten, die Eier aufzuschlagen und unterzurühren, sonst brannten sie an. Kartoffeln, Eier, Gewürzgurken dazu – fertig wäre sein Bauernfrühstück. Schinken hatte er nicht, egal.

»Stay forever and ever, and ever, and ever«, lockte Kylie. Diese Worte drängten in Henris Bewusstsein vor, sie schmerzten. Er verstellte den Drehregler des Radios, bis er den eifrigen Singsang eines Sportreporters hörte. Eishockey. Das interessierte ihn nicht die Bohne, gut so. Da kam man nicht auf Gedanken, die man nicht ertragen konnte.

Das Öl war heiß, Henri schaufelte die erste Lage Kartoffelscheiben in die Pfanne. Er rüttelte behutsam am Griff und hoffte, dass die Kartoffeln elegant hin- und herglitten. Für den Fall, dass Maike zuschaute. Es gelang ganz gut. So – und jetzt ... Er hatte im Gefühl, dass nun ein bestimmter Handgriff an der Reihe war. Schneiden, schaufeln, rütteln, rühren ... schütteln! Natürlich, jetzt musste man von weit oben drei, vier Prisen Salz locker aus dem Handgelenk schütteln und darauf achten, dass sich das Salz gut verteilte.

Der Salzstreuer stand auf dem Tisch. Es waren nur noch drei Körnchen darin, er brauchte Nachschub. Henri schob vorsichtshalber die Pfanne von der heißen Herdplatte und zog den Apothekerschrank mit den Gewürzen auf. Der handliche gelbe Karton fiel ihm sofort ins Auge, Jodsalz. Leer. Mist! Eine leere Packung in den Schrank zurückstellen, das konnte auch nur Maike passieren. Wo war die neue Schachtel? Er schob die Döschen und Tütchen im Gewürzfach beiseite. Cayennepfeffer, Oregano, Kümmel, Kurkuma. Zimt, Thymian, wieder Kurkuma. Nelken, orientalisches Rosengewürz, Harissa. Und da ... Henri kniff die Augen zusammen, das konnte doch nicht wahr sein: noch mal Kurkuma! Dafür kein Salz in Sicht.

Nun, salzen konnte man auch nachträglich. Henri stellte die Pfanne zurück auf die heiße Platte und regelte die Temperatur herunter. Dann schob er die ersten Kartoffeln an den Rand und schaufelte eine zweite Lage hinein.

Er widmete sich dem zweiten Gewürzfach. Diverse Currys vom Altenauer Kräuterpark, Maikes Wundermittel. Ob das Dal-Bhat-Gewürz zum Bauernfrühstück passte? Henri öffnete vorsichtig den Deckel der rechteckigen Dose und schnupperte. Lecker! Jedenfalls zu Linsen …

Er probierte das Brasil-Gewürz. Nein, das eignete sich wirklich nur für Fleisch- und Grillgerichte, wie es auf dem Etikett stand. Grillen, Rindersteak, Henri spürte einen Kloß im Magen. Der Rinderbaron züchtete Fleischrindrassen, Charolais, Angus und seit Neuestem auch Fleckvieh. Der Bulle, der Maike getötet hatte, war ein Angus. Guter Zuchtbulle, sehr gefragt. Henris Schultern verkrampften. Aus dem Verkehr ziehen sollte man den! Stattdessen zeugte er am laufenden Band weitere breitstirnige Ungeheuer.

Die Kartoffeln in der Pfanne meldeten sich mit einem Zischen. Henri fuhr zusammen. Die meisten sahen schon knusprig aus. Schnell drehte er sie mit dem Pfannenwender um. Sein Magen knurrte. Zeit, die Eier aufzuschlagen. Jetzt fehlte nur noch dieses verflixte Salz!

Vielleicht brauchte man es gar nicht. Henri beschloss, es durch würzige Schärfe zu ersetzen. Er streute eine gehäufte Teelöffelladung Cayennepfeffer in die Pfanne. Drei Prisen Harissa folgten und dann noch – wozu hatte man das Zeug schließlich? – ein Löffelchen Kurkuma. Er rührte beherzt um, während der Sportreporter mit großem Enthusiasmus den Puck höchstselbst ins Tor zu katapultieren schien.

Zeit, eine Kartoffel zu probieren! Henri sonderte eine Scheibe ab, schob sie an den Pfannenrand, piekte mit der Gabel hinein – gar, aber nicht zu weich, perfekt! Herzhaft biss er ein Stück ab. Sein Mund wurde augenblicklich trocken, der

Bissen stach, vor Schreck schluckte er, dann schnappte er nach Luft.

Als sein Hustenanfall endlich abgeklungen war, wusste er nicht, wie sich der Herd ausgestellt hatte. Die Pfanne, die ganz unschuldig auf dem Herd stand, bot ihren Inhalt fotoreif dar. Vom Rand der Arbeitsplatte blitzte die Cayennepfeffer-Dose wie materialisierte Schadenfreude zu ihm herüber.

Er musste hier raus! Kurz entschlossen schlüpfte er in die schon leicht ausgelatschten Mokassins und nahm seinen sandfarbenen englischen Trenchcoat vom Haken. Maike hatte sich immer darüber amüsiert, wie sehr er an dem alten Stück hing! Sorgsam strich Henri über den Stoff, der nach wie vor tadellos war. Er mochte Wertarbeit und zog ein zeitlos elegantes Kleidungsstück jedem modischen Trend vor.

Er steckte den Haustürschlüssel in die Seitentasche, überquerte mit langem Schritt die Schwelle und zog die Tür zu. Erst nach hundert Metern und einer steifen Brise um die Nase fragte Henri sich, ob es klug war, ins Max Muckefuck zu gehen. Es war Donnerstagabend: Heute tagte der Stammtisch.

»Stell dich dem Leben, Junge!« Deutlich hörte er die Worte der Mutter in seinem Ohr. Sie hatte für seine Liebe zur Literatur, die sie für Besessenheit hielt, kein Verständnis gehabt. Auch wenn er ihr immer versichert hatte, er werde einen praktischen Beruf ergreifen, was er als Feinwerkmechaniker schließlich auch getan hatte, hatte sie ihre Zweifel gehabt. »Du musst raus aus deinem Schneckenhaus!« Er hatte abgewunken, weil er darin kein Problem sah. Er zog sich eben gern mal zurück.

Aber im Alter von 35 Jahren, an einem Donnerstag im Juli, fasste sich Heinrich Ketelsen junior auf dem Weg in die Kneipe ein Herz. *Ich nehme es wieder mit dem Leben auf.*

Nur einen Atemzug später fragte er sich, ob das gelingen konnte. Es gab so viele Kreaturen mit breiter Stirn. Er hatte ihnen zwar zwei geschickte Hände, Logik und Mutterwitz entgegenzusetzen, doch unter der Trauer funktionierten sein Kopf und sein Herz nur bedingt.

Max Johannsen stand hinter dem Tresen des Max Muckefuck und produzierte wie am Fließband Bier mit Blume. Er nickte Henri kurz zu. War da etwas Linkisches in seinem Blick? Doch Max zerstreute Henris Bedenken, als er ihm zusätzlich in altvertrauter Weise zuzwinkerte. »Zum Stammtisch, Bro?«

Das »Bro« war neu, wahrscheinlich ein Zugeständnis an die hippen Hamburger Gäste, die neuerdings die Kneipe fluteten. Sie nahmen eine Fahrt von 80 Kilometern und mehr in Kauf, um dem Tipp in einem Szenemagazin zu folgen: *Max Muckefuck, eine herrlich abgefuckte Location am Rande der Zivilisation mit sprichwörtlich schlechtem Kaffee.* So hatte es die unerschrockene, kneipenerfahrene Reporterin beschrieben. Die Großstädter, spitz auf abgefahrene Erlebnisse, folgten der Empfehlung. Bald hatten sie raus, dass man im Max Muckefuck zwar den Kaffee am besten in die Blumentöpfe kippte, dafür aber ein bezahlbares, ehrliches Herrengedeck bekam, von dem man in Hamburg nur noch träumen konnte. Max hatte außerdem, angeregt durch die polnischen Pflegekräfte im Ort, das *Wodkagedeck* auf die Karte gehoben: 4 cl Wódka Mazowiecka, zwei sauer eingelegte Pilze und ein Rauchwurstende. Da er den polnischen Schnaps im Dutzend billiger bezog, hatte er einen Deal mit den Mitarbeitern der Bökersbrücker Polizeistation abgeschlossen. Diese kontrollierten die Fahrer mit ›HH‹-Kennzeichen erbarmungslos, waren dafür aber angesichts ostholsteinischer Autos von plötzlicher Blindheit befallen. Im Gegenzug schloss Max an jedem zweiten Freitag im Monat die Falttür zu seinem Veranstaltungsraum diskret hinter einer Gruppe durstiger Uniformträger.

Henri hielt auf den hinteren Kneipenraum zu, in dem der Stammtisch stattfand. Seine Schritte wurden langsamer. Er fuhr sich mit den Fingern über den Kopf. Jetzt, da Maike ihm nicht mehr die Haare schnitt, musste er sich dringend einen Friseur suchen! Wahrscheinlich sah er mittlerweile aus wie ein verlotterter Säufer. Wann hatte er das letzte Mal bewusst in den Spiegel gesehen?

Wie auf Knopfdruck begann er das Auf und Ab des trunkenen Geschwätzes wahrzunehmen. Der Sportreporter meldete sich im Hinterkopf: *Ran an den Feind. Volle Fahrt voraus. Gib's ihm, Bro!* Bro, Brother, Bruder. Nun gut, schließlich war er einer von ihnen.

Henri trat einen Schritt vor. Er spürte die Ratlosigkeit der anderen wie eine Trennwand zwischen ihnen. *Wie spricht man bloß einen Kumpel an, der gerade viel zu jung Witwer geworden ist?*, mochten sie sich fragen.

Andy Blumenroth mit den überlangen Beinen rutschte auf dem dünnen Polster des Kiefernstuhls ein Stückchen nach rechts, dann gleich wieder nach links und schließlich ganz nach vorn. Der spitze Winkel in seinen Knien sah ungesund aus. »Henri! Na so was …«

Kris Grundmann gickelte verlegen. »Heinrich junior, alte Socke«, wofür er gleich den tadelnden Blick seines Gegenübers erntete.

Engelbert Bruns, wenngleich näher an Heinrich seniors Alter, wusste, dass der Junior seinen Vornamen hasste, und er hatte Verständnis dafür. Er nannte ihn niemals Heinrich.

»Henri, setz dich zu uns.« Engelbert deutete auf den freien Stuhl zu seiner Linken.

Henri verharrte für einen Moment. Früher hatte er sich am Stammtisch wie zu Hause gefühlt. Aber *früher* war, wenn auch nicht lange her, doch so weit weg. *Früher*, das war vor Maikes Tod gewesen. Früher, als er noch wusste, wohin er gehen konnte und wo er hingehörte.

Natürlich war ihm klar, dass Andy, Kris und besonders Jochen Möllerhahn, der Rinderbaron, der heute in der Runde fehlte, schon immer hinter seinem Rücken über ihn scherzten. Alle außer ihm arbeiteten in der Landwirtschaft und fühlten sich ihm überlegen, was Kraft, Härte und Robustheit betraf. Für sie war er *Henri, unser Sensibelchen.* Doch im Großen und Ganzen waren die Jungs in Ordnung; wenn er Hilfe brauchte, konnte er mit ihnen rechnen, genau wie er sie umgekehrt unterstützte, wenn ein Motor zu reparieren war. *Fast* jedem half er. Jochen Möllerhahn war davon ausgenommen.

Früher lag in verhangener Ferne. Die Jungs hatten keine Ahnung, wie sie ihm jetzt helfen sollten. Er würde sich an Wodka-Gedeck und Bratkartoffeln entlang hangeln müssen, um ihr stilles Einverständnis wiederherzustellen. Zum Glück war Jochen nicht da. Henri atmete geräuschvoll ein.

Er ließ sich auf den Stuhl neben Engelbert fallen. Sein Magen machte sich erneut bemerkbar und grollte unüberhörbar.

»Ein Steak, mein Junge?« Engelbert Bruns klopfte ihm auf die Schulter.

Steak war das falsche Stichwort, es klang nach Fleischrindbullen. Henri begann zu keuchen. Kris, der es gut meinte, rief der Kellnerin *doppeltes Herrengedeck für Henri* zu. Die anderen schlossen sich der Bestellung an.

Als die Getränke aufgetragen wurden, begann sich die Stimmung zu entkrampfen. Andy prostete Henri zu. »Sag mal, was machst du jetzt eigentlich mit Maikes Geschäft?«

»Ich … ach, weißt du …« Henri nahm einen großen Schluck Bier. »… das … das entscheide ich morgen.«

Kris, der für sein glucksendes Lachen bekannt war, gickelte einmal mehr. »Behalt's doch!«

»Genau, werde Geschäftsmann!«, pflichtete Engelbert ihm grinsend bei.

»Wollladenbesitzer, das ist mal was ganz anderes«, rief Andy und klopfte auf seine mageren, spitz gewinkelten Oberschenkel. Dann wurde er kurz ernst. »Du musst nur auf diese Häkel- und Strickclub-Frauen aufpassen. Die haben nicht nur spitze Nadeln, sondern auch spitze Zungen!«

Kris prustete los. »Strickclub, wow! Da eröffnen sich ganz neue Welten. Bald strickst du deine Westen selbst!«

»Pullunder«, murmelte Henri.

»Hä? Pullunder? Mensch, das klingt schon wie'n Fachausdruck!« Kris fand mit jedem weiteren Schluck Alkohol größeren Gefallen an seinem eigenen Vorschlag. »Hast dich schon heimlich eingearbeitet, was?«

Engelbert lächelte väterlich. »Das will alles gut überlegt sein.«

Kris ließ sich nicht irritieren. »Henri, der Stofflieferant von Bökersbrück!« Er johlte.

Henris Schädel dröhnte. Warum war es so kompliziert, sich dem Leben zu stellen? Warum hielt es so viele Tücken bereit? Warum ließ es Leute Fragen stellen, die einem selbst nicht in den Sinn kamen?

»Willkommen zurück. Lange nicht gesehen, Henri.« Der da mit volltönender Stimme im Plauderton sprach, besaß sie, die breite Stirn. Jochen Möllerhahn lehnte lässig am Rahmen der Falttür und sah auf die Runde herab. Henri blickte zu ihm hoch und musste feststellen, dass ihm das nicht bekam. Sein Blickfeld verschwamm. Etwas glitzerte. Er hielt es nicht aus, er musste weg.

»Was ist mit dir los?«, fragte Andy, der Henri zum Pissoir gefolgt war.

Henri stützte sich an der Wand ab, taumelte trotzdem. »Dieser Ring … seit wann … Wieso hat der einen Nasenring?«

»Was für einen Nasenring?« Andy krauste die Stirn. »Bro, wovon sprichst du?«

Bro, das war zu viel. Henris Körper sackte zusammen. Ungewollter Wodka, geharnischtes Lächeln und heimtückisches Glitzern überkamen ihn. Er würde einen neuen Versuch machen, sich dem Leben zu stellen. Aber erst, wenn diese silbern schimmernden Ringe nicht mehr überall auftauchten.

3

Maikes Laden

Henri war spät in Gang gekommen. Wieder einmal war es eher Mittag als Morgen. Wieder einmal wollte sich keine Tatkraft einstellen. Doch diesmal musste er sich aufraffen.

Nach Maikes Tod hatten sie ›Nähschiff & Nadelflotte‹ sieben Wochen lang nur mit stark eingeschränkten Öffnungszeiten betrieben, erst seit diesem Montag hielt Edda Langner den Laden wieder regulär geöffnet. Was für ein Glück, dass die patente Frau in der Lage war, den Laden selbstständig weiterzuführen! Auch die Entscheidung, ab wann sie wieder regulär öffnen sollten, hatte sie ihm abgenommen. Doch er konnte sie unmöglich die ganze Woche über allein lassen. Sie hatten vereinbart, dass er vorbeischauen würde, und daran würde er sich halten, auch wenn er sich lieber weiterhin verkrochen hätte.

Seit Torben Wucherpfennig ihn in Kurzarbeit geschickt hatte und ihn lediglich zweimal pro Woche im Uhrmacherladen erwartete, kam Henri nur noch zu diesen Gelegenheiten – dienstags und mittwochs – zeitig auf die Beine. An den anderen Tagen brühte er einen Pfefferminztee auf, schob das Plissee am Schlafzimmerfenster halb hoch, sodass er genug sehen konnte, ohne dabei geblendet zu werden, und krabbelte zurück unter die heimelige Decke.

Manchmal verweilte sein Blick auf dem Hochzeitsfoto, das auf Maikes Nachttisch stand. Immer wieder wunderte er sich, dass sie trotz ihrer hochhackigen Pumps so klein neben ihm wirkte, dabei maß sie doch 1,74 Meter. Damals hatte er seinen Bleistiftbart schick gefunden; Maike hatte ihm den noch vor der Hochzeit ausreden wollen, doch es hatte weitere zwei, drei Jahre gebraucht, bis er sich auch mit blankem Gesicht wohlfühlte. Wie gepflegt er ausgesehen hatte! Er musste unbedingt seine strähnig, beinah zottelig fallenden Haare in Form bringen lassen!

Wenn Henri mit seinem Tee wieder im Bett lag, fragte er sich: lesen oder lösen?

Hätte man ihm vor einem halben Jahr prophezeit, er werde sich einmal ernsthaft mit Sudoku befassen, hätte er entschieden den Kopf geschüttelt. Inzwischen hatte er nicht nur den Stapel Rätselhefte von Maikes Nachttisch abgearbeitet, sondern längst Nachschub besorgt. Er redete gern ein wenig mit den Zahlen. »Na, naseweise Neun, denkst du, dass du vor der schüchternen Zwei drankommst?« Oder: »Auch wenn Maike dich jetzt nicht sehen kann, heißt das nicht, dass deine hinterhältige Taktik unbemerkt bleibt.«

Maike und Zahlen: eine Liaison, die er nie recht durchschaut hatte. Ziffern schienen zu ihr zu sprechen, nicht nur aus Sudoku-Aufgaben. Wenn es galt, Umsätze und Besucheraufkommen zu analysieren, oder wenn aus langen Kolonnen Rückschlüsse gezogen werden mussten – immer dann war Maike Feuer und Flamme. Bevor Henri sie besser kannte, war er von einem Zusammenhang zwischen mathematischer Begabung und systematischer Arbeitsweise ausgegangen. Doch Maike widerlegte diese Vermutung gnadenlos. Zwar überschlug sie abzuführende Mehrwertsteuer und Gewinn im null Komma nichts, stellte dann aber leere Salzpackungen zurück ins Regal. Außerdem hinterließ sie Papierfetzen mit wichtigen Notizen an den unmöglichsten Orten. Einmal hatte er sie zufällig an einen Arzttermin erinnert, weil er unter dem Zahnbecher ein Zettelchen hervorlugen sah. »Gyn, 9 h«, hatte er ihr vorgelesen, und sie hatte es gerade noch rechtzeitig in die Praxis geschafft.

Bei Henri verhielt es sich umgekehrt: Er war planvoll und gewissenhaft, doch Kopfrechnen hasste er. Immerhin begann er jetzt, sich mit den Ziffern im Sudoku-Quadrat zu versöhnen.

Im Nachhinein spürte er ein nicht unerhebliches Schuldbewusstsein, weil er Maike so oft gerügt hatte. »Dein Rätselfimmel hält dich vom Lesen ab. So ist schon mancher verblödet«, hatte er bisweilen behauptet und demonstrativ das neueste Werk von Richard David Precht oder auch die ›ZEIT‹ auf seine eigene Bettdecke geworfen, in der Hoffnung, Maike würde, während er sich wusch, einen Blick riskieren und dann vom guten Text nicht mehr loskommen. Nichts dergleichen war je passiert. Wenn sie ihre Zahlenrätsel satthatte, hatte sie zu ihren eigenen Wälzern gegriffen: ›Bewegungsapparat Pferd‹ etwa oder ›Handbuch Reitpraxis‹.

Wann immer er jetzt nicht einschlafen konnte, nahm Henri eines der Bücher zur Hand. Sie dufteten beide nach ihr: das Handbuch nach ihrem Mango-Haarshampoo, und das andere kurioserweise nach ihrer Lavendel-Handcreme. Mit einem Maike-Buch auf dem Kissen, dicht neben seinem Gesicht, hatte er eine Alternative zum Schäfchenzählen ersonnen. Dabei musste er sämtliche Pferde einer riesigen Herde nacheinander beim Namen rufen. Zwischen Improvisationen wie *Maika*, *Maiko*, *Maraika* und *Sulaika* gelang es ihm schließlich, wegzudösen.

Wenn sich Henri morgens fürs Lesen entschied, staunte er

über den Sitz von Erbsenbein und Sesambein, über Krongelenk und weitere anatomische Pferdespezialitäten – aber nur so lange, bis er den Tee ausgeschlürft hatte. Dann schwang er sich aus dem Bett.

An diesem Freitag hatte es mit dem Schwung nicht klappen wollen. So war es bereits kurz vor elf, als Henri ausgehfertig das Haus verließ und sich Richtung ›Nähschiff & Nadelflotte‹ aufmachte. Beinah wunderte er sich ein wenig über sich selbst. Warum tat er sich so schwer mit diesem Weg? An Edda Langner lag es nicht, auch wenn er sie nur flüchtig kannte und bezüglich ihrer Anrede etwas verunsichert war. Ihr weithin bekannter Spitzname, *das Frollein*, war sehr präsent, zugleich aber auch wahnsinnig irritierend. Prompt verhaspelte sich Henri gleich bei der Begrüßung.

»Moin, Fräulein, äh Frau …«

Den ersten Satz hatte er schon mal vermasselt. Betreten schwieg er. Hinter ihm schwang die gläserne Pendeltür ins Schloss und klang wie eine Ohrfeige. Zum Glück war keine Kundschaft im Laden.

Die eher kleine, untersetzte Angestellte trat beherzt auf Henri zu. Ihre streichholzkurzen Haare, deren Farbe zwischen aschblond und mausgrau changierte, hätten sie im Einklang mit dem ungeschminkten Gesicht ausdruckslos erscheinen lassen – wäre da nicht das Kleid gewesen. Henri fiel Maikes Bemerkung über eine Berliner Design-Ikone ein, deren Modeschöpfungen Edda Langner liebte. An mehr erinnerte er sich nicht; aber dass ein kornblumenblaues, hochgeschlossenes Strickkleid aus gegenläufig gestreiften Rauten mit schrägem Schlitz überm Knie etwas Außergewöhnliches war, sah sogar er auf den ersten Blick.

»Also guten Tag, äh …, Frau Langner.«

Zu Henris Erleichterung sah sie ihn freundlich an. »Frollein bitte.«

»Fräulein, also Frollein, aber … soll ich Sie wirklich so nennen? Ich dachte …«

»Sie dachten, das sagt man nicht mehr?«

»Ja.« Henri nestelte ein großes weißes Baumwolltaschentuch aus der linken Hosentasche.

»Das geht nicht nur Ihnen so, Herr Ketelsen. Die Leute in Bökersbrück haben mich zwar über die Jahre einfach als Fräulein Langner angesprochen, doch den meisten war klar, dass das unpassend war. Ich fand es oft sogar unverschämt.«

Henri nickte.

»Aber dann … wissen Sie, wo sich meine Meinung geändert hat?«

Henri schüttelte den Kopf.

»Geben Sie ruhig mal einen Tipp ab!«

Henri straffte den Rücken. »In … Stockelsdorf?«

Edda Langner lachte aus vollem Hals. »Wie kommen Sie denn darauf?«

»Weil, äh … Stockelsdorf, da kommt meine Mutter her, und damals sagte man das doch noch mit dem Fräulein und … also, es ist ja auch nicht so weit weg von hier.« Henri betupfte seine Stirn mit dem Baumwolltuch.

»Stockelsdorf!« Edda Langner schüttelte erheitert den Kopf. »Ich will es Ihnen verraten: in Berlin.«

Henri schob das Tuch wieder in seine Hosentasche. »Ach. Und wie?«

Sie kicherte. »Ich war zu einer Familienfeier eingeladen, und mein Neffe … ich kann Ihnen sagen, der kennt sich aus!

Einmal pilgerte er abends mit uns durch die Stadt. Wir landeten in einer Bar und die hieß: *Frollein Langner.*«

Henri versuchte einen Pfiff, doch der geriet etwas lahm. »Ui.«

»Es gab noch Kuchen vom Café-Betrieb am Nachmittag und dazu Cocktails. Polar Crush, Manhattan … und irgendwas mit Piraten, das weiß ich noch.«

»Piraten und Sahneschnitten?«

»Tja … Berlin, Herr Ketelsen.«

Henri nickte.

»Waren Sie schon mal da?«

Henri schüttelte den Kopf.

»Wollten Sie denn nie hin?«

Henri wiegte den Kopf von links nach rechts.

Er bemerkte die Tränen in seinen Augen erst, als Edda Langner den Blick abwandte.

»Maike und ich wollten zusammen hin. Zu unserem Hochzeitstag. Fünf Jahre wären es gewesen, jetzt im September. Sie hat da ein Hotel empfohlen bekommen, direkt an der S-Bahn. Oder U-Bahn. Wir wollten ins Uhrenmuseum und danach zum Hoppegarten.« Henri schluckte. »Rennbahn und Restaurant.« Er wischte sich mit dem Riesentaschentuch über seine Augen. »Und wer weiß, vielleicht wären wir später auch noch in eine Bar gegangen.«

Edda Langner räusperte sich und sprach schnell weiter. »Jedenfalls finde ich es seit diesem Barbesuch ganz nett, *Frollein Langner* genannt zu werden. Ist so etwas wie ein Privatwitz. Als würde man mich kurz zurück nach Berlin beamen.«

»Also …« Henri atmete auf. »Dann weiß ich ja jetzt endlich, wie ich Sie richtig anspreche.«

Edda Langner ließ eine kurze Pause verstreichen. »Und ich

bin froh, dass Sie gekommen sind. Ich dachte schon, das wird nichts mehr in dieser Woche.«

»Aber das hatten wir doch vereinbart.«

»Ja.« Edda Langners Blick flog zum Wandkalender. Freitag. Henri äugte konzentriert auf ein Regal neben dem Kalender, in dessen Fächern sich riesige, flauschige Wollbälle drängten. Und damit sollte man noch etwas stricken? Die sahen doch schon nach Endprodukt aus!

»Verkauft sich so was?« Er deutete zum Regal.

Das Frollein nickte. »Natürlich. Was glauben Sie, wie schnell man damit einen Schal gestrickt hat! Zwei rechts, zwei links, zehn Maschen, fünfzig Reihen, und fertig ist Vatis Weihnachtsgeschenk.«

»Sie halten wohl nicht so viel davon?«

»Hm. Wie soll ich sagen.« Sie stützte sich mit einer Hand auf dem Ladentisch ab und stemmte die andere in die Hüfte. »Ich finde, das ist mehr eine Imitation von Handarbeiten. So als behaupte man, man würde kochen, obwohl man nur Peperoniöl auf die Fertigpizza kippt, bevor man sie in den Ofen schiebt.« Sie blies Luft durch die Nase. »Na ja, etwas übertrieben vielleicht. Aber für den Laden ist das natürlich gut.«

»Ja. Verstehe.« Henri räusperte sich. Wie, um alles in der Welt, sollte er das Gespräch über Handarbeitsutensilien weiterführen? Maike hatte nicht ein einziges Strickzeug zu Hause herumliegen lassen. Mit Wolle und Stoff hatte sie sich nur im Laden beschäftigt, denn »nach acht Stunden muss ich mal was anderes sehen«, hatte sie immer gesagt.

Das Frollein sah Henri erwartungsvoll an. Schnell sagte er: »Ja … wie lief es denn bis jetzt so? Sind Sie … äh … gut klargekommen?«

»Warten Sie, ich hole Ihnen mal ein paar Unterlagen.« Sie

hatte sich vom Ladentisch abgestoßen und war auf dem Weg durch die rückwärtige Tür zum Büro. »Sie passen 'n Moment auf den Laden auf, ja?«, rief sie aus dem Hintergrund.

Henri blickte fest auf die Eingangstür, als könnte er abweisende Strahlen hindurchschießen. Niemand sollte sich nähern.

Edda Langner tauchte mit einem altmodischen Ringbuch und einem DIN-A-4-Block wieder auf, die sie auf dem Tisch, direkt neben Henris linker Hand platzierte. »Das sind Kassenzettel und hier …«

»Hallo! Hallo, Fräulein! Ich steh im Halteverbot und muss gleich wieder … Könnten Sie grad schnell …?«

Wer in Bökersbrück lebte, kannte die Frau, die im Eilschritt den Laden betreten hatte. Sie hieß Roselinde Flieder, organisierte für ihr Leben gern Benefizgalas und war in allen Vereinen des Ortes Mitglied. Auf jeder Jahreshauptversammlung, bei denen sie zuverlässig das Wort ergriff, stellte sie sich stets mit dem Satz »Ich bin die Linde« vor.

»Höhö, und ich die deutsche Eiche«, hatte Kris Grundmann im Verein der Gartenfreunde dazwischengerufen und schallend gelacht. Später hatte er beim Stammtisch stolz darüber berichtet und es gleich auch kommentiert: »Rose – Linde – Flieder, da wird einem ja ganz blümerant! Warum die nicht ihren Mädchennamen behalten hat …« Jochen Möllerhahn wusste wie immer Bescheid: »Früher hieß sie Nelkenstängel.« Da hatte Kris Ruhe gegeben.

Edda Langner ließ Henri stehen und wandte sich der stürmischen Kundin zu. »Was kann ich für Sie tun?«, fragte sie verbindlich.

»Sie haben ja bestimmt Dochtgarn. Ich möchte nämlich für

meinen Mann zu Weihnachten …« Die Frau hielt inne, um Luft zu holen. Dann erblickte sie das Regal neben dem Kalender und steuerte direkt darauf zu. Sie zog ein lila-rot-orange-meliertes Flauschknäuel heraus und rieb es an ihrer Wange. »Wundervoll weich. Welche Nadelstärke brauche ich? Zehn? Zwölf?«

Edda Langner räusperte sich. »Ja, Nadelstärke zwölf. Aber sind Sie sicher mit der Farbe? Wozu soll Ihr Mann den Schal denn tragen? Es wird doch ein Schal, nehme ich an?«

»Ja, ja, natürlich. Zur dunkelblauen Caban-Jacke. Oder zum Lodenmantel, der ist auch dunkelblau. Dominic kann doch nicht immer nur Blau tragen!«

Eifrig begann Edda, Garn beiseitezuschieben.

Die Kundin schnaubte. »Ich sag's gleich: Mit Grau brauchen Sie mir nicht zu kommen.«

»Das hatte ich auch nicht vor.« Edda griff tiefer ins Regalfach und brachte zwei Knäuel zum Vorschein, eines in Mintgrün, das andere in zartem Fliederton. »Wie wäre es hiermit?«

»Etwas lahm für meinen Geschmack. Natürlich, in Ihrem Alter, Fräulein … Mein Mann ist aber erst 48.«

Edda lächelte fein. »Und immerhin Bürgermeister.«

Linde Flieder schnaubte erneut. Sie drückte Edda die melierte Wolle in die Hand und begann, selbst im Regal zu wühlen. Sie zog ein pinkfarbenes Knäuel hervor, dann ein grasgrünes und schließlich noch ein schwefelgelbes. Sie drückte sie nacheinander an Wange und Handrücken, wog sie in der Hand und hielt sie gegen das Licht. Vergessen waren Hast und Halteverbot.

Henri wandte sich ab. Er schlug das kleine Ringbuch auf, in dem das Frollein offenbar die Kassenzettel der letzten Woche abgeheftet hatte. Ziellos begann er sie durchzublättern. Die Belege waren nach Datum sortiert. Darüber hinaus konnte Henri keine andere Ordnung erkennen. Er fand keine Zusammenstellung, keinen Zettel mit einer Aufsummierung, keine Notizen. 66 Euro für Alpakawolle – war das viel oder wenig? Baumwolle kostete nur 29 Euro, aber er wurde nicht recht schlau aus den Mengenangaben. Er klappte das Büchlein wieder zu und widmete sich dem Schreibblock.

No-to-do-Liste stand oben auf der Seite, dreimal unterstrichen. Darunter eine Aufzählung: *Vorräte Kühlschrank, RR Lana Grossa, Lieferung Schneider?, Inventur, Mülltonne rausstellen.* Das Wort Inventur war rot eingekreist.

Henri hob das obere Blatt leicht an und lugte auf Seite zwei. Tatsächlich, auch beschrieben. Er blätterte die erste Seite gänzlich um. *Do-to-do-Liste* las er. Auch dieser Überschrift folgte eine Aufzählung: *Lager fegen, Hof fegen, Küche feudeln, Anruf H., Notizen M. abarb.* Hier ging es offenbar ums Auskehren.

Was wohl diese Listentitel bedeuteten? *No-to-do*, *Do-to-do*, Henri musste an Do Re Mi Fa So denken, wusste aber nicht, ob die Angestellte des Wollladens auch über musikalische Kenntnisse verfügte.

Die Angestellte. Ist das Frollein jetzt meine Angestellte?, schoss es ihm durch den Kopf. Wie verhielt sich das bloß? Nach Maikes Tod … ohne Testament … Er würde recherchieren und womöglich sogar einen Anwalt fragen müssen.

»Hach, ich freu mich so, Fräulein!«

Henri sah die Frau des Bürgermeisters mit zwei prall gefüllten Papiertüten aus dem Laden schweben. Die Farben des Inhalts konnte er nicht mehr erkennen.

Er war neugierig geworden. »Na? In welchem Kolorit werden wir den bürgermeisterlichen Hals im Winter bewundern?«

Edda Langner lächelte, während sie die nicht verkauften Vorführknäuel ins Regal zurückräumte. »Raten Sie einmal!«

»Ich tippe auf den Klassiker zu Blau. Weiß.«

»Aber nein! Wie würde Frau Flieder dazu sagen: einfallslos. Und nicht mutig genug.«

»Also: himbeer-aubergine geringelt?«

Das Frollein kicherte. »Das hätte ich nicht zugelassen. Schließlich sagt man hinterher: Sie ist im ›Nähschiff‹ beraten worden. Ich spanne Sie nicht länger auf die Folter: Wir haben ein leuchtendes Türkis ausgesucht.«

Leuchtendes Türkis. Henri sah vor seinem inneren Auge einen SUV auf einem Feldweg aufblitzen. Bekam er jetzt auch noch Visionen? Irritiert schüttelte er den Kopf, wie um das Bild auszuradieren.

Edda Langner deutete die Geste als Missbilligung. »Nun sagen Sie mal nichts gegen diese Farbe! Die passt zu Dunkelblau ebenso gut wie zum Winterweiß von Frau Flieders eigenem Mantel.«

Henri nickte schnell. »Türkis zu Blau und zu Weiß, verstehe. Deshalb die große Menge.«

»Ja. Frau Flieder war ganz begeistert von der Aussicht, etwas im Partnerlook zu stricken, was trotzdem schnell geht.«

»Zweimal Pizza mit Chiliöl«, murmelte Henri.

»Aber die Begeisterung war rührend, glauben Sie mir!«

»Zeuge Ihres Verkaufstalents bin ich ja nun geworden, aber verraten Sie mir doch bitte noch, was diese Bons hier unterm Strich bedeuten.« Henri klappte das Ringbuch auf.

»Der Umsatz ist nicht schlecht. Handarbeiten liegen wieder voll im Trend, und mit dem Click-and-Collect-System hat Ihre Frau auch noch eine zusätzliche Zielgruppe erschlossen.«

»Müssen wir das denn weiter anbieten?« Henri dachte an die Pflege des Internetauftritts. »Der Verkauf läuft doch auch so gut, oder?«

Henri registrierte Edda Langners behutsam-überlegenes Lächeln, das ganz zu ihrer Erwiderung zu passen schien. »Aber natürlich. Bei meinem Verkaufstalent …«

Das war ein Stichwort. »Apropos Talent: Sind Sie eigentlich musikalisch?«

»Wie bitte?«

»Ach, ich sah vorhin den Titel dieser Seite«, er warf einen beiläufigen Blick auf den Schreibblock, »und musste an Do Re Mi Fa So denken.«

Das Frollein lächelte. »Nein, das sind meine To-do-Listen, werfen Sie ruhig einen Blick drauf!«

»Hm, hm, Lieferung. Hm, hm, Mülltonne.« Henri tat so, als lese er die Notizen erst jetzt. »Aber sagen Sie, was bedeutet denn eigentlich No-to-do?«

»Na ja, To-do-Liste sagte ich schon. Die No-to-do ist meine *normale* To-do-Liste.«

»Ach.« Henri hatte inzwischen umgeblättert. »Und Do-to-do? Die Liste für donnerstags?«

Edda gluckste verlegen. »Das ist meine *doofe* To-do-Liste, um ehrlich zu sein. Putzen und so was.«

»*Anruf H.* Bin ich das vielleicht?«

Dem Frollein stieg zarte Röte ins Gesicht, ein Farbton, den Linde Flieder für unsichtbar erklärt hätte. »Aber ich bitte Sie, Herr Ketelsen. Ich duze Sie doch nicht.«

Noch nicht, dachte Henri. *Bei Maike hat das nicht lange*

gedauert. »Dann vielleicht Ihr heimlicher Geliebter.« Henri, entgeistert von seiner eigenen Dreistigkeit, räusperte sich eilig. »Verzeihung, die Bemerkung vergessen Sie bitte.« Er blinzelte. »Denn dann hätte der Anruf ja auf der *Go-to-do*-Liste gestanden.«

Das Frollein schaltete sofort. »Eine gute To-do-Liste, meinen Sie? Go für *good*?«

»Genau. Gibt es die auch?« Henri schlug auch das zweite Blatt um, die Seite dahinter war jedoch unbeschrieben.

»Die gibt es in meinem Kopf«, sagte das Frollein, und ihr Lächeln kehrte zurück. »Aber dazu kommen wir später. Jetzt muss ich mit Ihnen über die Inventur sprechen.«

»O ja.« Henri seufzte leise. »Ist die schon gemacht?«

»Eben nicht.« Edda Langner legte den Kopf schief und sah Henri in die Augen.

»Ähm – was wollen Sie mir mit dieser Geste sagen?«

»Sie wissen, was.«

»Ich soll Ihnen helfen.«

Edda Langner wiegte den Kopf. »Eigentlich verhält es sich etwas anders, meinen Sie nicht? Es ist nicht mein Laden. Ich muss keine Unterlagen beim Steuerberater abliefern.« Sie richtete ihren Kopf wieder gerade aus und sah Henri weiterhin an. »Aber wenn Sie wollen, helfe ich Ihnen.«

Henri rang mit den Händen. An so etwas hatte er überhaupt nicht gedacht! Jetzt musste er auch noch Garnbälle und Häkelhaken zählen. Diesen Laden konnte man nur schnellstmöglich verhökern!

Zum Frollein sagte er: »Ausgezeichnet, vielen Dank. Und an wann dachten Sie?«

»Morgen ist ja noch bis 14 Uhr geöffnet. Also Sonntag.«

Henri schluckte. Sonntag … Nun, er hatte keinen Ausflug

geplant. Kein Picknick am See. Keinen Crémant … Er spürte Tränen aufsteigen und zwang sich, diese Gedanken zu unterdrücken. Schnell fragte er: »Und was steht eigentlich auf der Go-to-do-Liste? Der Liste in Ihrem Kopf?«

»O – gut, dass Sie mich daran erinnern.« Edda Langner wischte sich über die Stirn. »Es gibt noch Vorräte, die Ihre Frau besorgt hatte. Die können Sie bestimmt gut gebrauchen. Ich habe Ihnen ein Beutelchen zusammengepackt.«

Sie gingen durch den Flur hinter dem Ladenraum in die Küche. Das Frollein deutete auf den Kühlschrank. »Es ist noch ziemlich viel Schmand da. Vorgestern abgelaufen, aber ungeöffnet ist der garantiert noch zwei, drei Wochen haltbar.«

Das Beutelchen entpuppte sich als eine fast bis zum Zerreißen gefüllte Einkaufstüte. Henri fühlte sich an Madame Flieder erinnert, als er damit aus dem Laden stapfte. Unterwegs überlegte er angestrengt, was er mit 800 Gramm saurer Sahne anstellen sollte. Gab es vielleicht ein unkompliziertes Gericht wie *schnelle Schmandkelle*?

Als Henri die Taschen auf die heimische Arbeitsplatte hievte, fiel sein Blick auf den Herd. Weil er Lebensmittel höchst ungern wegwarf, hatte er das zu scharf geratene Bauernfrühstück im Kühlschrank geparkt … Neutralisierte Sahne nicht Gewürze aller Art? Plötzlich wusste er: Seine erste Eigenkreation stand kurz vor dem Praxistest. Er gab ihr den Namen *Teufelskartoffeln im Schmandbett*.

4

Eddas Opfer

»Müssen *wir* das denn weiter anbieten?«

Edda Langner dachte wieder und wieder an diesen Satz. *Wir.* Henri Ketelsen hatte gestern *wir* gesagt und es nicht einmal bemerkt. Er würde den Laden schon haben wollen, er wusste es nur noch nicht.

In einer halben Stunde würde sie schließen, bis dahin konnte sie schon einmal Maikes Inventurlisten heraussuchen und sich damit vertraut machen. Sie stellte die Türglocke auf maximale Lautstärke und fixierte die Durchgangstür zwischen Verkaufsraum und hinterem Ladenteil mit einem Kabinenhaken. Dann zog sie auch die Bürotür weit auf, schob den Laptop auf dem Schreibtisch beiseite und schaltete den Rechner ein. Maike hatte den alten PC behalten, den sie nicht ans Internet anschloss. »So bleiben unsere Kundendaten und die Verträge sicher. Wir führen die Hacker gar nicht erst in Versuchung«, das war ihr Credo gewesen. Die Unterlagen für den Steuerberater transferierte sie per Datenstick. Um Preise zu recherchieren oder E-Mail-Bestellungen aufzugeben, nutzten sie stets den Laptop.

Edda war sicher, dass Maikes Vorsicht auch mit dem blamablen Vorfall in der Gemeindeverwaltung zu tun hatte. Seinerzeit suchte man nach einem neuen Namen für die Hauptgeschäftsstraße, weil *Hindenburgstraße* nicht mehr zeitgemäß erschien. Um die Akzeptanz der Bevölkerung für die Maßnahme sicherzustellen, schrieb man einen Namenswettbewerb aus und ließ dann abstimmen. Die Vorschläge reichten von Feierabendweg (»weil man erst schlendern gehen kann, wenn man Feierabend hat«) über Beamtenlaufbahn (»führt zum Rathaus, ganz wie der Fußweg in Kiel«) und Hölle (»macht Touristen neugierig«) bis Heidi-Klum-Boulevard (»die nach ihr benannte Fuchsie stammt aus Bökersbrücker Zucht«) und Björn-Engholm-Straße. Dummerweise sickerte wegen angeblich ungenügender technischer Sicherheitsstandards durch, dass der Bürgermeister den *Heidi-Klum-Boulevard* strikt ablehnte und nach Tricks suchte, diesen Vorschlag unter den Tisch fallen zu lassen.

Daraufhin geschah Folgendes: Selbst Einheimische, denen Klum eigentlich nicht passte, votierten für den Namen, allein aus Protest gegen die versuchte Schieberei. Der Vorschlag gewann haushoch.

Maike Ketelsen, die den neuen Straßennamen peinlich fand, begann zusammen mit Gleichgesinnten die Bezeichnung *Boulevard Bökersbrück* oder, kurz, *Boulevard BB* zu etablieren. Der Fuchsienzüchter schrieb seitdem alle drei Monate einen erbosten Leserbrief an die Tageszeitung, in dem er behauptete, man missgönne ihm die Aufmerksamkeit, die der offizielle Straßenname auf seine Pflanzen lenke.

Edda Langner amüsierte sich immer wieder über Maikes Passwort für den PC, denn dafür hatte sie ausgerechnet Heidi Klum als Grundlage verwendet. Im Vornamen hatte sie e durch 3 und i durch 1 ausgetauscht, und für den Nachnamen hatte sie eine Null eingesetzt.

Nachdem sie den Dateiordner *Inventur* gefunden hatte, stellte sie erfreut fest, dass es nicht nur die Ergebnisse früherer Zählungen, sondern auch Vorlagen gab. Sie druckte sie aus und steckte alle sechs Listenvordrucke sowie die dazugehörigen Erläuterungen in die Handtasche. Die Details würde sie zu Hause durchlesen. Sie hatte noch nie eigenständig eine Inventur durchgeführt, hoffte aber, dass es nicht so kompliziert sein würde. Schließlich ging es in erster Linie ums Zählen – eine Fleißarbeit, bei der sie Jahr für Jahr geholfen hatte.

Edda fuhr den Rechner herunter, dann ging sie in die Küche und gönnte sich einen letzten Kaffee. Sie stellte den leeren Becher in die Spüle, nahm den Generalschlüssel vom Bord – eine von Henri Ketelsen geschnitzte Hakenleiste in Form einer überdimensionalen Häkelnadel – und ging in den Verkaufsraum, um abzuriegeln.

Schon von der Durchgangstür aus sah sie die Silhouette einer Frau durch die große Schaufensterfront. Edda hätte am liebsten die Augen davor verschlossen, doch sie konnte Roselinde Flieder nicht ignorieren, die hektische Bewegungen vollführte und sich mit wehenden Mantelschößen der Ladentür näherte.

»Fünf vor zwölf, oder?«, keuchte die prominente Kundin, nachdem sie durch die Eingangstür gestöckelt war, die Edda ihr aufhielt. »Also, ich meine damit natürlich: Gerade noch rechtzeitig vor Ladenschluss.«

Edda seufzte. Eigentlich war es bereits nach Ladenschluss. Doch sie wollte ihren Arbeitsplatz und somit ›Nähschiff & Nadelflotte‹ erhalten, und dafür würde sie zuweilen ein Opfer wie dieses in Kauf nehmen.

»Es geht auch ganz schnell, versprochen!«

Edda glaubte kein Wort, lächelte aber dennoch reklamereif.

»Ich habe es mir anders überlegt und möchte die Dochtwolle umtauschen. Sie hatten recht mit der Empfehlung, graues Garn zu verwenden.«

Edda war sich sicher, eine derartige Empfehlung nie ausgesprochen zu haben. Schweigend, dabei äußerlich wie innerlich lächelnd, ging sie zum Regal und zog drei verschiedene Sorten Dochtgarn heraus. Statt *Hellgrau*, *Mittelgrau* und *Dunkelgrau* sagte sie »*Silberreiher*, *Nordhimmel* und *Glanzkohle*«.

Die Frau des Bürgermeisters entschied sich für *Nordhimmel*, einen Farbton, mit dem sie nichts falsch machen könne, wie das Frollein ihr versicherte.

»Ich bin Ihnen überaus dankbar für die kompetente Beratung«, gurrte die Kundin, während sie ihre krokodillederne Brieftasche zückte.

»Sagen Sie es gern weiter«, gab Edda Langner zurück und verbuchte unter dem Rechnungsposten *Sonstiges* eine Zusatzgebühr von 20 Euro, die Roselinde Flieder nicht weiter auffiel.

Zehn Minuten nachdem sie Frau Flieder endlich hinauskomplimentieren und den Laden schließen konnte, fuhr Edda mit dem Überlandbus drei Haltestellen in Richtung Timmendorfer Strand. Seit fünf Jahren lebte sie »in der Pampa«, wie ihre Bekannten aus Bökersbrück sagten, die Eddas Meinung nach selbst nicht eben am Nabel der Welt zu Hause waren. Zugegeben – es gab in ihrer Siedlung zwar längst schon keinen fußläufigen Supermarkt mehr, doch den Einkauf konnte sie wochentags nach der Arbeit in Bökersbrück erledigen. Dafür gehörten die Zeiten, in denen neugierige Mitbürger jede Vorhangbewegung registrierten und kommentierten, nun der Vergangenheit in ihrer ehemaligen Bökersbrücker Mietwohnung an. In ihrem neuen Zuhause hatte sie jetzt nicht nur viel mehr Platz. Das große, mit Büschen gesäumte Grundstück konnte man außerdem auch weder von der Straße noch von den Nachbarsgärten aus einsehen.

So war und blieb sie *das Frollein*, Punktum. Eine unauffällige, ledige Frau im Alter von 58 Jahren, die das von den Eltern ererbte Backsteinhaus bewohnte und die obere Etage vermietete. Wer genau der große, ruhige Mann war, mit dem sie nun endlich unbehelligt unter einem Dach leben konnte, interessierte hier niemanden. Und dass das Leben in der oberen und unteren Etage auch nicht wirklich voneinander zu trennen war, bekamen nicht einmal die Nachbarn mit.

Wolfram stakste geräuschvoll die Holztreppe hinunter. »Ich habe dich eher erwartet«, verkündete er. »Der Dorscheintopf ist in zehn Minuten fertig.« Er blickte sie aus bernsteinfarbenen Augen an. »Kommst du dann hoch?«

Edda nickte. »Soll ich einen Grauburgunder mitbringen?«

Wolframs Mundpartie, die Edda an Keith Richards erinnerte, formte ein behutsames Lächeln. »Tu, was du nicht lassen kannst.«

Edda hatte sich in die erste Inventurliste vertieft, als Wolfram »Essen!« rief. Gedankenverloren faltete sie die Zettel zusammen und steckte sie in die Seitentasche des Strickkleids. Sie erhob sich, nahm den Weißwein aus dem Flaschenfach des Kühlschranks und stieg die Treppe hoch.

Er hatte im Esszimmer gedeckt, mit Stoffservietten und extra Brottellerchen. Das Essen trug er in der geschwungenen Suppenschüssel mit Goldrand auf.

Edda seufzte. »Eigentlich wollte ich morgen für uns kochen. Doch ich muss noch mal in den Laden.«

»Was?« Wolfram sah sie aus ungläubig geweiteten Augen an. »Morgen ist Sonntag.«

»Ja doch.« Edda schnaubte. »Aber es muss dringend Inventur gemacht werden, und das kriegt der Ketelsen niemals allein hin.« Sie schob sich einen Löffel vom Eintopf in den Mund, lehnte sich kauend zurück und atmete tief ein. »Ich will diesen Job behalten, verstehst du? Und ich habe einen netten kleinen Plan entwickelt, damit der Laden bestehen bleibt.«

Wolfram war in Gedanken bei seiner eigenen Wochenendplanung. »Ich hatte gedacht, wir könnten morgen nach Scharbeutz fahren. Oder Haffkrug.« Er legte eine kurze, gedankenverlorene Pause ein. »Weißt du noch?«

Edda musste lächeln. »Das Gewitter? Ja, natürlich. Habe nie so einen hinreißenden Spaziergang erlebt.« Erneut seufzte sie. »Manchmal möchte ich auch Malerin sein. Ja, manchmal beneide ich dich um deinen Beruf.«

»Weil man so eine Stimmung für immer festhalten kann?«

»Nein, ich dachte eher an deine Freiheit. Deine Bilder sind gefragt, mehr hast du nicht mit den Leuten zu tun. Was schert dich dummes Geschwätz?«

Wolfram zog die Augenbrauen hoch und holte zu einer Antwort aus, doch dann besann er sich und hielt den Mund.

Edda beugte sich wieder nach vorn und löffelte weiter. Als sie aufblickte, bemerkte sie, dass Wolfram durch sie hindurchsah. Er war in Gedanken weit weg.

Während Wolfram das Geschirr abräumte, studierte Edda die Listen-Vorlagen und die dazugehörigen Erläuterungen. »Damit Ihre Inventur als rechtmäßig anerkannt wird, sind folgende Grundsätze zu beachten: Grundsatz der Vollständigkeit – Keine Doppelzählungen – Richtigkeitsgebot – Nachprüfbarkeit.« Das klang soweit plausibel und logisch. Doch wie stellte man den vierten Grundsatz sicher? Edda las weiter: »Das Inventar ist so aufzustellen, dass es von einem sachverständigen Dritten in angemessener Zeit nachvollzogen werden kann.«

Wer mochte dieser Dritte sein? Was, wenn ein Rosinenzähler vom Finanzamt seine Nase in ihre Erklärungen steckte? Sie fand es ja selbst etwas kompliziert, Wolle und Stoffe zu kategorisieren, schließlich gab es jede Menge Überschneidungen. Tüll zum Beispiel konnte aus Polyester, Polyamid oder auch aus Nylon bestehen – in welche Spalte trug man ihn ein? Sie krauste die Stirn.

Wolfram war zum Rauchen auf dem Balkon gewesen; sie roch es, als er sich wieder zu ihr setzte. Er strich ihr mit dem Zeigefinger sacht über die Stirn. »Feierabend, min Deern.«

Sie seufzte.

5

Rettungseinsatz

Inventur war ein Reizwort. Henri kannte das bislang zwar nur von Torben Wucherpfennigs Fluch-Tiraden, war aber überzeugt davon, dass er diese Pflicht ähnlich unangenehm finden würde wie sein Chef. Was half es! Wenn er das Wollgeschäft verkaufen wollte – und das wollte er! –, musste er eine Bestandsaufnahme vorlegen. Wie gut, dass das Frollein sich bereit erklärt hatte, ihn zu unterstützen.

Weil er die Sudokus am gestrigen Abend vorsorglich in den Keller getragen hatte, war es ihm heute in der Früh gelungen, sich rechtzeitig aufzuraffen. Als er zehn Minuten vor acht am Hintereingang des Wollladens vor verschlossener Tür stand, lobte er sich im Stillen dafür, Maikes Schlüsselbund eingesteckt zu haben. Er sperrte auf, hängte den Trenchcoat auf einen Bügel an den obersten Garderobenhaken und trug seine Tasche mit dem Essen in die Küche. Eines der Lesezeichen in Maikes Pferdeanatomie-Buch war ein Zeitungsausschnitt mit einem einfachen Quiche-Rezept, für das man viel Schmand brauchte. Kurz entschlossen hatte er es am Vorabend ausprobiert – und nun hatte er für sich und das Frollein einen herzhaften Inventur-Pausenhappen dabei. Man konnte schließlich nicht wissen, wie viele Stunden sie an den Laden gebunden wären.

Henris Blick fiel auf die Kaffeemaschine – sehr gut. Bevor

es losging, konnte er einen großen Schwarzen gut gebrauchen! Als er die Thermoskanne nahm, um darin später den Kaffee einzufüllen, stellte er fest, dass sie fast bis zum Rand gefüllt war und der Inhalt sogar noch dampfte. Er probierte einen Schluck. Eindeutig eine besonders teure Bohne. Kurz flackerte in seinem Hinterkopf die Frage auf, ob er dem Frollein das Sparen näherbringen musste. Doch er brauchte sich gar keine Chefallüren anzugewöhnen, schließlich würden sie den Laden nur noch zusammen abwickeln, was bei einem gut eingeführten Geschäft wie diesem nicht allzu lange dauern dürfte.

Henri sah auf die Uhr. Noch nicht ganz acht. Er würde schon mal ins Lager gehen und sich einen Überblick verschaffen.

Als er auf die weiße Holztür mit der aufwendig gestalteten Bleiglasscheibe zuging, in deren Mitte ein in Grün- und Blautönen schillernder Fisch glänzte, wurde ihm bewusst, wie lange er schon nicht mehr hier gewesen war. Um das ehemalige Anglerbedarfsgeschäft in einen heimeligen Handarbeitsladen zu verwandeln, hatte er seinerzeit viele Umbauarbeiten selbst erledigt. »Die Leute müssen sich auf Anhieb wohlfühlen, es muss kuschelig sein«, hatte Maike gemeint und sich gewünscht, alle Metall- durch Holzregale zu ersetzen. Sie hatten für den Ladenraum teures, so gut wie splitterfreies Buchenholz verwendet. Nur im Lager durften die Metallmöbel bleiben – allerdings erst, nachdem Maike die Materialrechnungen für den Laden gesichtet hatte. Henri konnte sich noch gut an ihre unterschiedlichen Meinungen zur Wandfarbe erinnern. Zum Glück hatte er sich durchsetzen können: An einem zarten Apricot sah man sich nicht so schnell satt wie an einem Koralle-Rosé, da war er sich sicher.

Der Fußboden des Lagerraums war zu großen Teilen vollgestellt. Was nur in all den Kartons steckte? Einige waren geöffnet. Henri schlug den Deckel des nächststehenden zurück. Obenauf lag ein Paket hellvioletter Knäuel. *Baumwolle & Hanf*, las er auf dem Etikett. Aus dem Karton daneben glitzerte es bronzefarben: *Naturweiße Schurwolle mit Lurex*, erklärte das Label. Hatte er dieses Garn gestern nicht im Laden gesehen? Henri begann zu schwitzen: Wohin nur mit all der Ware? Das wäre das Erste, was er mit dem Frollein bereden müsste! Viertel nach acht, wo blieb sie nur?

Er machte sich auf den Weg in den Verkaufsraum, um nachzusehen, ob er sich mit dem Glitzergarn irrte.

Konnte es im Regal da rechts neben dem Kalender gewesen sein? Ach nein, darin war ja diese unfassbar voluminöse Flauschwolle. Na, die zu zählen würde nicht zu viel Zeit in Anspruch nehmen. Im Regal daneben fand sich quasi das Gegenteil dazu: Topflappengarn, dünnfädrig und baumwollig. Henri sah die Sorten durch: Dottergelb, Kirschrot, Tannengrün, klare, ehrliche Farben, das war mehr nach seinem Geschmack.

Hatte er da ein Klopfen gehört? Vielleicht hatte Edda Langner ihren Schlüssel vergessen. Er wandte sich der Außentür zu, doch da war niemand. Beim Blick zurück stockte ihm der Atem. Hinter dem Ladentisch lugte die Rückenlehne des Korbsessels hervor, und … verdammt! … das waren doch die Haare des Frolleins!

Henri wagte kaum, sich dem Sessel zu nähern. Sein Puls raste. Das konnte, das durfte nicht wahr sein! Wieder ein Sonntag, wieder ein Unglück. Sie kauerte mehr im Sessel als dass sie saß. Heruntergerutscht, die Arme hingen zu beiden Seiten schlaff herab. Ihre Füße waren maximal abgewinkelt, die Hacken zeigten nach außen, die Fußspitzen zueinander.

Henri zog das Mobiltelefon aus der Gesäßtasche und drückte fünfmal die Sperrtaste. Die Mitarbeiterin der Leitstelle war sofort am Apparat, doch Henri konnte keinen klaren Gedanken fassen. »Ich glaube …, ich habe …«, rief er sinnlos, aber laut.

Im Korbsessel knisterte es. Henri hörte einen Seufzer. Es rappelte. Bewegung kam in den zusammengesunkenen Körper.

»Was …« Das Frollein sortierte die Gliedmaßen, es knackte.

Henri starrte sie an. Er legte auf.

»Was machen Sie denn hier?« Edda Langner wirkte desorientiert wie nach einer Zeitreise.

»Ich, äh … ich bin zu unserer Verabredung gekommen.« Henri streckte ihr geistesabwesend seinen gefüllten Kaffeepott entgegen.

Sie nahm einen gehörigen Schluck. »Mmh, der ist genauso, wie ich ihn mag. Nicht zu stark, aber mit Aroma. Haben Sie klasse hingekriegt.« Sie schlürfte erneut vom Getränk, dann stellte sie den Becher auf dem Ladentisch ab.

»Äh …« Henri fiel selbst auf, dass er diesen Laut zu oft von sich gab. »Nun – den Kaffee haben Sie gekocht. In der Küche steht noch eine ganze Kanne voll. Ich hab mich schon gewundert …«

Edda Langner rieb sich mit der Handfläche über die Stirn, hin, zurück, hin, zurück. »O ja, jetzt weiß ich wieder. Oje. Bin wohl eingeschlafen, was?«

»Sieht so aus. Aber es geht Ihnen doch gut?«

Das Frollein richtete sich nach und nach auf. Henri musste an Maikes Yoga-Lektionen denken. *Behutsam, Wirbel für Wirbel.*

»Ja, ja, es geht mir gut. Ich muss mich vielleicht noch ein bisschen richten …?« Sie sah Henri unschlüssig an, dann zupfte sie den Polokragen ihres langen, kamelfarbenen Strickkleids zurecht.

Henri tat, als hätte er die Frage nicht gehört, wenn es denn eine gewesen war. Er räusperte sich. »Seit wann sind Sie eigentlich hier? Ich dachte, wir treffen uns um acht.«

»Tun wir auch, nur habe ich schon ein bisschen vorgearbeitet. Ich habe heute Nacht unruhig geschlafen, und da dachte ich, ich kann …«

In dem Moment hämmerte es hart gegen das Schaufenster. Henri hatte kurz zuvor ein Martinshorn gehört und sich an der Tischplatte festkrallen müssen, als der Rettungswagen auf der Weide vor seinem inneren Auge erschien. Jetzt drängten sich uniformierte Menschen vor dem Laden. Er holte Luft, löste sich vom Ladentisch, ging zur Eingangstür und öffnete sie einen Spalt.

»Sind Sie Herr Ketelsen?«, erkundigte sich eine hochgewachsene Rotblonde, die ganz vorn stand.

»Ja.« Henri vergaß zu fragen »… und Sie?« Dafür dachte das Frollein daran.

»Möller mein Name«, antwortete die Frau. »Mein Team und ich wurden von der Leitstelle alarmiert. Einsatz mit unklarem Hintergrund. Was ist denn los bei Ihnen?«

Henri stutzte. »Ich habe das Gespräch doch beendet, weil sich alles in Wohlgefallen aufgelöst hat. Woher haben Sie denn diese Adresse?«

»Handyortung.« Das war wieder Edda Langner hinter ihm, sie sprach mit gedämpfter Stimme.

»Moment mal, was heißt denn hier Wohlgefallen?« Die Rotblonde stemmte ihre Arme in die Hüften. Ein Mann mit trendiger Undercut-Frisur, der schräg hinter Möller stand, stieß einen Schwall Luft aus.

»Na, na, …«, Henri riss sich zusammen, »Wohlgefallen heißt, dass es nichts für Sie zu tun gibt.«

»Das wollen wir doch mal sehen. Darf ich?« Ohne eine Antwort abzuwarten, drängte sich Möller an Henri vorbei in den Laden. Mister Undercut folgte ihr, die anderen blieben mit großen Augen auf dem Trottoir stehen.

Die Rotblonde lief geradewegs durch den Laden, hielt auf die Tür zum Flur zu und maß im Vorübereilen den Korbsessel mit schnellem Blick. Sie nickte ihrem Kollegen zu, der ebenso eifrig wie pflichtschuldig die Frage an Henri richtete: »Wem, bitte, gehört denn dieser Schal da am Boden?«

Henri räusperte sich noch, da fuhr der Eindringling schon fort: »Und weshalb liegt er da so, als hätte man ihn übersehen?«

Edda Langner richtete sich auf. »Der gehört mir. Ist übrigens ein Wikingertuch, im Wabenmuster gestrickt.«

Der Mann warf ihr einen irritierten Blick zu.

»Und es liegt da, weil es mir heruntergerutscht ist, als ich im Sessel eingeschlafen bin.«

»Ihnen wurde also ein Schlafmittel verabreicht.«

»Was? Aber nein! Ich bin eingeschlafen, weil ich früh angefangen habe und müde geworden bin.«

»Wie bitte, Sie arbeiten hier bis zur Erschöpfung? Am Sonntag?!« Der Undercut-Mann sah Henri entsetzt an. »Dann hat Ihr Arbeitgeber Sie also in ein menschenunwürdiges Arbeitsverhältnis gezwungen. Na warte, Freundchen, meine Schwester ist Gewerkschaftssekretärin!« Sein Blick schleuderte grelle Blitze in Henris überrumpeltes Gesicht.

Bevor das Frollein die Sprache wiedergefunden hatte, tauchte die Rotblonde aus dem hinteren Teil des Ladens auf. Sorgsam schloss sie die Tür hinter sich. Als sie zu reden begann, klang ihre Stimme gemäßigt. »Keine Verdachtsmomente in den hinteren Räumlichkeiten. Hier etwas Neues?«

Ihr Kollege räusperte sich unentschlossen.

Edda Langner murmelte, für alle hörbar: »So ein Rüpel«, bückte sich etwas steif neben den Korbsessel und hob das meerblaue Tuch mit dem Wabenrelief auf.

Vor der Ladentür wurde es unruhig. Durch das Schaufenster sah Henri, wie einige Menschen auf dem Gehweg zurückwichen, um eine gedrungene Frau mit halb langen haselnussbraunen Haaren durchzulassen. Kurz darauf betrat sie das Ladeninnere.

»Moin allerseits.« Die Stämmige schien von dem Menschenauflauf nicht sonderlich beeindruckt zu sein.

»Peggy!«, rief die rotblonde Möller, und es klang freundlich-erstaunt. Sie trat auf die Frau zu und wechselte leise einige Worte mit ihr, wobei sie unauffällig das Frollein im Auge behielt.

»Peggy!« Edda Langner sog die Luft ein. »Du hast was vergessen«, stellte sie fest. Das war keine Frage.

Die Frau namens Peggy marschierte, nachdem ihr Gespräch mit der Einsatzleiterin beendet war, zielsicher auf den zwölfeckigen Tisch im rechten Teil des Verkaufsraums zu. Das Frollein hatte sich längst wieder abgewandt, um die Rotblonde wegen ihrer eigenmächtigen Erkundungen der hinteren Räume zur Rede zu stellen, doch Henri beobachtete diese Peggy aufmerksam. Irgendetwas in seinem Hinterkopf sagte ihm, dass es sich hier um eine besondere Kundin handelte. Maike musste öfter von ihr gesprochen haben, auch wenn ihm der Zusammenhang gerade nicht einfiel. »Spitze Nadeln, spitze Zungen«, hörte er Andy Blumenroth am Stammtisch sagen. Ob das alles war? Die stämmige Peggy mit ihrem unschuldigen Haselnusshaar sah aus, als hätte sie es in Wirklichkeit faustdick hinter den Ohren.

Als hätte die Frau seinen Blick gespürt, wandte sie sich zu Henri um. »Muss dringend die Schmusedecke weiterhäkeln.

Das Baby meiner Schwester kommt früher zur Welt.« Sie zwinkerte ihm mit dem linken Auge zu.

Sie schob einen der Korbstühle beiseite und griff in ein Ablagefach unter der Tischkante. Von dort zog sie eine lindgrüne Henkeltasche heraus und stellte sie auf dem Tisch ab. Danach langte sie erneut in das Fach und hielt kurz darauf einige zusammengefaltete Blätter Papier in den Händen, die sie zu überfliegen begann. Soweit Henri das mit flüchtigem Blick beurteilen konnte, waren sie handbeschrieben, doch in weiser Voraussicht drehte er gerade noch rechtzeitig den Kopf weg, bevor sie in seine Richtung blickte. Aus dem Augenwinkel registrierte er, wie sie verstohlen die Notizen zusammenfaltete und in die Innentasche ihrer Jacke schob.

»Tja – ich muss dann auch wieder los, tschüs, Edda und äh ...«. Sie hob halbherzig die Hand zum Gruß.

»Und was ist mit Ihrer Schmusedecke?« Henri deutete auf die Henkeltasche, die verloren auf dem Konferenztisch stand.

»Oh, äh ... ja, also danke!« Peggy trat drei Schritte zurück, griff hastig nach der lindgrünen Tasche, verzog den Mund wie zu einem vertraulichen Gruß und eilte aus der Ladentür.

Henri sah seine Mitarbeiterin fragend an.

»Typisch!«, erklärte das Frollein. »Das war Peggy Pump, die Tierärztin, Mitglied im Häkelclub. Die vergisst noch mal ihren eigenen Kopf!«

Henri hatte keineswegs den Eindruck, die Frau sei schusselig oder zerstreut gewesen. Für ihn stand fest, dass sie die Häkeldecke nur als Vorwand benutzt hatte. In Wirklichkeit war es ihr um die Notizen gegangen.

»Was verstauen diese Hobbyfrauen denn so in ihren Ablagefächern?«, fragte er mit harmlos-interessiertem Gesichtsausdruck.

»Na, ihre aktuellen Arbeiten natürlich. Außerdem Anleitungen, Reservenadeln und Wollvorräte.« Edda Langner deutete Henris skeptischen Gesichtsausdruck falsch. »Schließlich kann es vorkommen, dass bestimmte Saisonware nicht mehr lieferbar ist, bevor man seine Arbeit fertiggestellt hat.«

Anleitungen. Konnten die eng beschriebenen Blätter eine Häkelanleitung gewesen sein? Wären sie dann nicht zusammen mit der Handarbeit *in* der Henkeltasche verstaut gewesen? Und warum hätte diese Peggy dann so heimlichtun sollen? Henri beschloss, das Frollein behutsam nach der Tierärztin auszufragen, wenn sie wieder allein wären. Vor allem nach ihrer Beziehung zu Maike. Sein Bauchgefühl sagte ihm, dass es da irgendwo einen Haken gab.

Die Uniformierten hatten begonnen, sich zurückzuziehen, die forsche Möller voran.

Der im Laden verbliebene Kollege – der mit der Gewerkschaftsschwester – schien unsicher zu sein, ob er noch weiter die Stellung halten müsse. Er sah abwechselnd zu Henri und dem Frollein hin, bemüht um einen entschlossenen Kontrollblick.

»Kaffee?«, fragte Edda Langner freundlich.

»Ach nein, danke. Ich denke, wir werden uns wohl verabschieden. Und vielleicht«, er funkelte Henri undurchdringlich an, »vielleicht verzichten wir sogar auf eine Inrechnungstellung.«

Mit aufgerichtetem Rücken stolzierte er aus dem Geschäft.

»Inrechnungstellung.« Henri hob amüsiert die Augenbrauen.

Das Frollein atmete entschlossen aus. »Ich denke, wir beide, Herr Ketelsen, nehmen noch einen ordentlichen Schluck Kaffee. Und dann legen wir aber auch los.« Ohne seine Reaktion abzuwarten, schnappte sie sich Henris Becher und verschwand in Richtung Küche.

Während sich Feuerwehr und Rettungsdienst zurückzogen, erschienen zwei Umrisse vor dem Schaufenster. Henri sah genauer hin. Umriss eins, breitschultrig und o-beinig, gehörte unzweifelhaft zu Jochen Möllerhahn, dem Rinderbaron. Umriss zwei, schmalschulterig, aber breithüftig, war bei ihm untergehakt.

»Sie hört auf den schönen Namen Samantha«, sagte das Frollein, das soeben zurückgekehrt war und Henri einen neu aufgefüllten Kaffeebecher reichte.

Henri musterte die Frau. Ein wenig feist, etwas zu aufgedonnert. Was ihm jedoch besonders auffiel: Ihr Arm ruhte nicht locker auf dem ihres Mannes. Stattdessen wirkte ihre Geste beinah ein wenig unfreiwillig, zumindest aber verkrampft. Und dann fiel Henris Blick tatsächlich noch einmal auf Peggy Pump! Sie hatte nicht weit von den Möllerhahns entfernt auf dem Gehweg innegehalten und fixierte das Paar aufmerksam, fast ein wenig abschätzig.

Obwohl Henri den Rinderbaron seit der gemeinsamen Schulzeit kannte, hatte er seine Ehefrau bislang nur aus der Entfernung gesehen. Kein Wunder, denn abgesehen vom Stammtisch pflegte er zu Jochen keinerlei Kontakt mehr, und bei der donnerstäglichen Runde im Max Muckefuck ließen sich die Frauen nicht blicken. Außerdem war der Rinderbaron noch nicht lange verheiratet, es konnte höchstens ein Jahr sein. *Samantha.* Henri wettete, dass Jochen sie, nach amerikanischer Manier, Sam nannte, oder Sammy. Ob sie wohl Jo zu ihm sagte?

Er wollte sich eben wieder von der Straßenszene abwenden, als Möllerhahn seinen Blick traf. Der Rinderbaron hob beide

Hände und bewegte sie in gegenläufigen, engen Drehungen. Dabei grinste er herausfordernd. Henri verstand sofort, was gemeint war. *Henri, unser verhinderter Landwirt, findet endlich seine Bestimmung beim Stricken.*

»Will der Herr Möllerhahn uns damit sagen, dass er ein Problem mit seinen Handgelenken hat?«, fragte Edda Langner scheinheilig.

Henri schnaubte nur und wandte sich ab. Auch er war einmal witzig und schlagfertig gewesen, so wie das Frollein, doch diese Fertigkeiten würde er neu einüben müssen.

Nach dem ganzen Trubel konnte endlich die Inventur beginnen. Das Frollein führte ihn ebenso eifrig und beflissen wie fachkundig durch den Verkaufsraum. Sie präsentierte ihm handgesponnenes Garn von der Angoraziege und erklärte ihm den Unterschied zwischen Mohair- und Alpakawolle. Gemeinsam sortierten sie Regalfach um Regalfach. Henri protokollierte den jeweiligen Inhalt in einer Tabelle und schrieb den Wert in Euro daneben.

Als Nächstes erreichten sie die Schrankwand hinter dem Ladentisch, wo Nadeln und Knöpfe in durchsichtigen Röhrchen ausgestellt waren. Henri hob eine Häkelnadel auf, die aus der Verpackung heraus und zu Boden gefallen war. Er drehte sie in den Händen. Interessant, dass ein derart filigraner Haken reichte, um aus langen Fäden raffinierte Kleidungsstücke zu fertigen! Henri wünschte sich in diesem Moment, Maike hätte ihre Handarbeiten wenigstens manchmal mit nach Hause gebracht. Auch sie hatte gewusst, wie man Wikingertücher, Schals im Muschelmuster und Norwegerpullover herstellte, und er hatte nicht einmal gesehen, wie sie das machte …

Als Henri Blicke in seinem Rücken spürte, drehte er den Kopf.

»Sie sind doch Feinwerkmechaniker, Herr Ketelsen«, sagte Edda Langner. Sie klang abwartend.

»Ja, bin ich.«

»Na, dann haben Sie doch ein Händchen für feine Arbeiten.«

»Ich denke schon.«

»Na, dann wäre doch das Handarbeiten auch was für Sie.«

Henri zuckte zusammen.

»Ich bitte Sie, Herr Ketelsen! Was wäre so falsch daran?«

Henri schluckte und atmete gleichzeitig und fing an, heftig zu husten und zu prusten. »Ich repariere antike Standuhren und wertvolle russische Armbanduhren. Zahnräder, Motoren. Ich entwirre auch Kabel, wenn es sein muss. Aber ich knüddele doch nicht pinke Schurwolle zu Mützchen zusammen!«

»Sie können ja dunkelblaue Wolle nehmen.« Edda Langner ließ sich nicht so schnell aus der Ruhe bringen.

Henri sah blau, weiß, rot vor sich, klare Farben, seine Farben. Doch dann musste er an Pastelltöne denken, und an geöffnete Kartons. Ihm wurde heiß und kalt. »Dunkelblau, ach so! Und was ist mit dem lila Hanfgarn im Lager? Und mit dem Glitzerzeug? Soll ich das vielleicht auch alles verarbeiten?«

Das Frollein schlug kurz die Augen nieder. »Das ist Trendgarn für unsere Kundinnen.«

»Und wie lange soll es dauern, all das unter die Leute zu bringen? Bökersbrück ist doch nicht Hamburg mit Tausenden von Passanten am Tag.«

»Also ehrlich gesagt«, Edda Langner sprach leise und richtete ihren Blick auf den Boden, »wäre es eher eine Frage an Ihre Frau gewesen, wie man das vermarktet.«

Henri stockte. Dann kam ihm eine Idee. »Wir werden alle

Wollpakete, die nicht angebrochen sind, zurückschicken. Dann brauchen wir uns darüber keine Gedanken mehr zu machen.« Er atmete einmal tief durch, nahm einen Schluck Kaffee und griff nach Blatt und Kugelschreiber. »Ich notiere diese Ware auf einem extra Zettel.«

»Schon geschehen.« Das Frollein straffte den Rücken. »Ich habe heute Nacht wie gesagt nicht gut geschlafen, deshalb bin ich mit dem ersten Bus hergefahren und habe schon mal im Lager mit der Inventur begonnen.«

»Wie? Dann waren Sie ja in aller Herrgottsfrühe hier?« Henri dachte widerstrebend an Mister Undercut und seine Gewerkschaftsschwester.

»Ja. Und um durchzuhalten, habe ich eine ganze Kanne Kaffee gekocht.«

»Oh.« Wie gut, dass er nichts von Verschwendung gesagt hatte! Das wäre peinlich geworden; Chefallüren passten wirklich nicht zu ihm. Henri fing sich wieder, dann fiel ihm ein, was er mitgebracht hatte.

»Wollen Sie vielleicht eine Pause machen? Zweites Frühstück?«

»Ein zweites Frühstück ist wunderbar. Auch für Sie, Herr Ketelsen. So dünn wie Sie jetzt sind, dachte ich schon, Sie essen gar nicht mehr.«

Henri schluckte, dann räusperte er sich. »In den vergangenen Wochen war das auch fast der Fall. Aber jetzt ändert es sich wieder. Ich habe uns eine Möhren-Schmand-Quiche gebacken.«

Schmand. Edda Langner lächelte. »Die ist bestimmt köstlich. Denn Sie haben ein Händchen für feine Dinge, das merkt man wirklich, Herr Ketelsen.«

6

Das ominöse G

Als Henri endlich wieder zu Hause war, wollte er sich nur noch fallen lassen. Der Küchenstuhl war zu hart und zu niedrig, fürs Bett war es noch zu früh, also wählte er klassischerweise das Wohnzimmer-Sofa.

Was für ein Tag! Er hatte panische Angst um das Frollein ausgestanden, einen absurden Rettungseinsatz über sich ergehen lassen, Jochen Möllerhahn mitsamt krampfhaft umarmter Gattin erlebt, aberwitzig viele Wollknäuel gezählt, viel zu viel Kaffee getrunken und ein Mitglied des Häkelclubs kennengelernt, das ihm suspekt vorkam. Peggy Pump. Diesen Namen vergaß man nicht, doch wo hatte er ihn schon gehört? Hatte wirklich Maike von dieser Frau gesprochen? Und wenn ja, was hatte sie erzählt? Henri war klar, dass ihm intensives Grübeln momentan nichts bringen würde; er musste lockerlassen und sich entspannen, dann würden ihm die Zusammenhänge irgendwann wie aus heiterem Himmel einfallen.

Gedankenverloren durchblätterte er ein Reitsportmagazin, das auf dem Glastischchen lag. Da! Schon wieder einer von Maikes Zettelfetzen. *Treff J / AP* stand darauf, darunter ein durchgestrichenes Datum, daneben ein zweites. Henri fuhr zusammen: das war der Tag gewesen, an dem Maike … wo er … der Unglückstag! Henri wischte sich über die Stirn. Das

J konnte ja wohl nur für Jochen stehen, doch was bedeutete AP? *Ansprechpartner* kürzte man so ab, doch welchen Sinn hätte das ergeben? Er besah sich die wenigen Buchstaben genauer: Das J konnte auch ein G sein. Maikes Handschrift war manchmal schwer zu entschlüsseln.

Henri durchstöberte die Zeitschrift gezielt nach weiteren Notizen und stieß tatsächlich auf einen zweiten kleinen, bekritzelten Zettel. *Verd. P – GA?!* stand darauf neben einem anderen Datum. Wenn ihn nicht alles täuschte, hätte zu diesem Zeitpunkt ein Treffen des Häkelclubs stattfinden müssen. War der an jenem Tag ausgefallen, oder verhandelte man dort etwa ganz nebenbei dubiose Dinge? *Verd.* stand doch bestimmt für Verdacht! Dann konnte das P gut und gerne für Peggy Pump stehen.

Henri schüttelte sich. Jetzt galoppierte seine Fantasie mit ihm davon. »Die Pferde gehen mit dir durch«, hätte Maike gesagt. *Dann hilf mir doch auf die Sprünge!* Er stand auf, öffnete das Fenster und schickte einen schicksalsergebenen Seufzer gen Himmel.

Der kühle Wind tat ihm gut. Er spürte, wie Haarsträhnen seine Stirn kitzelten, ohne dass ihm das unangenehm gewesen wäre. Im Gegenteil: Er fühlte sich plötzlich quicklebendig. Die Brise fuhr ihm um den Kopf und ließ einen glasklaren Gedanken entstehen. Henri genoss die frische Luft noch einige Minuten, dann schloss er das Fenster und machte sich auf die Suche nach Maikes Smartphone.

Während er die PIN eingab, spürte er Tränen aufsteigen. Er dachte an den Nachmittag zurück, als Maike geistesabwesend nach seinem Handy gegriffen und ganz automatisch ihre PIN eingetippt hatte – und sich dann wunderte, welche Apps auf dem Home-Bildschirm erschienen. Auf die Weise hatten sie festgestellt, dass sie dieselbe Nummer zum Entsperren verwendeten: das Datum ihres Hochzeitsantrags. Sie hatten gelacht und sich dann gerührt in den Armen gelegen.

Er öffnete ihren Kalender und scrollte direkt zum Schicksalsdatum. *Gutachten Warmblut ab 14:30 Uhr,* stand darin vermerkt. Und dann für 15 Uhr das ominöse *Treff G / AP.* Immerhin wusste Henri jetzt, dass es nicht J war, den oder die Maike hatte treffen wollen. Warum, Himmel noch mal, hatte sie ein solches Geheimnis daraus gemacht? Sie hatte ihm doch sonst alles erzählt. *Hatte sie das?* Sie hatte doch nicht etwa einen Liebhaber gehabt? Henri fröstelte.

Nun denk mal logisch, schalt er sich. Wenn sie um halb drei zur Begutachtung eines neuen Pferdes verabredet war, konnte sie kaum um drei Uhr einen Liebhaber treffen. Außerdem – wären es dann etwa gleich zwei? G und P? Das konnte, das wollte er einfach nicht glauben. Andererseits hatte sie nie zuvor ihren Jahrestag des Hochzeitsantrags vergessen!

Früher wäre Henri niemals auf die Idee gekommen, in Maikes Unterlagen zu spionieren, doch jetzt sah er keine andere Möglichkeit. Er wischte mit dem Finger durch die Kalendertage auf dem Display und überflog ihre Termine. Es war, wie er erwartet hatte: Maike hatte eigentlich immer Klartext eingetippt. *Edda wegen Sa. fragen*, *Kino/Janine abho.*, *Meeting Marketingclub.* Nur die beiden kryptischen Einträge, die Henri schon kannte, wichen von diesem Schema ab. Verd. P., Treff G. P und G, das mussten auf jeden Fall Personen sein, überlegte Henri. Doch handelte es sich um abgekürzte Vor- oder Nachnamen? Sollte er eine Liste mit allen Gs und Ps erstellen, die ihm einfielen?

Abgeschreckt vom Gedanken an eine derartige Sisyphusarbeit, ließ sich Henri ächzend in die Polster der Couch fallen. Und dann gab es noch die weiteren Kürzel: AP, GA und Verd.

Was, wenn *Verd.* doch nicht für *Verdacht* stand? Schließlich gab es noch viele andere Möglichkeiten: *Verdunkelung, Verdammnis, Verderben, Verdauung, Verdienst, Verdünnung, Verden/Aller, Verdun, Verdoppelung, Verdufte!*

Als Henri mitten in der Nacht mit schmerzendem Kreuz auf der Couch aufwachte, kam ihm seine abendliche Recherche aberwitzig vor. G und P konnten ebenso gut Pferdenamen sein, oder, wohl wahrscheinlicher, die Namen von Kaufinteressenten, für die Maike die Gutachten schließlich erstellt hatte. Das würde auch das Aufeinandertreffen des Termins mit G und der Aufgabe *Gutachten Warmblut* erklären. Und was P betraf, würde er kurzerhand das Frollein fragen, ob der Häkelclub an dem bewussten Datum stattgefunden hatte oder nicht. Falls nicht, würde das Kürzel GA wahrscheinlich ganz banal für *Gutachten* stehen.

7

Mann ohne Bier

Montag, Saure-Gurken-Tag.

Seit Max Johannsen auf die Idee gekommen war, diesen Ausdruck wörtlich zu nehmen, hatte er auch am ersten Werktag der Woche ganz ordentliche Einnahmen. Das Besucheraufkommen konzentrierte sich dann auf die Mittagszeit, wenn er im wöchentlichen Wechsel Soljanka, Heringssalat oder Strammen Max anbot – alles Gerichte mit hohem Saure-Gurken-Anteil. Ihm persönlich fiel zu eingelegtem Gemüse als Erstes Wodka ein, weshalb er auch das *Montagsgedeck*, Saure Gurke und 4 cl Wodka, auf die Karte gehoben hatte, allerdings mit eher bescheidenem Erfolg.

Heute hatte es Strammen Max gegeben – geröstetes Schinkenbrot mit Spiegelei und Gurke, das einfallsloseste der drei Gerichte, und doch erfreute sich der Mittagstisch besonderer Beliebtheit. Auch Jochen Möllerhahn war wieder aufgekreuzt, was nach Max' Meinung nur eine von zwei Schlussfolgerungen zuließ: Entweder hatte Samantha, die grundsätzlich fürs Kochen zuständig war, montags andere Pflichten, oder Jochen konnte es einfach nicht lassen, schmierige Scherze über *Max' Strammen* zu machen. Während Jochen sich sonst gern mit seiner Unentbehrlichkeit auf dem Hof brüstete, schien er es montags mit seinen Pflichten nie so eilig zu haben.

Max räumte die letzten Servierpfännchen von den Tischen, brachte dem einen oder anderen versprengten Stammgast sein zweites Mittagspils und wischte die Theke sauber. Dann füllte er den Vorrat an Servietten auf. Seit er vermehrt Hamburger Kundschaft verzeichnete, ließ er sich immer mal wieder einen Gimmick einfallen, wie etwa extrafeste marineblaue Servietten mit eingedrucktem Blumentopf. Wer den Gag verstand, konnte sich als Eingeweihter fühlen und das Faltpapier als Souvenir nach Hause tragen. Montags verbrauchte er nicht allzu viel davon, doch am Wochenende war der Stapel der griffbereiten Servietten stark zusammengeschrumpft. Max bückte sich und beförderte eine neue Packung aus dem Vorratsfach nach oben. Als er wieder auftauchte, saß zu seinem Erstaunen Jochen Möllerhahn auf dem Barhocker gegenüber. Normalerweise verließ der den Laden, sobald sich das Publikum für seine Witze nach dem Essen gelichtet hatte.

Gleich sagt er irgendwas über Männerzopf, stramm und Ständer. Max konnte die immergleichen Wortspiele des Rinderbarons nicht mehr hören. Dass er selbst als Zielscheibe dummer Sprüche herhalten musste, störte ihn nicht sonderlich, immerhin war er seit der gemeinsamen Schulzeit daran gewöhnt. Henri, Jochen und er waren mit dem Bus nach Lübeck ins Gymnasium gefahren, und Jochen hatte auf jeder Wegstrecke eine gute halbe Stunde Zeit für seine schlüpfrigen Scherze gehabt, über die er selbst am lautesten lachte. Schon damals hatte er klare Vorstellungen davon vertreten, welches Aussehen für einen Mann angemessen sei. Lange Haare, wie Max sie trug, zählten nicht dazu, auch nicht, wenn sie zusammengebunden waren.

»Wer ist eigentlich dein Moritz?« Jochen legte den Kopf in der aufgestützten Rechten ab und sah Max erwartungsvoll an.

»Wie bitte?« Max war geplättet. Was waren denn das für Töne?

»Na, mir fällt auf, dass du zu allen *Bro* sagst, aber irgendwer muss doch dein bester Kumpel sein. Dein *Mate*, dein *Fellow*, was weiß ich. Braucht doch jeder.«

»Ach so.« Max reagierte instinktiv, um erst einmal Zeit zu gewinnen. »Ich dachte schon, Moritz wäre ein neuer Ausdruck für mein bestes Stück.« Er grinste schief.

»Nein, ich meine das ernst.« Jochen stützte den anderen Arm auf und wechselte mit dem Kopf nach links.

Max bückte sich unter die Theke und nestelte am Bierschlauch. »Ich muss den gleich mal reinigen. Willst du noch schnell ein Helles?« Er hatte nicht die geringste Lust, sich mit dem Rinderbaron zu unterhalten. Was kümmerte den Möllerhahn plötzlich sein Umfeld?

»Sag doch mal, Max. Ist doch nichts dabei.«

»Hm, *bester Kumpel.* Du meinst so wie du und ...?« Max wartete gespannt darauf, was Jochen antworten würde. Der begann nun seinerseits, sich umständlich zu räuspern.

Da öffnete sich sacht die Eingangstür. Sie knarrte, deshalb sahen alle gebannt hin.

Als Erstes wurde ein buntes Stück Stoff sichtbar, dann erschien eine schmale, blasse Hand, die die klobige schmiedeeiserne Türklinke gedrückt hielt. Offenbar war es eine Frau, die Anstalten machte, hereinzuschauen, doch ein Windstoß fegte ihr von hinten einen dichten Wirbel langer blonder Haare übers Gesicht, sodass sie weder etwas sehen noch erkannt werden konnte.

Eine zweite schmale Hand wischte die Haare aus der Stirn, und dann betrat die Frau den Gastraum, dicht gefolgt von einem jungen Mann.

»Oh, Sie haben ja wirklich geöffnet, wie schön!« Die zarte Frau hatte eine überraschend tiefe, angenehm warme Stimme. Ihre Augen, die grün schillerten, hefteten sich auf Max. »Bekommen wir vielleicht sogar noch was zu essen?«

Max, der nichts dagegen hatte, sich von Jochen Möllerhahn zu entfernen, verließ seinen Platz hinter dem Zapfhahn und öffnete die Durchreiche zur Küche auf der Rückwand neben dem Spirituosenregal. »Pfanne noch heiß?« Er nickte den Neuankömmlingen zu. »Ja, es gibt noch Strammen Max oder Spiegelei pur.«

Die Blonde warf ihrem Begleiter einen leicht bestürzten Blick zu, der zu besagen schien, dass die Auswahl arg zu wünschen übrig lasse, doch der junge Mann überlegte nicht lange. »Für mich gern einen Strammen«, rief er Max zu, vermutlich ohne dessen Namen zu erahnen. Er fuhr sich mit beiden Händen durch den weizenblonden Wuschelkopf und atmete erleichtert aus.

»Ach, dann nehme ich das auch«, sagte die Frau, und ihre Stimme klang versöhnlich.

»Sie können hier alles bestellen – außer Kaffee«, meldete sich Jochen mit erhobener Stimme. »Der ist fürn Kübel.«

»Danke, das wissen wir«, sagte die Frau. »Wir kommen aus Hamburg, und das Max Muckefuck wurde im Szenemagazin besprochen und empfohlen – bis auf den Kaffee.« Sie steuerte den Hocker neben dem Rinderbaron an. »Ist der hier frei?«

»Für schöne Frauen immer«, antwortete Jochen und mischte seiner Stimme eine Extraportion Schmelz bei.

Der Wuschelkopf hob spöttisch die Augenbrauen. Dann gab er sich einen Ruck. »Ich bin Keno«, sagte er und reichte Jochen Möllerhahn, noch stehend, die Hand.

»Jo«, sagte Jochen.

»Kira«, ergänzte die Frau und raffte die Enden ihrer weiten Jacke zusammen, die in allen Regenbogenfarben leuchtete. Max musste an die Patchwork-Arbeiten seiner Mutter denken.

»Gefällt Ihnen mein Mantel?«, wandte sich Kira an Max, dessen Blick sie offenbar bemerkt hatte.

»Ja.« Max polierte ein Glas zu Ende, dann sah er ihr ins Gesicht. »Sehr sogar. Sieht handgenäht aus.«

»So was sehen Sie?« Keno, der auf Jochen Möllerhahns anderer Seite Platz genommen hatte, musterte den Wirt aufmerksam. »Haben Sie vielleicht ein Faible für Handarbeiten?«

Bevor Max etwas erwidern konnte, ergriff der Rinderbaron das Wort. »Bierchen, ihr beiden? Wo wir uns doch schon duzen, geb ich einen für die Brüderschaft aus.«

»Nein danke«, sagte Keno und drehte sich zu Max. »Ich hätte gern einen Kamillentee.« Als Jochen rau zu husten begann, ergänzte Keno: »Ölt die Stimme.«

»Ich bin die Kira und trinke KiBa«, meldete sich die Frau in einer Art Singsang, wobei sie ihrer Stimme einen ironischen Unterton verlieh.

Max drehte sich weg und achtete darauf, vor dem Regalfach mit den hohen Flaschen zu verharren, damit niemand in der verspiegelten Rückwand sein Grinsen erkennen konnte. Wenn diese beiden den Rinderbaron mal nicht aus der Fassung brachten! Der schwieg tatsächlich eine Schrecksekunde lang und bestellte dann ein kleines Pils für sich.

Max nahm das Essen aus der Durchreiche und trug die Teller zu einem kleinen, dunklen Holztisch in einer gemütlichen Nische. Von einem pastellfarbenen Bild an der Wand blickte ein kitschiger, in Öl gemalter Putto herab. »Hier sitzen Sie zum Essen besser als am Tresen«, erklärte Max, während er mit den

Fingern über seine lange schwarze Halbschürze wischte. Die beiden folgten ihm und nahmen Platz.

»Dürfen wir Sie noch mal auf die Handarbeiten ansprechen?«, fragte Keno, während er Besteck aus dem Bierhumpen in der Tischmitte angelte.

»Wir haben gehört, es gäbe hier im Ort ein Geschäft zu verkaufen«, ergänzte Kira. »Sie haben bestimmt davon gehört, oder?«

»Das weiß hier jeder.« Jochen Möllerhahn rief vom Tresen herüber. Er war zwar auf seinem Barstuhl hocken geblieben, machte aber mit vorgebeugtem Körper und interessierten Blick den Eindruck, als hätte er sich am liebsten zu den Gästen an den Tisch gesetzt.

Max nahm keine Notiz von ihm. »Das Geschäft gehört meinem Freund Henri«, antwortete er. »Wenn Sie wollen, kann ich den Kontakt herstellen.«

Kira bejahte und bedankte sich, dann begannen die beiden, mit Appetit zu essen.

Als sie fertig waren, kamen sie zurück an den Tresen. Jochen Möllerhahn hatte immer noch keine Anstalten gemacht, zu gehen. Er genehmigte sich ein weiteres Pils und löcherte die beiden Hamburger mit Fragen.

Max verdrehte zwar die Augen, hörte dem Gespräch aber immer wieder interessiert zu. Auf Großstädter, die sich im Bökersbrücker Umland niederlassen wollten, traf man nicht alle Tage.

»Die müssen noch viel lernen, was?« Möllerhahns Stimme klang höhnisch, nachdem die neuen Gäste sich verabschiedet hatten.

»Wieso, was meinst du?« Max tat arglos, konnte sich aber genau vorstellen, worauf der Rinderbaron anspielte.

»Na – ich sage nur: kleine Getränkelehre.« Jochen lachte auf. Dann wandte er sich den zwei verbliebenen Stammgästen im hinteren Teil der Kneipe zu, die sich seit einer Stunde an ihrem Herrengedeck festhielten. »Kamillentee und Fruchtsaft. Test nicht bestanden, oder was meint ihr?«

»Eindeutig, Prüfung vermasselt«, antwortete der größere der Männer.

»Glatte fünf«, fistelte der andere.

Max wartete darauf, dass Jochen es noch toppte. Er irrte sich nicht.

»Setzen, sechs!, würde ich sagen«, kam es vom Barhocker.

Die beiden Männer kicherten noch einmal hämisch, dann wandten sie sich wieder ihren eigenen Themen zu.

»Der Kerl ist ein Weichei.« Jochen versuchte erneut, ihre Aufmerksamkeit zu gewinnen. »Nippt noch nicht mal an einem Pils, wenn seine Alte dabei ist, und hat außerdem ihren Nachnamen angenommen.«

Das mit dem Namen hatte Max nicht mitbekommen, doch es war ja klar, dass der Rinderbaron das genauso unmännlich fand wie lange Haare.

Da die anderen Gäste nicht weiter reagierten, fürchtete Max, sein Gegenüber könne sich wieder an die offen gebliebene Frage nach seinem *Moritz* erinnern. »Schluss mit lustig«, rief er deshalb in den Raum, was das Zeichen zum Aufbruch war. »Muss jetzt ein Bierfass wechseln, bevor das Abendgeschäft beginnt.«

Auch der Rinderbaron musste sich trollen. Er machte einen äußerst unzufriedenen Eindruck.

Max fragte sich, was er eigentlich gewollt hatte. *Wer ist dein Moritz?* Jochen würde ihn doch nicht für schwul halten, nur weil sich Liane von ihm getrennt hatte? Nein, es schien ihm eher um enge Freundschaften zu gehen. Um *die eine* enge Freundschaft.

Warum bloß? Max nahm sich vor, nach dem Fasswechsel ein Stündchen in der Hängematte zu schaukeln und darüber nachzudenken.

8

Likör im Uhrenladen

Henri räumte das Werkzeug sorgfältig in die dafür vorgesehenen Fächer der oberen Schublade. Fehlten noch Splintentreiber, Schraubendreher und Maulschlüssel – fertig war er. Und jetzt?

Henri machte sich Sorgen, dass die Aufträge nicht nur saisonal bedingt zurückgingen, wie sein Chef immer behauptete, sondern dass es sich um einen längerfristigen Trend handelte. Wer von den jüngeren Leuten gab noch Geld für solide Handwerkskunst aus? Er befürchtete, dass ihnen die Kunden nach und nach wegstarben.

Der einzige Vorteil dieser auftragsarmen Phase bestand darin, dass man die Reparaturen ungestört und ohne Zeitdruck durchführen konnte. Wucherpfennig hatte ihn für dienstags und mittwochs eingeteilt. Einige Stammkunden wussten das und brachten ihre Taschenuhren am Montag kurz vor Feierabend in den Laden, denn sie wollten, dass Henri die Arbeit erledigte. Er tat das mit Hingabe und einer liebevollen Wertschätzung für die antiken Schmuckstücke.

Wenn Henri im Laden war, nutzte sein Chef gern die Gelegenheit, um Kundenbesuche zu machen. Wucherpfennig holte Standuhren höchstselbst ab, um sicherzugehen, dass deren Handhabung fachmännisch vonstattenging. In der Anfangszeit hatte er die Uhren im Laden in Empfang genommen und dabei abenteuerliche Anlieferszenen erlebt. Einmal hatte ein Kunde sein Porsche-Cabrio rasant bremsend auf dem Gehweg knapp vor der Ladentür zum Stehen gebracht und unter Wucherpfennigs ungläubigem Blick eine zierliche Biedermeier-Standuhr herausgezerrt, die schräg über der Rücksitzbank drapiert gewesen war. Natürlich waren weder die Klangstäbe oder die Pendelstange arretiert noch die Pendel oder wenigstens die Gewichte aus dem Gehäuse genommen und extra verpackt worden. Dass die Uhr diese rohe Behandlung überlebt hatte, glich einem Wunder.

Wucherpfennig erzählte diese Anekdote oft und gern, wobei er sich den Namen des Porschefahrers bislang nicht hatte entlocken lassen. Henri jedoch hegte einen Verdacht. Er hielt es für ausgeschlossen, dass jemand eine derartige Fracht über eine weitere Strecke transportiert haben sollte, und tippte daher auf einen Ortsbewohner. Dominic Flieder, der heutige Bürgermeister, gehörte zu den wenigen Einwohnern in Bökersbrück, die je ein Porsche-Cabrio ihr Eigen genannt hatten.

An diesem Tag war Wucherpfennig nicht aufgebrochen, sondern steckte seine Nase immer wieder in die Werkstatt. Das war der Nachteil der auftragsarmen Phase.

Wenn er den Inhaber mit dem x-ten Kaffee herumstehen sah, befürchtete Henri, dass es mit seiner derzeitigen Kurzarbeit noch nicht getan sei. Er hatte den Eindruck, die Menschen stürzten sich immer mehr auf Konsumerlebnisse mit Event-Charakter. Der Frisörladen mit Cocktailbar-Ecke lief bestens, die Prosecco-Happy-Hour in der Buchhandlung erfreute sich regen Zulaufs. Der Besuch einer althergebrachten Uhrenwerkstatt ohne jeglichen Ausschank lag gerade einfach nicht im Trend.

Als Henri nach beendeter Reparatur die Tür zum Ladenraum öffnete, erkannte er neben der Stimme seines Chefs eine zweite: die von Max Johannsen. »Das kannst du wohl glauben«, beteuerte er gegenüber Wucherpfennig, und Henri dachte nicht zum ersten Mal, dass ein Kneipenwirt unzählige Phrasen parat haben musste, um zu verschleiern, dass 90 Prozent seiner Äußerungen inhaltsleere Gesprächsfüller waren.

»Hey, Bro!« Max stellte Wucherpfennigs XL-Thermoskanne ab, aus der er sich gerade Kaffee nachgeschenkt hatte, und sah Henri erfreut entgegen.

»Alter Schwede.« Henri brummte. »Kannst du dieses *Bro* nicht mal lassen? Ich bin doch keiner von deinen Hamburger Hipster-Touristen.«

»Jetzt mecker mal nicht. Ich bin froh, dass die angerauscht kommen. In old BB sitzt die Kohle gerade nicht so locker.« Max schüttelte gutmütig den Kopf. »Und du wirst auch noch froh sein, dass die dieses Eckchen für sich entdecken.«

»Ich? Wieso? Meinst du, die kommen mit ihren antiken Schätzen zu uns? In Hamburg gibt's auch gute Uhrmacher.«

Wucherpfennig fuhr sich durch den grauen Haarschopf, gab ein heiseres »hm« von sich und nickte dann widerwillig.

Max zögerte kurz. »Tja – mit den Uhren weiß ich auch nicht.« Er übergab den Kaffeebecher von der rechten an die linke Hand, dann wieder zurück. »Aber für deinen Wollladen könnt es gut sein.«

»Ach was?« Henri setzte sich auf einen freien Hocker zwischen den beiden.

Er und Wucherpfennig sahen Max gespannt an.

Der grinste. »Ich hab den schon fast verkauft.«

»Ehrlich?« Henri schnappte nach Luft. Ihm war, als wäre eine steife Brise aus dem Nichts entstanden. Er fröstelte.

Max legte ihm beschwichtigend eine Hand auf die Schulter. »Keine Panik. Ich hab ein nettes Pärchen kennengelernt, das Interesse an deinem Laden hat. Mehr ist nicht passiert.«

»Nettes Hamburger Pärchen mit Interesse an Wolle ...« Wucherpfennig wiegte den Kopf hin und her. »Das klingt nach gelangweilten Rentnern, die nicht wissen, wohin mit dem Geld aus der Lebensversicherung. Denen kannst du richtig was aus der Tasche ziehen!«

Max schritt sofort ein. »Nee du, das vergiss mal wieder. Das sind junge Leute, die sich was aufbauen wollen. Er ist Musiker und kriegt 'nen Job in Lübeck. Sie hat 'ne Cousine in Malente. Jetzt suchen sie was Nettes zum Wohnen zwischen Schwartau und Eutin und eine Einnahmequelle für sie.«

»Er braucht also 'ne Beschäftigungstherapie für die gelangweilte Ehefrau.« Torben Wucherpfennig schlug sich auf die Schenkel. Henri musste an Jochen Möllerhahn beim Stammtisch denken.

Max lachte trocken auf. »Nee, nee, so einer ist das nicht.«

Henris Aufmerksamkeit hinkte etwas hinterher. »Was heißt denn überhaupt *kennengelernt*? Zwei Leute haben sich bei dir am Tresen das Wodkagedeck hinter die Binde gekippt, du hast ihnen zugehört, interessiert genickt und irgendwann meinen Laden ins Spiel gebracht. So etwa?«

»Also ... zum einen: Die haben gar keinen Alkohol getrunken.«

»Wie?« Wucherpfennig richtete sich irritiert auf. »Der Kerl auch nicht?«

»Nein, der wollte unbedingt Kamillentee. Um seine Kehle zu cremen oder so ähnlich. Ich sag euch, ich kam wirklich ins Schwitzen, ich musste alles durchwühlen, bis ich die Beutelchen gefunden hatte. Zum Glück war das Pärchen die ganze

Zeit mit dem Rinderbaron beschäftigt, sonst hätten sie meine Verlegenheit bemerkt.«

»Was – Jochen war da und erlebte einen Typ, der kein Bier trinkt? Da wär ich gern Mäuschen gewesen!« Wucherpfennig stützte sich auf seinen drallen Oberschenkeln ab und beugte sich erwartungsvoll vor.

Max stieß Luft aus. »Das kannst du wohl glauben.«

»Na erzähl schon, was ging ab?« Wucherpfennig schnaubte ungeduldig.

»Ach, du kennst ja Jochen. Der war ganz höflich mit dem Mann, könnt ja 'n potenzieller Pferdekäufer sein. Aber als der mit seiner Frau weg ist, hat er losgelegt. ›Kein Mann so was, das is 'n Weichspüler, tanzt nach der Pfeife der Alten, traut sich nich, 'n Bier zu trinken, wenn sie dabei ist.‹ Die Höhe war aber das mit dem Nachnamen. Das war Wasser auf seine Mühlen.«

Wucherpfennig zog die Augenbrauen hoch. »Was war denn mit dem Nachnamen? Heißt er vielleicht Ständer, wie unser armer Nachbar?«

»Schlimmer. Also, ich meine, schlimmer in den Augen vom Rinderbaron. Der Mann, Keno, hat den Namen von Kira angenommen, seiner Frau.«

Wucherpfennig wollte sich dazu äußern, verschluckte sich jedoch am eigenen Atem. Er rührte mit beiden Armen durch die Luft. »Wie hieß der denn vorher?«, keuchte er. »Vielleicht sogar Fick?«

Max verdrehte die Augen.

Wucherpfennig war in seinem Element. »Oder ist er ein geborener Nelkenstängel, wie unsere Frau Bürgermeister? Ein geborener Nelkenstängel, hört ihr? Statt geborener Verkäufer oder so.« Er schlürfte eifrig aus seinem Kaffeebecher. »Oder er hieß einfach nur Meyer, und die Frau ist so eine etepetete Tussi und wollte keinen stinknormalen Namen. Vielleicht ist sie auch so eine Hochnäsige wie … wie …«

»So ein Quatsch!« Max haute auf den Tisch. Röte war ihm ins Gesicht gestiegen. »Es reicht, Torben!«

»Ist ja gut, ist ja gut.« Der Uhrmachermeister wandte sich wieder dem Aufziehen seiner mechanischen Armbanduhr zu. Er brummte. »Konnte ja nicht ahnen, dass du heute keinen Spaß verstehst.«

Henri hatte den Deckel von Wucherpfennigs Thermoskanne abgeschraubt. Er räusperte sich. »Und zum anderen?«

»Was?«

»Na, du hast gesagt: *Zum einen* trinken die keinen Alkohol. Und zum anderen …?«

Während Max seine Gedanken sammelte, spähte Henri in die Kanne, machte »ah« und schraubte den Deckel wieder zu. »Ist noch 'n ordentlicher Schluck Kaffee drin. Willst du, Max, bevor du wieder nur Muckefuck kriegst?« Sicherheitshalber lächelte er breit.

Max sah durch den Freund hindurch. »… zum anderen … weiß auch nicht mehr. Jedenfalls ist doch klar, dass ich nicht für dich wegen dem Verkauf verhandele oder so. Ich wollte dir nur die Kontaktdaten geben.«

»Das ist super. Danke, Bro.« Henri hatte das Gefühl, Max wieder aufmuntern zu müssen. Seine Stimmung hatte sich deutlich verfinstert, auch wenn Henri den Grund dafür nicht verstand. »Mit *Bro* meine ich natürlich: Brodtner-Ufer-Freund.« Am Brodtner Ufer zwischen Niendorf und Travemünde hatten sie vor 20 Jahren zum ersten Mal gemeinsam eine Pulle Küstennebel geleert. Henri hoffte instinktiv, diese Erwähnung würde Max irgendwie jugendlich-unbefangener stimmen.

Doch Max streckte ihm nur wortlos den leeren Kaffeebecher entgegen.

Wucherpfennig hatte seine Uhr aufgezogen. Er schnaubte. »Kira. Keno. Das sind nicht meine Kunden. Ich brauche die Elisabeths und Thorstens dieser Welt.«

»Und die Heinrich juniors, oder?« Henri blinzelte. »Wenigstens als Mitarbeiter. Noch länger, hoffe ich.« Er drehte sich zu Max. »Nun sag schon. Wie heißen deine neuen Freunde? Natürlich will ich die kennenlernen.«

»Den Nachnamen weiß ich tatsächlich nicht. Aber ich habe Kiras Handynummer, wenn du willst.«

Torben Wucherpfennig atmete erleichtert auf. »Das klingt nach einem baldigen Geschäft, Namen hin oder her. Darauf heben wir einen! Wie wäre es mit einem *Glashütter Uhrenöl*, die Herren?«

Henri wusste, dass sein Chef den exquisiten Kräuterbitter nur zu besonderen Gelegenheiten herausrückte. Eigentlich trank er um die Mittagszeit noch nicht, aber dieses Angebot mochte er nicht ausschlagen. Er warf Max einen bittenden Blick zu, doch der schien schon zum gleichen Schluss gekommen zu sein. »Da kann ich nicht Nein sagen.«

Während Torben Wucherpfennig Likörgläser und Fläschchen aus der Pantry holen ging, bimmelte die Glocke der Ladentür. Eine schlanke blonde Frau in schwingendem, halb langem mintgrünem Sommerkleid und leichter roséfarbener Strickjacke bog anmutig Kopf und Oberkörper um das Türblatt und schaute gespannt herein, bevor sie die Tür weiter öffnete und den Ladenraum betrat.

Henri sah, wie sich die Augen seines Freundes weiteten.

Der Blick der Fremden traf auf Max. »Was denn – Max

Muckefuck im Uhrenladen?« Sie hatte eine warme Altstimme. »In Bökersbrück ist wohl jeder für alles zuständig, wie?«

»Nicht unbedingt.« Max setzte sein charmantestes Kneipenwirt-Lächeln auf. »Ich habe hier gezielt auf Sie gewartet.«

»Sie haben – was?« Die junge Frau bekam große Augen.

Max lachte. »Ich bluffe nur, ich beiße nicht. Kommen Sie ruhig näher.«

Henri fühlte sich wie ein Statist. Das musste die nachnamenlose Kira sein.

In dem Moment kam Torben Wucherpfennig aus dem Flur jenseits des Verkaufsraums mit einem altmodischen Tablett zurück. Er stutze, als er die Frau sah, fasste sich jedoch sofort wieder. »Ich habe hier einen Schlüpferstü … ein Bökersbrücker Wohlfühltröpfchen dabei. Ganz frisch geliefert bekommen. Probieren Sie mit uns, gnädige Frau?« Er registrierte den alarmierten Gesichtsausdruck der potenziellen Kundin. »Keine Angst, das verpflichtet Sie zu nichts!«

Kiras Blick fiel auf die aus edlen Hölzern gefertigten Tisch- und Kaminuhren, die in der rückwärtigen Regalwand auf Abholer warteten. Sie wies mit dem Finger darauf. »Das ist grundsolides Handwerk, oder?«

Torben Wucherpfennigs Inneres begann zu summen wie eine Honigbiene auf Nektarfang. »Ja, gnädige Frau. Wir auf dem Land legen noch Wert auf Qualitätsarbeit. Wenn ich mich so ausdrücken darf …«

»Das dürfen Sie. Das höre ich sogar sehr gern.« Sie blickte von Torben zu Max und wieder zurück, lächelte, ihre Augen streiften Henri, dann sah sie wieder den Geschäftsinhaber an. »Mich interessiert nämlich, welchen Wert die Handarbeit hier in der Gegend genießt.«

Nachdem Wucherpfennig von ganzem Herzen »einen großen, das können Sie glauben« von sich gegeben hatte, stellte er endlich sein Tablett ab. »Ich darf Ihnen vielleicht meine Werkstatt zeigen?«, gurrte er und rückte zweimal die silberfarbene Spange an seiner Westernkrawatte zurecht. »Damit Sie mal sehen, wie wir es hier auf dem Land mit der Handarbeit halten.«

Während Henris Chef mit der jungen Interessentin im Ladeninneren verschwand, klopfte Max auf den Tisch. »Ich muss dann mal ins Muckefuck. Bald kommen die ersten Gäste, um den Kaffee in die Blumenpötte zu kippen.« Er erhob sich.

Henri, allein auf weiter Flur, sah das kleine Silbertablett vor sich schimmern. *Glashütter Uhrenöl*, Gläschen. Er würde schon einmal einschenken.

Die Klingel der Ladentür kündigte Kundschaft an. Henri erhob sich. Er schwankte leicht, fing sich aber schnell. Der junge Mann, dessen blond gelockte Haare vorwitzig unter der stahlgrauen Kopfbedeckung hervorquollen, musste zu Kira gehören. Er kleidete sich in einem ähnlich unbekümmerten Stil. Henri überlegte, wie diese Kopfbedeckung hieß, die er nicht Cap zu nennen wagte, aber für eine Käppi zu ausladend hielt.

»Sie müssen Keno sein.« Vor Henri stand noch das Tablett mit den Likörgläschen. Gedankenverloren hob er es an und streckte es dem Neuankömmling entgegen. »Ihren Nachnamen kenne ich nicht, aber Sie interessieren sich für ›Nähschiff & Nadelflotte‹, richtig?«

Der Mann fixierte Henri mit meerblauen Augen. Er nahm das vollste Glas, setzte es an und leerte es in einem Zug. »Meine Frau und ich spielen mit dem Gedanken, ein Handarbeitsgeschäft zu erwerben. Insofern richtig.«

»Ich … also … ich hätte eines zu verkaufen.« Henri hatte sich eine rührselige Story von Tradition, Familienunternehmen und unvorhersehbarer Witwerschaft zurechtgelegt, doch angesichts jenes offen in die Welt blickenden jungen Mannes wollten ihm die Wörter nicht wie geplant über die Lippen kommen. Außerdem irritierte ihn die Selbstverständlichkeit, mit der dieser Keno dem Alkohol zusprach. Nach Max' Bericht hatte er einen drögen, unzugänglichen Abstinenzler vor Augen gehabt. Nun musste er umdenken.

»Sie sind Musiker, stimmt's?« Henri blickte seinem Gegenüber ins Gesicht. Beiläufig schenkte er vom Glashütter Likör nach.

»Stimmt.«

»Posaunist, wie ich höre?« Henri hatte das spontan erfunden.

»Harfenist.«

Henri blieb die Spucke weg. Eigentlich hatte er »Wie bitte? Ein kerniger Typ wie Sie spielt Harfe?« sagen wollen, doch er schwieg verblüfft. Dieses märchenhafte Instrument brachte er mit durchscheinenden Elfen aus den Erzählungen seiner Kindheit in Verbindung, aber doch nicht mit einem Kerl aus Fleisch und Blut, der damit handfestes Geld verdienen wollte!

Der Mann bedachte Henri mit nachsichtigem Blick. »Posaune mag ich auch. Und Horn. Oder Pauken. Doch kennen Sie den ›Libertango‹ von Astor Piazolla? Wenn nicht, dann hören Sie ihn sich an! Dann werden Sie verstehen, warum man der Harfe verfällt.«

Henri stellte fest, dass er die Art des Mannes mochte. Mit ihm würde er gern verhandeln, auch – oder besonders –, wenn es komplizierter werden sollte. »Ich … äh, ich würde gern Ihren gesamten Namen und Ihre Telefonnummer notieren.« Henri sammelte sich. »Ich bin Heinrich Ketelsen junior – und Sie? Keno …?«

»Schluff. Kira und Keno Schluff.«

»Gut, Herr Schluff. Ich schreibe mir Ihre Handynummer auf, und dann hören wir voneinander.«

Keno Schluff nickte und hob das zweite Likörglas an die Lippen. Der Harfenist hatte Durst vor dem Deal, der sein Leben verändern würde. Henri sah es ihm nach, denn ihm war klar, dass es eines gewissen Anschubs bedurfte, um von Hamburg nach Bökersbrück umzusiedeln. Er hoffte, dass Wucherpfennig sich auch in den Tiefen der Werkstatt gegenüber Kira gesittet verhielt.

9

Erschwerte Bedingungen

»Herr Seemann? Herr Nils Seemann? Hier Ketelsen. Henri Ketelsen von ›Nähschiff & Nadelflotte‹ in Bökersbrück. Nein, nicht Maike. Henri Ketelsen. Ich … nun, ich hatte Ihnen einen ausführlichen Brief geschrieben.« Henri schluckte. Keinesfalls würde er den Inhalt jetzt am Telefon wiederholen. Es fiel ihm schwer genug, Maikes Tod gedanklich so weit in den Hintergrund zu schieben, dass er sachlich wie ein Geschäftsmann über Lieferungen und Geschäftsbedingungen reden konnte. »… jedenfalls muss ich den Laden jetzt abwickeln und möchte die letzte Bestellung stornieren. Die Ware haben wir erhalten und die Kartons geöffnet, die einzelnen Wollpakete sind aber unversehrt. Ich möchte nur ankündigen, dass ich die Pakete an Sie zurücksende.«

Henri lauschte einer langwierigen Erklärung über den exquisiten Inhalt der Lieferung.

»Natürlich ist mir bewusst, um welch außergewöhnliche Ware es sich handelt. Doch wir haben dafür keine Verwendung mehr.« Er würde sich und seinem Gesprächspartner die Schilderung der näheren Umstände ersparen. Er hatte die Erfahrung gemacht, dass die wortlose Betroffenheit eines Gegenübers beide Seiten lähmte. »Bitte lesen Sie meinen Brief dazu. Wir müssen den Laden schließen und das Lager räumen.«

Henri fühlte leichten Schwindel aufsteigen, als ihm sein Gesprächspartner die Allgemeinen Geschäftsbedingungen vorbetete. »Die hat Ihre Frau akzeptiert, indem sie in unserem Online-Shop für Weiterverkäufer bestellt hat.«

»Ja, aber hören Sie doch. Der Laden schließt, es gibt keine Kundschaft mehr. Ergo keine Einnahmen.« Das *Ergo* war Henri herausgerutscht. Ein einsames lateinisches Überbleibsel aus der gymnasialen Mittelstufe.

Der Inhaber der Firma Seemannsgarn stellte ihn schließlich zur Buchhaltung durch. Der neue Gesprächspartner räusperte sich umständlich. »Frau Ketelsen, Sie haben diesen einmaligen Sonderposten unter explizitem Verzicht auf das Rückgaberecht geordert. Leider sehen wir keine Möglichkeit, Ihnen in der gewünschten Weise entgegenzukommen.«

»Ich bin nicht Frau Ketelsen, verdammt!« Henri merkte selbst, dass er seine Empörung regulieren musste, wenn er Erfolg haben wollte. Er holte tief Luft, bevor er fortfuhr. »Ich möchte nur von meinem ganz normalen Rückgaberecht Gebrauch machen.«

»Tja … leider haben Sie eben dies, Frau Ketelsen, verwirkt, indem Sie auf unsere extrem reduzierten Extraposten zurückgegriffen haben. Das ist wie im Einzelhandel: ›Sonderangebote vom Umtausch ausgeschlossen‹.«

Henri schrieb das superweiche *Natural Yarn* der Firma Seemann im Geiste bereits ab. Wenn er es nicht zurückgeben konnte, mussten die Schluffs die Lieferung eben übernehmen, wenn sie den Laden erst einmal gekauft hatten.

Elf ungeöffnete Wollpakete hatte er kommentarlos an die verschiedenen Hersteller zurückgeschickt. Alle bereits geöffneten Kartons ging er im Warenlager nach und nach mit Edda

Langners Hilfe durch. Er hatte sich vorgenommen, mit den Absendern zu sprechen, bevor er sie zurücksandte. Schließlich wollte er nicht den Vorwurf riskieren, etwas entnommen zu haben.

Er telefonierte mit Lieferanten, bluffte, drohte, appellierte an Seriosität, Einsicht und schließlich sogar Mitleid, doch die Rücknahme der kürzlich georderten Ware gelang ihm nur in drei Fällen. Als er die offenen Rechnungen aufaddierte, erschrak er. »Fast zweitausend Euro!«

»Die müssen die Interessenten eben zusätzlich zahlen«, stellte das Frollein ungerührt fest. »Schließlich ist das ein Grundstock ihres Bestandes.«

Henri blinzelte. »Aber was, wenn sie sich ihren Bestand nicht vorschreiben lassen wollen? Vielleicht finden solche jungen Leute nur gedrehtes Perlgarn und mercerisierte Baumwolle richtig cool …?«

»Oh, Sie kennen den Begriff *mercerisiert*?« Edda Langner sah Henri aufmerksam an.

»Ja, man behandelt Baumwolle mit Natronlauge. Dadurch …«

Das Frollein warf ihm einen belustigten Blick zu. »Ich weiß natürlich auch, was das ist, Herr Ketelsen. Ich hätte nur nicht gedacht, dass es Ihnen etwas sagt.«

Henri lächelte verlegen. »Ich blättere manchmal in den Büchern meiner Frau.« Dann nahm er seinen vorigen Gedanken wieder auf. »Vielleicht legen die Interessenten den Schwerpunkt auch ganz anders. Nehmen mehr Stoffe ins Sortiment auf und wollen die Wolle reduzieren. Weiß man ja alles nicht …«

Das Frollein klopfte Henri, der zunehmend gekrümmt auf seinem Schemel hockte, aufmunternd auf die Schulter. »Das wird schon, Herr Ketelsen. Das wird schon.«

Henri drückte sich selbst die Daumen. Bald würde er schlauer sein.

Er hatte Kira und Keno Schluff für 12:30 Uhr in den Laden bestellt, denn um die Mittagszeit war es üblicherweise still.

Dem Rat seines Freundes Max folgend – »am besten setzt du denen einen dieser muffig schmeckenden Kräutertees vor, denn wer kein Bier trinkt, trinkt auch keinen Kaffee« – hatte Henri eine Anis-Kümmel-Fenchel-Mischung aufgebrüht, die schrecklichste Zusammenstellung, die er sich vorstellen konnte. Die Teesorte wurde unter dem klangvollen Namen *Mageninspektor* in der Bioecke des Supermarkts nebenan verkauft. Der Inhaber hatte ihm versichert, das Produkt finde besonders beim jüngeren Publikum großen Anklang.

Auf dem Konferenztisch im rechten Teil des Ladens, den Maike für die Handarbeitszirkel genutzt hatte, platzierte Henri ein Tablett mit Teekanne und Tassen. Daneben stellte er ein Schälchen mit selbst gebackenen Zucker-Schmand-Plätzchen, die sich wirklich sehen lassen konnten. Er wurde noch zum Küchen-Profi. In der breiten Schublade an der Stirnseite hatte er ein hochprozentiges *Ostholsteiner Meeresrauschen* samt Schnapsgläschen deponiert, denn er erinnerte sich nur zu gut an Keno Schluffs Appetit auf das *Glashütter Uhrenöl.*

Doch zunächst war eine ausführliche Ladenführung geplant. Henri sah dem Rundgang mit gemischten Gefühlen entgegen; er fühlte sich wie ein Hirsch im falschen Revier. Es waren eher die Gefilde des Frolleins als seine. Um sich vor der Mitarbeiterin nicht zu blamieren, hatte er sie daher wohlweislich in die Mittagspause geschickt. Ihren Protest – »Aber Herr Ketelsen, wer soll denn die Fragen zum Material beantworten, wenn nicht ich?!« – hatte er mit der Bemerkung »Es wird wohl nicht ums Material gehen« beiseitegewischt. Er musste die Verhandlungen selbst führen, und Edda Langner brauchte wirklich nicht alles mitzubekommen.

Nachdem die Gäste pünktlich erschienen waren, führte er sie zuerst über den Flur zu den verborgenen Teilen des Ladens. Er zeigte ihnen das zweckmäßig eingerichtete Büro, WC und Küche und schließlich am Ende des Ganges die kleine Garderobe und das ausgedehnte Lager. Keno Schluff lehnte an der Wand und fuhr sich durch die weizenblonden Locken. »Wow! Wie geräumig alles ist! Sogar einen Abstellraum gibt es. Praktisch ... für Staubsauger, Plastikmüll und so was.« Er schob den geblümten Vorhang am rechten Ende des Flurs beiseite und betrachtete die Nische zwischen Lager und Garderobe eingehend. Henri hatte den Eindruck, der junge Mann richtete im Geiste schon alles ein.

Während seine Frau ... ja, wo war eigentlich Kira? Henri lugte durch die Flurtür in den Lagerraum. Richtig, da stand sie, in ihrer schmalen Jeans und im weiten, bunten Patchwork-Mantel, der ihre schlanke Figur noch betonte. Leicht zurückgelehnt mit verschränkten Armen musterte sie die breite Regalwand an der Stirnseite. »Zu viel Wolle«, murmelte sie, »entschieden zu viel Wolle. Ich möchte viel mehr Sticken, Filzen und Makramee anbieten, Schatz. Und vielleicht Perlenarmbänder weben, was meinst du?« Sie drehte sich um und stutzte einen Moment, als sie statt ihres Mannes Henri im Türrahmen stehen sah. Dann schaltete sie um. »Das Lager räumen Sie ja vorher, richtig?«

Henri schluckte. »Ähm ... ich hatte ... also da bin ich ... das sollten wir in Ruhe besprechen.«

»Ja, ja, keine Angst. Ich will Ihnen nicht gleich Datum und

Uhrzeit vorgeben.« Sie zog einen Mundwinkel nach oben und legte den Kopf schief, was sie etwas spöttisch erscheinen ließ. Ihre Augen waren von einem auffallend schillerndem Grün, deren Ausdruck Henri nur schwer einordnen konnte. Die schulterlangen Haare waren leicht verwuschelt.

Vom Flur her erklang ein begeisterter Ausruf. »Sieh mal die Fliesen, Kira!«

Keno stand vor der geöffneten Klotür und deutete in den Raum. »Solche hatten wir in Winterhude auch, weißt du noch?«

Henri nahm sich vor, die positiven *Vibrations* zu verstärken. »Werfen Sie mal einen Blick in den Innenhof! Der ist ruhig und romantisch, perfekt für ein Päuschen.«

Er ging voraus und öffnete die Haustür, machte eine einladende Geste in Richtung der von Kletterrosen umrankten Sitzgruppe – und erstarrte.

Auf der geschwungenen Sitzfläche der filigranen Metallbank kauerte Edda Langner. Ihr an der Schulter aufknöpfbarer currygelber Strickpullover war hochgerutscht und schlug unansehnliche breite Falten. Die Füße standen, wie schon am Sonntag, in absurdem spitzem Winkel zueinander. Diesmal schlief sie aber nicht, sondern starrte mit trüben Augen zum Hauseingang. Ihr Gesicht war mit unnatürlich grellroten Flecken gesprenkelt. Vor ihr auf dem verschnörkelten Gartentischchen stand ein aufgeschraubter Flachmann.

Henri wandte sich zu dem jungen Pärchen um. »Entschuldigen Sie – besser, wir schauen uns den Innenhof später an.«

Kira Schluff machte einen langen Hals.

Henri baute sich vor ihr auf und versperrte so den Blick auf die Sitzgruppe. »Bitte sehen Sie sich drinnen in Ruhe um. Ich stoße gleich wieder zu Ihnen und beantworte Ihre Fragen.«

Er schloss die Tür von außen und eilte zum Frollein. »Aber was haben Sie denn? Kann ich Ihnen helfen?«

»Ich … ich bin ja nur …« Sie sah ihn von unten herauf an, dabei sprach sie leise und ein wenig leiernd. »Ich verliere doch nun meinen Arbeitsplatz, nicht wahr?« Sie schniefte.

Henri tätschelte ihr den Arm. »Aber Frollein Langner, das ist doch gar nicht gesagt. Eine so engagierte Kraft wie Sie …«

Edda Langner richtete sich ein kleines Stückchen auf. Als hätte ihr diese Bewegung neue Kraft verliehen, hob sie die Stimme. »Ich … ich will ja nicht undankbar sein … oder so was …« Sie starrte zur Hauswand.

Henri folgte ihrem Blick. Im Flurfenster des Erdgeschosses waren deutlich die Gesichter der Schluffs erkennbar. Direkt darüber, im ersten Stockwerk, drückte die alte Frau Hoffmann, die dort wohnte, ihre Nase am abgekippten Fenster platt. Ein Schatten hinter ihr deutete auf einen weiteren Zuhörer hin.

Ob das Frollein erst jetzt des Publikums gewahr geworden war? Es kam Henri so vor, als verhalte sie sich absichtlich besonders theatralisch. »Ich liebe meinen Job über alles!« Sie krallte sich an Henris Hemdsärmel fest. »Und wenn ich ihn verlieren würde …« Sie löste die rechte Hand von Henri, griff zum Flachmann und trank daraus mit kräftigem Zug. »… wenn ich ihn verliere, dann bin ich … fertig. Geliefert. K. o., jawohl.« Sie riss ihren Blick von Henri los und ließ ihn zu den anderen wandern. »Dann … dann weiß ich nicht, ob ich mich nicht vielleicht vergesse.«

Sie lallt gar nicht. Henri wusste nicht, ob er das eher befremdlich finden oder darüber erleichtert sein sollte.

»Ich bringe Ihnen einen Tee, Moment.« Er machte sich von ihr los und ging zurück ins Haus. »Bin gleich bei Ihnen«, rief er Keno Schluff im Vorbeigehen zu. Er holte den Lieblingsbecher des Frolleins aus der Küche, füllte ihn mit dem im Laden bereitgestellten Kräutertee, von dem er reichlich aufgebrüht hatte, und trug den geliebten Becher mit dem Berliner Bärenmotiv zur Gartenbank. Das Frollein wackelte mit dem Kopf und bedankte sich.

»Sie ist sonst nicht so«, versicherte Henri seinen Kaufinteressenten. *Wie ist sie denn wirklich?* Henri wurde klar, dass er kaum etwas über seine Angestellte wusste. »Über ihr Privatleben schweigt sie sich ziemlich aus«, hatte Maike ihm erzählt. »Doch das merkt man nicht so, wenn man nicht darauf achtet, denn ansonsten ist sie eine lebhafte Gesprächspartnerin.«

Henri setzte sich mit dem jungen Pärchen in den Verkaufsraum, in dem es kein Fenster zum Hof gab. Er füllte Tee in zierliche japanische Tässchen und reichte seine selbst gebackenen Plätzchen herum.

Kira Schluff blickte skeptisch drein und Henri schwante nichts Gutes im Hinblick auf das Frollein.

Keno fuhr sich wieder mit beiden Händen durch den Wuschelkopf – eine Geste, die Henri schon mehrmals beobachtet hatte und die bisher auf Begeisterung hinzudeuten schien. Diesmal jedoch wirkte der Mann unschlüssig. Er schwieg.

»Wie gefällt Ihnen denn der Laden?«, versuchte Henri das Gespräch wieder in Gang zu bringen.

»Gut.« Keno blieb einsilbig, lächelte aber immerhin.

»Ganz gut«, sagte Kira und raffte unnötigerweise ihre Mantelschöße zusammen. »Doch Ihre … Mitarbeiterin würde ich wohl vorerst nicht übernehmen. Erst einmal sehen, wie das Geschäft so … anläuft. Und wir müssten uns über die Räumung der Ware einig werden. Die viele Wolle möchte ich nicht.«

»Aber ich … aber meine Frau … also der Schwerpunkt …«

Da wurde die Ladentür unsanft aufgestoßen. Ein gelb-schwarz gekleideter Paketbote trat ächzend ein. »Habe 'n paar Rücksendungen«, knurrte er. »Alles Annahmeverweigerung. Alles Wollpakete.« Er ließ vier große Kartons auf den Boden fallen und schlurfte zurück. »Komme gleich wieder. Sind noch mehr im Auto«, nuschelte er im Gehen.

Kira Schluff starrte dem Mann ungläubig hinterher. Sie schüttelte langsam den Kopf, und intuitiv war Henri klar, dass sie das ›Nähschiff‹ nicht kaufen würde. Er musste sich nach anderen Interessenten umsehen. Gleich morgen würde er damit beginnen. Vielleicht konnte er mit Torben Wucherpfennig etwas unbezahlten Urlaub vereinbaren – nicht für lange, nur, bis er den Laden losgeworden war.

10

Überzeugungsarbeit

Edda war froh, dass Henri Ketelsen ein paar Tage verstreichen ließ, bevor er wieder im Laden auftauchte. An dem Tag nach ihrer Flachmann-Einlage war sie mit Bauchschmerzen zur Arbeit gegangen, die von der Befürchtung herrührten, er könnte ihr die Blamage verübeln. Aber vielleicht fühlte er sich gar nicht blamiert, vielleicht hatte sie nur ihrem eigenen Ansehen geschadet.

Ganz sicher waren die jungen Leute von ihrer Kaufabsicht zurückgetreten, denn sie hatten Henri beim Abschied am Donnerstag weder erleichtert die Hände geschüttelt, noch waren sie am folgenden Freitag oder Samstag am Schaufenster vorbeidefiliert, was auf Vorfreude hätte schließen lassen. Edda stellte ihre Tasche im Büro ab und ging über den Flur in Richtung Verkaufsraum. Kurz bevor sie die Tür öffnete, zog sie mit routiniertem Griff ihren anthrazitfarbenen Lochstrick-Pullover in Form. Sie war bereit. Es konnte weitergehen.

Während sie beim Einräumen des neuen Hanfgarns darüber spekulierte, wann sich ihr Arbeitgeber wohl wieder blicken lassen würde, nahm sie aus dem Augenwinkel ein sich näherndes, sandfarbenes Kleidungsstück auf dem Gehweg wahr. Ohne weiter überlegen zu müssen, wusste sie: Er war im Anmarsch.

Maike Ketelsen hatte nicht oft, aber doch hin und wieder,

kleine Details aus ihrem Privatleben preisgegeben. Dazu gehörten auch liebevolle Bemerkungen über das eigentümliche Äußere ihres Mannes. »Henri gibt sündhaft viel Geld für ein Kleidungsstück aus. Für diesen altmodisch geschnittenen Trenchcoat aus Cornwall zum Beispiel.« Sie hatte schicksalsergeben geseufzt. »Und dann schleppt er ihn 20 Jahre durch die Gegend.« Die Reise in Cornwall mochte jetzt zehn, zwölf Jahre her sein.

In der Anfangszeit hatte Edda, die ihre junge Chefin mochte und sie in jeder Hinsicht unterstützen wollte, noch trendige Strickmuster für Herrenpullover herausgesucht. Doch sie hatte schnell begriffen, dass es Maike nicht darum ging, ihren Mann zu ändern. Sie akzeptierte seinen Geschmack, und auch wenn sie öfter darüber lächelte, tat sie ihm den Gefallen und strickte ihm seine geliebten Pullunder. Immerhin hatte Henri Ketelsen – das fand jedenfalls Maike, und Edda gab ihr recht – ein feines Farbempfinden. Perlbeige oder sandfarben kombinierte er mit sattem Rot, und wenn er einmal ein blau-weißes Kleidungsstück trug, zog er etwas Senfgelbes dazu an – stets darauf bedacht, weder wie ein Schnösel noch wie ein Landei herumzulaufen.

»Moin, Frollein Langner.« Henri hatte den Laden von der Straße aus betreten.

»Herr Ketelsen.« Er sah heute anders aus, irgendwie entschlossener. Sie musterte forschend sein Gesicht. War er sauer auf sie? Seinem Tonfall konnte sie nichts entnehmen. Dann wurde ihr klar, was an ihm verändert war: der Haarschnitt. Offenbar war er gerade beim Friseur gewesen. Sie ging mit ausgestrecktem Arm auf ihn zu, um ihm den Trenchcoat abzunehmen.

Er sah sie erstaunt an. Dann besann er sich, ergriff ihre ausgestreckte Hand und schüttelte sie tüchtig. »Ja, Frollein Langner. Moin. Moin, moin.«

Edda verkniff sich das Lachen, doch ein leicht gurrendes Glucksen konnte sie nicht unterdrücken. »Geben Sie mir ruhig Ihren Mantel.«

»Danke, sehr freundlich. Aber ich kann ihn doch …«

Da war sie mitsamt dem Kleidungsstück schon auf dem Weg zur Garderobe.

Als Edda zurückkam, stand er noch an derselben Stelle. *Wie ein Fremder.* Hoffentlich änderte sich das bald! Sie strebte zur rechten Seite des Ladens, auf den Handarbeitstisch zu. Gleichzeitig wies sie wie eine Conférencière mit der gestreckten Hand dorthin. Henri setzte sich in Bewegung.

Auf dem Tisch stand eine kurze, breite Henkeltasche aus lindgrünem, dichtgewebtem Stoff, der an schwere Vorhänge erinnerte. Über den Rand lugte ein cremeweißes Garnknäuel.

»Das ist ein Werktäschchen«, erklärte Edda. »In ihnen verwahren die Mitglieder vom Strickzirkel und vom Häkelclub ihre aktuellen Arbeiten. Wir haben Täschchen in verschiedenen Größen.«

Henri nahm direkt vor dem Objekt Platz und beäugte es, ohne es anzufassen.

»Hatte Maike auch so eines?«

»Das ist ihres.«

Er zuckte wie vom Blitz getroffen zurück. Es schien ihn einige Willensanstrengung zu kosten, auf dem Stuhl wieder nach vorn zu rücken.

Edda ermahnte sich zur Behutsamkeit. »Ich weiß, dass Ihre Frau ihre Handarbeiten nie mit nach Hause genommen hat. Deshalb kennen Sie die nicht, richtig?«

»Stimmt.« Henri schluckte. Dann beugte er sich vor und zog das Täschchen an den Henkeln dichter zu sich. Er fuhr mit der Handfläche behutsam über die überstehende Wolle. »Fasst sich gut an. Was sollte das …?« Er neigte den Kopf zur Seite, als müsse er niesen, und wischte sich mit einem seiner riesigen Baumwolltaschentücher hastig übers Gesicht.

Edda erhob sich schnell. »Ich denke, der Kaffee ist fertig. Ich hole uns einen.«

Als sie mit zwei gefüllten Bechern und der Thermoskanne zurückkam, saß Henri Ketelsen kerzengerade am Tisch, vor sich das Werktäschchen. *Er ist tapfer,* dachte Edda. Sie setzte sich und stellte fest, wie groß er war, selbst wenn er saß.

Henri sah flüchtig zu ihr hin. Er schniefte fast unmerklich, dann fasste er sich. »Was sollte das werden?«

»Ein Sommerschal für Sie.«

»Sommerschal?«

»Ja, sehen Sie mal die Farbe. *Buttercream*, ganz aktuell, passt hervorragend zu Ihrem Trenchcoat.«

Er schwieg. Sorgsam und hoch konzentriert griff er in das Täschchen. Er zog zwei zusammengefaltete Papierblätter heraus. Die Anleitung.

Edda wusste, sie musste eingreifen, bevor ihn all die Symbole und Abkürzungen abschrecken würden. »Das A-V-Muster«, sagte sie schnell, »das ergibt einen luftigen Flor. Sieht auf den ersten Blick kompliziert aus, ist aber nicht schwer zu arbeiten.«

Henri packte das Täschchen nach und nach aus, legte Garn, Häkelnadel, Schere und Nadelheftchen auf dem Tisch ab, als hätte er es mit rohen Eiern zu tun. *Wie das Do-it-yourself-Atomkraftwerk bei Loriot*, fuhr es Edda in den Kopf. Ihr Mund verzog sich zu einem Lächeln, doch sie blieb still.

Henri sah auf. »Warum zeigen Sie mir das?«

Edda räusperte sich. »Ich habe es Ihnen ja schon neulich gesagt: Ich denke, Sie als Feinwerkmechaniker haben die richtige Sensibilität für Handarbeiten. Und vielleicht könnten Sie …« Sie hob entschieden die Hand, als er protestieren wollte. »… vielleicht könnten Sie diese Arbeit fortführen, die Ihre Frau begonnen hat. Übrigens spiele ich mit dem Gedanken, auch die Handarbeitszirkel wieder ins Leben zu rufen. Diese Runden haben immer für ordentlichen Umsatz gesorgt. Und wenn Sie jetzt am Häkelclub teilnehmen würden, könnten wir zwei Fliegen mit einer Klappe schlagen.«

Henri Ketelsen starrte sie an, als wäre sie von einem anderen Stern. »Zwei … Fliegen …«

»Ja, genau.« Edda schenkte Kaffee nach. »Erstens könnten Sie den Schal vollenden. Und zweitens …« *Wie sage ich ihm das? Die Neugier der Kundinnen würde ihn garantiert abschrecken …* »Zweitens könnten Sie mit Ihrer Anwesenheit zur Attraktivität der Gruppen beitragen.«

»Was, ich? Wie denn? Als Pausenclown?«

»Natürlich nicht. So etwas brauchen die Damen nicht, die sorgen schon selbst für Unterhaltung.« Ihr entfuhr ein kleiner Seufzer. »Aber einen Mann, der die Nadeln schwingt, den fänden alle toll, Herr Ketelsen.«

Henri schnappte nach Luft.

Edda ließ einen Moment verstreichen. »Machen Sie's für Maike. Sie hat sich so darauf gefreut, Ihnen den Sommerschal zu schenken. Als Überraschung zum Hochzeitstag.« Jetzt musste Edda selbst schlucken. »Ich … ich bringe es Ihnen bei. Sie werden es schnell begreifen, das weiß ich.«

Henri Ketelsen starrte durch sie hindurch. Gedankenverloren begann er, das Schalstück, das kaum mehr als 20 Zentimeter Länge maß, um das angefangene Baumwollknäuel zu wickeln. Er drapierte die Arbeit wie ein kleines Nest vor sich auf dem Tisch. Dann blickte er auf und sah Edda geradeheraus an.

»Mein Arbeitgeber hat mir Sonderurlaub bewilligt. Wenn Sie also diese Strickzirkel aufleben lassen wollen, machen Sie das in Ihrer Arbeitszeit, und ich stehe derweil im Laden. Ich habe zwar keine Ahnung vom Fach, aber Sie sind ja in der Nähe.« Er lächelte feierlich.

Edda stieß Luft aus. »Ich bin froh, dass Sie dazu bereit sind. Denn ich glaube, wir brauchen diese Gruppen ganz dringend.« Sie ließ das Timbre ihrer Stimme zwischen Dankbarkeit und unerfüllter Erwartung pendeln. *War er nun bereit, am Häkelclub teilzunehmen, oder nicht?*

Sie schob Kanne, Becher und Tablett beiseite und räusperte sich. Bevor sie allerdings weiterreden konnte, klingelte das Telefon. Sie hatte vergessen, das Mobilteil mitzunehmen, und musste nun quer durch den Raum zur Ladestation eilen.

Peggy Pump hatte Fragen zum Sternchenmuster ihrer Babydecke.

Edda schüttelte leicht den Kopf. *Sie impft bissige Hunde und hilft Kuhkälbern auf die Welt, aber ein paar Schlingen mit der Häkelnadel überfordern sie.* Dieses Telefonat war allerdings ein Musterbeispiel für den Sinn der Handarbeitskreise. Das konnte und würde sie als Steilvorlage für das weitere Gespräch mit ihrem neuen Chef nutzen! Edda drehte sich um und sah zum Handarbeitstisch hinüber. Henri Ketelsen war verschwunden. Edda blinzelte. Das Werktäschchen mit Maikes Utensilien lag nicht mehr dort.

11

Signale

Max erlebte so etwas wie ein Déjà-vu. Es war wieder Montag: Saure-Gurken-Tag. Heute boten sie Soljanka an. Und wieder blieb Jochen Möllerhahn länger. Max fühlte sich von ihm beobachtet.

»Musst du nicht Roggen ernten? Oder Weizen?« Er servierte Jochen bereits das dritte Pils und war leicht gereizt. *Unprofessionell,* schalt er sich auf dem Rückweg zum Tresen. Er hatte Jochen merken lassen, dass ihm seine Anwesenheit missfiel.

Was wollte der Rinderbaron nur von ihm? Wie Max ihn kannte, war es kein Zufall, dass er zum zweiten Mal nacheinander in der Kneipe sitzen blieb, statt direkt nach dem Essen zu gehen. Vermutlich wollte er ihn abpassen. Doch wofür? Wenn es etwas zu besprechen gab, etwas Unangenehmes womöglich, sollte er es, verdammt noch mal, endlich ausspucken! Etwas lag in der Luft, das Max nicht greifen konnte, eine Art Spannung. Wartete Jochen nur auf den richtigen Augenblick? Sollte selbst jemand wie der Rinderbaron, der gern breitbeinig nach Art eines Westernhelds auftrat, Skrupel haben, unangenehme Dinge auszusprechen?

Aus dem Augenwinkel beobachtete Max, wie Möllerhahn sich vom Tisch erhob und Glas und Bierdeckel griff. Er kam zu ihm an die Theke.

Max überlegte noch, ob er bei den übrigen drei Gästen schon einmal demonstrativ abkassieren sollte, doch da wandte sich Jochen bereits an ihn. »Weißt du eigentlich, ob mal wieder ein Jahrgangstreffen geplant ist?«

Max schüttelte den Kopf.

»Das war doch immer ganz nett.« Jochens Mobiltelefon meldete sich, doch der drückte die Gesprächsanfrage weg.

»Hm.« Max fand, dass er von den Treffen der Bökersbrücker Abschlussklasse bislang nie richtig etwas gehabt hatte. Diese fanden nämlich immer in seiner Kneipe statt, und alle erwarteten, dass der Chef persönlich eingriff, wenn drei Millimeter an der optimalen Bierblume fehlten oder es an Aschenbechern mangelte. Und so konnte er, selbst wenn seine zuverlässigsten Servicekräfte die Bedienung übernahmen, nie richtig entspannen.

»So sieht man die Halunken alle mal wieder.« Jochen hob das Glas und grinste. »Und kriegt mit, was aus den Glücksrittern geworden ist.«

»Kriegst du doch auch so mit, oder? Bei den meisten jedenfalls.« Was sollte das? Die Mehrzahl der ehemaligen Schulkameraden lebte höchstens zwei Autostunden vom alten Heimatstädtchen entfernt, und die restlichen hatten noch Angehörige im Ort, von denen man im Zweifelsfall immer etwas erfahren konnte.

»Hast eigentlich recht.« Jochen beugte sich vor und legte beide Unterarme auf dem Tresen ab. »Manchmal möchte man eben einfach wissen, was in den Köpfen der alten Spezis so vorgeht. Oder, Bro?«

Bro. Jetzt verbrüderte er sich auch noch mit ihm.

Max beschloss, auf der Hut zu bleiben. »Möchtest du auf was Bestimmtes hinaus?« Er sah dem Rinderbaron in die Augen.

»Öh …« Jochens Handy bimmelte erneut, und diesmal nahm er das Gespräch an.

»Muss los«, brummte er, nachdem er aufgelegt hatte, und schob im Gehen zwei Scheine unter den Bierdeckel. Einen Zwanziger und einen Fünfer, fettes Trinkgeld. Der Wirt runzelte die Stirn.

Max konnte seine Gedanken am besten bei stupiden Arbeiten sammeln. Während andere beteuerten, ihnen kämen die ausgegorensten Ideen unter der Dusche oder bei langen Spaziergängen, brauchte er nur eine Zeit lang Geschirr zu sortieren oder Tische sauber zu wischen, schon sendete sein Hirn interessante Signale.

Eines dieser Signale drängte ihn dazu, heute, am Montag, die Telefonnummern mehrerer Männer zu wählen, mit denen er sonst nur donnerstags zu tun hatte. Engelbert, Andy, Kris, und weitere vier. Er stellte allen die gleiche Frage. Alle gaben ihm, mehr oder weniger verblümt, die gleiche Antwort. Jochen Möllerhahn benahm sich gegenüber Henri Ketelsen neuerdings merkwürdig wachsam. »Als hätte er ihn auf dem Kieker«, formulierte Andy Blumenroth.

Dann hatte er also den richtigen Riecher gehabt! Jochens gezierte Fragerei zielte offenbar auf Henri. Wollte er ein Klassentreffen nutzen, um ihn längere Zeit unauffällig zu beobachten? Hatte er Max nach seinem – wie Jochen ganz richtig vermutete – besten Freund ausforschen wollen? Doch warum dieses plötzliche Interesse? Konnte es mit Maikes Unfall zu tun haben?

12

Verdacht

»Henri!«

Er stutzte. Die Stimme hatte weder *Brother* noch *Bro* gerufen, und doch gehörte sie eindeutig Max. Henri, der gerade auf dem Weg zum Handarbeitsladen war, drehte sich um und ging ein paar Schritte auf den herbeieilenden Freund zu.

»Henri, hast du einen Moment?«

Henri warf einen Blick auf die Sturmanskie-Armbanduhr, die er gerade erst aufgearbeitet hatte. »Einen kurzen Moment schon …«

Max schob ihn in den Schatten des Blumengeschäfts. »Hör zu: Nimm dich vor Jochen in Acht.«

»Sowieso.« Henri hob die Brauen. »Aber warum sagst du mir das?«

Max fuhr sich mit der Hand übers Gesicht. »Ich habe so ein komisches Gefühl.«

Henri schwieg verdattert.

Max schob ihn noch dichter an die Hausfassade, als böte sie besonders starken Schutz. »Pass auf, Bro: Jochen versucht mich auszuhorchen. Ich bin mir nicht zu 100 Prozent sicher, dass es wirklich um dich geht. Aber mein Instinkt sagt mir, dass das so ist.«

»Er horcht dich aus?«

»Ja, er stellt mir in letzter Zeit lauter merkwürdige Fragen. Nach meinem besten Kumpel. Oder danach, was die Leute in unserem Abschlussjahrgang im Stillen denken …«

Henri zuckte mit den Schultern. »Und was findest du daran komisch?«

»So etwas hat er mich noch nie gefragt. Seit wann kümmert es ihn, was Leute denken, mit denen er sowieso nichts mehr zu tun hat? Also kann er eigentlich nur einen von uns beiden meinen. Aber seit wann interessiert er sich für *mein* Privatleben?« Max stieß Henri vor die Brust. »Glaub mir, das läuft alles irgendwie auf dich hinaus.«

Henri rieb sich das Kinn. »Du weißt ja, dass Jochen und ich nicht mehr wirklich die besten Freunde sind. Ich habe kaum noch mit ihm zu tun. Ich sehe ihn nur mal bei dir in der Kneipe, aber das ist auch schon alles.«

»Versprich mir trotzdem, dass du aufpasst.«

»Denkst du etwa, Jochen kann mir gefährlich werden?«

»Mit dem ist nicht zu spaßen. Dass er unangenehm werden kann, wissen wir ja schon lange. Aber seine Verschlagenheit ist schlimmer geworden, glaub mir.«

Henri öffnete den Mund, um seinen Freund zu beschwichtigen, doch Max war schneller.

»Und dann ist da noch das Gerede am Stammtisch.«

Henri sog vernehmbar Luft ein. Hörte Max jetzt das Gras wachsen? »Was für Gerede denn?«

Max zögerte einen Moment. »Das Gerede wegen … wegen deiner Frau.«

»Wie bitte?« Henri war unangenehm berührt. Quatschten sie hinter seinem Rücken über Maike? Ihm allein stand es zu, sich den Kopf über sie, ihr Leben oder ihren Tod zu zerbrechen. Da sollten sich die anderen gefälligst raushalten.

Max schluckte und fuhr fort. »Sie war in letzter Zeit so oft bei Jochen …«

»Natürlich, sie hat ja für seine Kunden die Pferdegutachten erstellt.«

»Ja, aber … na du weißt schon …«

»Was denn?« Henri merkte, wie sich seine Gesichtshaut rötete.

»Na, tu doch nicht so, du weißt genau, was ich meine! Weil sie mal zusammen waren. Da reimt sich so mancher was zurecht …«

»Das ist doch ewig her, Mann! Wenn sie am Stammtisch kein anderes Thema haben als diese ollen Kamellen, dann tun sie mir leid.« Henri schüttelte energisch den Kopf und wollte seinen Weg fortsetzen.

Diesmal hielt Max ihn mit beiden Händen an den Armen fest. Die Geste war so eindringlich, dass Henri nachgab und stehen blieb.

Max senkte die Stimme. »Egal, was *du* davon hältst. Oder ich. Stell dir nur mal vor, irgendjemand findet, dass Jochen Maike zu viel Aufmerksamkeit schenkte. Du weißt ja: Eifersucht ist eine Leidenschaft, die mit Eifer sucht, was Leiden schafft.«

»Und mit Leiden meinst du …?« Henri, der allgemein nicht viel von Kalendersprüchen hielt, achtete diesmal nur auf den Inhalt des Zitats. »Du meinst doch nicht, dass jemand … Maike … ich meine …«

Ein junges Pärchen näherte sich Arm in Arm. Max ließ Henri los. Er sah ihm noch einmal ernst in die Augen. »Versprich mir, dass du an meine Worte denkst.«

Als er seinen Weg zum Laden fortsetzte, wirbelten Satzfetzen durch Henris Hirn. *Dizzy Lizzy* hatte Maike diesen Zustand in Anlehnung an ein Beatles-Stück genannt. Dizzy: perfekte Lautmalerei für den verquirlten Kopfinhalt, aus dem sich kein klarer Gedanke herauskristallisieren wollte …

Jetzt war er also vollkommen dizzy unterwegs, dabei hatte er sich vor der Begrüßungsansprache, die ihm bevorstand, ein paar Worte zurechtlegen wollen. *Bökersbrücker Strickzirkel lebt wieder auf*, so hatte das Wochenblatt getitelt, und Edda Langner hatte ihm ganz aufgekratzt mitgeteilt, dass sich sogar zwei neue Interessentinnen bei ihr gemeldet hätten. Sie habe sie auf die Warteliste setzen müssen, denn am zwölfeckigen Tisch hätten schließlich außer der Anleiterin, also ihr selbst, nur elf weitere Menschen Platz. Und sie müsse erst einmal abwarten, wer von den ursprünglichen Mitgliedern teilnehmen wolle, denn die hatten natürlich Vorrang.

Aber wie sprach man strickende Frauen an? »Liebe Strickerinnen«? Nein, das klang nach Akkordarbeit. Und überhaupt: Vielleicht waren auch Männer dabei? »Liebe Strickende«? Ach was, Verwaltungssprache, viel zu bürokratisch. »Liebe Leute«? Na, er war doch kein billiger Entertainer! Seufzend beschloss er, sich auf das Frollein zu verlassen.

Als Henri die Hintertür von ›Nähschiff & Nadelflotte‹ öffnete, drang der fröhliche Singsang einer erwartungsvoll gespannten Menge an sein Ohr. Sein Herz zog sich für einen kurzen Moment schmerzhaft zusammen. Er war ein wenig neidisch auf Menschen, die eine muntere, begeisterte Schar moderieren konnten. Er wusste von Maike, dass dies ein gehöriges Maß an Professionalität erforderte, doch er wusste auch, wie zufrieden die Leitung einer Gruppe machen konnte. Jedenfalls, wenn alles klappte …

Er legte seine nebelgraue Kapuzenjacke an der Garderobe

ab, atmete tief durch und schritt über den Flur auf den Verkaufsraum zu. Die Tür stand offen. Er holte noch einmal tief Luft und trat dann ein.

Edda Langner war in ihrem Element. Sie trug ein gerade geschnittenes, petrolfarbenes Strickkleid, dessen rechte Seite raffiniert durchgeknöpft war, und hatte einen farblich passenden Wollstrang über die linke Schulter gehängt. Wer genauer hinsah, musste erkennen, dass das Kleid aus ebendiesem Material produziert war. Sie hatte es selbst gefertigt und gebärdete sich nun als wandelnde Musterpuppe der Strickkunst, wie geschickt!

Henri stellte fest, dass seine Gedanken greifbarer wurden, als bekämen sie plötzlich wieder klarere Konturen.

Noch konnte er die Besucherinnen dezent aus dem Hintergrund mustern und versuchen, ihre Gesichter zuzuordnen. Eine der Älteren, die mit dem eckig-kompakten Körperbau, hatte er schon mal gesehen, auch wenn er gerade nicht darauf kam, wo es gewesen war. Zwei brünette jüngere Frauen, beide mit hochgesteckten Haaren, kannte er ebenfalls. Ihren athletischen Figuren nach zu urteilen, konnten es Reiterinnen sein. Vielleicht hatte Maike sie einmal auf ihrer Terrasse bewirtet? Dann war da noch diese Mittvierzigerin mit den langen, glatten, rotbraunen Haaren. Sie war die größte der anwesenden Frauen, doch immer noch fast einen Kopf kleiner als er selbst. Sie kam ihm einerseits bekannt vor, andererseits irritierten ihn die offenen Haare. Sie mochte eine Kundin des Uhrmacherladens sein. Die anderen Frauen konnte er nicht zuordnen. Was Männer betraf, hatte er sich vergeblich den Kopf zerbrochen: Die gab es hier nicht.

Der Blick des Frolleins traf ihn wie aus dem Nichts. »Ich darf Ihnen und Euch jetzt Herrn Ketelsen vorstellen, den neuen Chef.« Alle Augen richteten sich auf ihn.

»Moin, die Damen.« Henri hatte instinktiv die Anrede gewählt, mit der er nichts falsch machen konnte. »Wir freuen uns aufrichtig, dass Sie den Weg zu uns gefunden haben.« Er fixierte den Wollstrang über Edda Langners Schulter.

Er überlegte noch, wie er fortfahren könnte, da hörte er inständiges Klatschen. Henri blickte auf: Das Frollein feuerte den Jubel zwar an, doch einige der Frauen sahen so direkt und offen zu ihm hin, dass er annahm, sie applaudierten von sich aus.

»Ja, also. Aller Neuanfang ist schwer.« Henris Stimme war einen Moment lang belegt. Dann schluckte er und richtete sich gleichzeitig auf. »Sie wissen natürlich, dass ich nicht gerade für meine Strickmuster berühmt bin.« Der Einfall war ihm spontan gekommen. Die Damen lachten. »Aber was mir in den letzten Tagen klar geworden ist«, er ließ den Blick über die Zuhörerinnen schweifen, »Handarbeit ist Wertarbeit, genau wie die Uhrmacherei. Und auch wenn ich selbst nichts über Lochmuster oder Rippenbündchen erzählen kann, so möchte ich Sie ermutigen, mit Ihrer Arbeit fortzufahren. Denn dadurch schulen Sie nicht nur Ihre so wichtige Feinmotorik, sondern schaffen auch unverwechselbare Werte.«

Als hätte sie auf dieses Stichwort gewartet, streckte Edda Langner eine lachsrote Kissenhülle mit kunstvoll ineinander verschränkten Zopfmustern in die Höhe. »Die Strickerei des Monats Mai stammt von unserer Imke, die heute nicht hier sein kann«, erklärte sie. »Ich werde ihr ihren Gewinn, diese wundervolle salbeifarbene Sommerseide«, mit diesen Worten hielt sie mehrere in Folie verpackte Knäuel hoch, »heute Abend zu Hause überreichen.« Die Damen applaudierten artig. Das Frollein erhob erneut die Stimme. »Den Monat Juni überspringen wir wegen … also wegen unserer … Pause.«

Sie räusperte sich. »Für unsere Neumitglieder: Wir küren immer eine Handarbeit des Monats. Das ist ein Werk, das hier in unserem Strickzirkel zu dieser Zeit gerade fertiggestellt wurde.« Sie lächelte herausfordernd. »Es lohnt sich also, sich anzustrengen.«

Zwei jüngere Frauen klatschten in die Hände. *Die Neuzugänge*, registrierte Henri.

Das Frollein schob sich wie nebenbei den Wollstrang von der Schulter und legte ihn auf den Tisch. »Das Kleid ist im Juni entstanden«, flüsterte sie der nebenstehenden Mittvierzigerin zu, dann zwinkerte sie schelmisch. »Übrigens –«, sie sprach wieder laut und deutlich, »bekommen wir jetzt harte Konkurrenz.« Sie wartete, bis alle zu ihr hinsahen. »Unser … Chef steigt in den Strickzirkel ein.« Sie deutete auf Henri.

»Yeah, yeah, yeah!« Das war eine der etablierten Frauen. Sie klatschte dreimal im Takt.

Das Frollein hatte sich zum Ladentresen begeben und kehrte nun mit einem Tablett voll gut gefüllter Prosecco-Gläser zurück. Die Damen bedienten sich – und richteten ihre Augen erwartungsvoll auf Henri. Die mit dem eckigen Körper hatte den durchdringenden Blick einer Inquisitorin.

Edda Langner stellte sich neben ihn. Henri, der nicht schnell genug wusste, wie ihm geschah, nahm mechanisch den Kelch entgegen, den das Frollein ihm hinhielt. Edda griff nach dem letzten Glas auf dem Tablett, stieß mit ihm an und trank einen winzigen Schluck. Henri dachte an ihren Auftritt im Innenhof. Er leerte sein Trinkgefäß in einem Zug und musste husten, Edda lächelte wohlwollend. »Henri Ketelsen wird einen Sonderbonus bekommen«, verkündete sie. »Er lernt nämlich gerade nicht nur eine neue Häkelmethode, das A-V-Muster, sondern soll jetzt auch noch Maschen auf zwei Nadeln anschlagen. Er hat es vorhin selbst gesagt: Rippenbündchen und Lochmuster.« Sie prostete in die Runde. »Ihm bleibt nichts erspart.«

Eine der älteren, Henri unbekannten Frauen, die hinter der Tür zum Flur verschwunden war, kehrte mit triumphierendem Blick zurück. »Ich habe die Quelle entdeckt«, säuselte sie und hielt zwei weitere Prosecco-Flaschen hoch. Die Seitentasche ihrer Tunika wurde von einem Glas grüner Oliven ausgebeult.

Henri dachte an Kira und Keno Schluff. Wie beruhigend wäre es, den Laden mitsamt Frollein und Stammkundinnen an diese netten, tatkräftigen Menschen abgeben zu können! Stattdessen musste er sich jetzt auf das Muster eines Sommerschals einlassen, den er wahrscheinlich niemals tragen würde, musste spitze, klappernde Nadeln handhaben, statt sich, wie er es liebte, mit Räderwerk und Aufzugswellen zu befassen, und sollte zu alldem auch noch grenzdebil grinsen, während gelangweilte Hausfrauen seinen Prosecco tranken.

»Weg hier.«

Henri kam wieder in der Gegenwart an, als er sah, wie die kantige Ältere eine der neuen Frauen mit einer langen Metallnadel pieken wollte.

»Ey!«, rief er aufs Geratewohl. Zwar waren ihm die Gepflogenheiten der Handarbeitszirkel nur oberflächlich bekannt, doch dass rücksichtslose Selbstbehauptung dazu zählte, konnte er sich beileibe nicht vorstellen.

Die Angreiferin – es war diese Eckig-Kompakte, die ihm schon vorher aufgefallen war – hielt in der Bewegung inne.

»Na, also wirklich. Soll ich mir vielleicht alles gefallen lassen?!« Sie sah ihn vorwurfsvoll an. »Schließlich war das hier immer mein Platz!«

Henri musste sich das Lachen verkneifen. »Wir haben genügend Plätze für alle versierten Strickerinnen«, versicherte er und sah dem neuen Mitglied aufmunternd entgegen. »Zum Beispiel hier, zu meiner Linken.«

Die schlanke Mittelblonde, die etwa in Henris Alter war, raffte ihre Sachen zusammen und trollte sich von der Eckigen weg an Henris Seite. »Wie Sie wollen, Frau Oltrogge«, summte sie.

Henri stutzte. *Frau Oltrogge?* Das war doch Jochen Möllerhahns Schwiegermutter! Vielleicht war sie ihm deshalb bekannt vorgekommen.

Max' Beschwörungsformel drang wieder in sein Bewusstsein. »Versprich mir, dass du an meine Worte denkst! Eifersucht ist eine Leidenschaft …«

Das Frollein stellte die neuesten Wollsorten vor. »In den vergangenen zwei Monaten ist in der Handarbeitswelt einiges passiert«, begann sie. »Volumen wird nicht nur durch üppige Fäden erreicht, sondern auch durch Raffinesse.« Sie hielt ein blassgelbes, mit roséfarbener Papierrosette umwickeltes Knäuel in die Luft. »Hier sehen Sie ein Mischgarn mit absichtlich unregelmäßig gewebtem Faden.« Gleich darauf präsentierte sie karamellfarbene Wolle. »Hier haben wir außerdem das innovative Schlauchbändchengarn.« Dann nahm sie ein grasgrünes Knäuel zur Hand, das sie auf dem Tisch zurechtgelegt hatte. »Und hier noch ein superweiches Flauschgarn für Babysachen, endlich einmal in kräftigen Farben statt immer nur in Pastelltönen.«

Henri konnte nicht anders, er musste die ganze Zeit die kantig-kompakte Schwiegermutter des Rinderbarons aus dem Augenwinkel beobachten. *Wie ausladend sie ihre Stricknadeln auf dem Tisch platziert! Als ob sie ein Revier absteckt.*

»Eifersucht ist eine Leidenschaft.« Max' Worte.

Leidenschaft, verbunden mit Aggression – war diese Kombination etwa der Schlüssel zu dem Unglück, das seiner Frau widerfahren war? Er musste dieser Matrone auf den Zahn fühlen!

Als sich die Damen nach dem offiziellen Teil des Strickzirkels erhoben, um noch ein wenig in den Wollregalen zu stöbern, umrundete Henri schnell den Tisch. »Sie kannten meine Frau Maike, nicht wahr?« Er sah Sabine Oltrogge in die Augen.

»Ja, natürlich, sie leitete doch den Strickzirkel bis …«

»Ich spreche nicht nur von Handarbeiten. Ich meine auch … privat.«

»Ach so … nun ja – eigentlich nicht.«

Henri fühlte sich von einem lauernden Blick taxiert.

»Ach, kommen Sie – Sie haben sie auch auf dem Hof Ihres Schwiegersohns getroffen.« Sie sah ihn einfach nur abwartend an. Er musste eine Schippe drauflegen, um sie zu einer Antwort zu provozieren. »Und ich schätze, das war Ihnen gar nicht recht.«

»Wie bitte?« Oltrogge, die gerade noch einmal an ihrem Glas nippen wollte, hielt in der Bewegung inne und schnaubte. Dann stellte sie das Glas mit Nachdruck auf den Tisch zurück. Ihre prallen Wangen schienen sich noch weiter aufgebläht zu haben, sodass die sowieso schon kleinen Augen fast nur noch Schlitze waren. Ihre Stimme wurde gefährlich leise. »Sie haben bestimmt ein Problem mit dem Tod Ihrer Frau, das versteht man ja. Aber mich und meine Familie lassen Sie gefälligst aus dem Spiel!«

»Aus dem Spiel? Spiel? Was reden Sie denn da?!« Henris Hirn brodelte und förderte die Bilder einzelner, wie von Spotlights erhellter Szenen zutage. Maikes lebloser Körper, die resignierenden Rettungssanitäter, der zu spät gebändigte Bulle. »Wie können Sie es wagen, von einem Spiel zu reden?«

Die Damen an den Regalen sahen verstohlen zu ihnen herüber. Henri wünschte sie sonst wohin. Er konnte sich jetzt nicht zusammenreißen.

Oltrogge zerrte ihren Stoffbeutel vom Tisch. »Was wollen Sie überhaupt von mir? Ich verbitte mir diese Unterstellungen! Und ich sage es noch einmal: Lassen Sie meine Familie aus dem Spiel!« Mit hochrotem Kopf stürzte sie nach draußen.

Henri sah ihr nach und sank dann in den Lehnstuhl, der ihm am nächsten stand.

Die Mitglieder des Strickzirkels hatten sich nach und nach mit freundlichen Worten verabschiedet und den Laden verlassen.

Edda Langner räumte leere Flaschen und Gläser weg. Henri, der ihr helfen wollte, wurde stattdessen in den Innenhof hinauskomplimentiert. Er ließ sich auf der Gartenbank nieder, trank Milch aus einem altmodischen Steingutbecher und atmete tief durch. Dem Schatten im Fenster des ersten Stocks winkte er matt zu. Er fühlte sich schon wieder *dizzy*.

Schließlich setzte sich das Frollein zu ihm. Henris Blick fiel auf ihr petrolfarbenes Strickkleid. »Woher haben Sie eigentlich immer diese außergewöhnlichen Kleidungsstücke?«

Edda Langner richtete sich auf. »Gefallen sie Ihnen? Sie sind alle selbst gemacht.«

Henri nickte anerkennend. »Das habe ich schon vermutet.

Aber ich habe selten so raffinierte Schnitte gesehen. Da haben Sie eine gute Quelle, was?«

Das Frollein lächelte geschmeichelt. »Die Quelle bin ich selbst!«

»Soll das heißen, Sie haben diese Modelle eigenhändig entworfen?« Henri war ehrlich beeindruckt.

Das Frollein nickte. »Ich hatte mal große Pläne als Modedesignerin.« Dann seufzte sie tief und sah Henri von der Seite an. »Und manchmal träume ich sogar jetzt noch davon …«

Sie knetete ihre Hände, und Henri beschlich das Gefühl, sie beschäftige etwas, das sie ihm mitteilen wollte. Er wandte ihr das Gesicht zu.

»Herr Ketelsen, ich … Sie … Sie haben doch gar nichts unterstellt.«

»Wie meinen Sie?«

»Na, Sabine Oltrogge hat gesagt, sie verbittet sich Unterstellungen. Das fand ich eigenartig.«

Henri schnaubte kraftlos. »Vielleicht hat sie meine Gedanken gelesen.«

»Und dann hat sie immer ihre Familie betont. Das war auch seltsam.«

»Hm.« Henri drehte den Kopf zum Frollein. Es tat ihm gut, sie an seiner Seite zu haben, da sie mit kühlem Kopf beobachtete und analysierte. »Und warum fanden Sie das merkwürdig?«

»Na, weil es ja eigentlich um Ihre Frau und Sabine ging.«

»Aber … habe ich nicht selbst Jochen ins Spiel gebracht?«

Edda stemmte die Arme auf der Sitzfläche der Bank ab, eine leicht rebellische Geste, als wäre sie nicht ganz einverstanden. »Wenn sie überhaupt den Rinderbaron mit *Familie* gemeint hat«, sagte sie nur.

»Sie meinen …« Henri ließ den Satz unvollendet und sah sie an.

»Ich meine, dass ihre Tochter ihr wesentlich nähersteht als ihr Schwiegersohn.«

»Samantha.«

»Genau. Man sagt, sie sei etwas labil, trotzdem ist sie der Stolz ihrer Mutter. Glauben Sie mir, ich weiß das aus vielen Strick-Gesprächen.«

Beide hingen ihren Gedanken nach.

Schließlich seufzte Henri. »Ich war zu heftig zu ihr, oder?«

Das Frollein holte Luft. »Ein wenig vielleicht.« Sie rückte auf der Sitzfläche zurück, bis die Beine nicht mehr ganz den Boden berührten, und begann, sie leicht vor und zurück zu schwingen. Henri, der eigentlich hatte aufstehen wollen, spürte, dass noch etwas kommen würde, und blieb sitzen.

»Aber eines ist trotzdem klar.« Edda Langner stellte das Wippen ein, richtete sich auf und verschränkte resolut die Arme vor der Brust. »Sabine Oltrogge hat völlig überreagiert.«

Henri wollte klarsehen. »Glauben Sie … sie hat ein schlechtes Gewissen oder so was?«

Edda sah ihn an und zuckte mit den Schultern. »Ob sie ein schlechtes Gewissen hat, weiß ich nicht, Herr Ketelsen. Aber irgendwas ist da im Busch.«

Henri wartete.

»Irgendwas ist da nicht ganz sauber. Glauben Sie mir.«

13

Gewaltbereit

Dienstag, Tag Eins nach seinem Einstieg in den Strickzirkel, und schon stand die nächste Handarbeitsrunde an, der Häkelclub.

Diesmal war Henri vorbereitet, und er wusste genau, was er sagen wollte. Dennoch hätte er seine Schritte beinah zum Uhrenladen gelenkt, wie er es bisher in seinem Arbeitsrhythmus gewohnt war.

Er erschien überaus rechtzeitig im ›Nähschiff‹, noch vor den Teilnehmerinnen, denn einen Punkt wollte er vorab mit Edda klären. »Bieten Sie wieder Prosecco an?«, fragte er das Frollein.

»Nein.« Sie lächelte.

»Dann ist ja gut, ich würde diesmal nämlich keinen mittrinken.«

Edda Langner hielt ihm ihr Smartphone unter die Nase. »Sehen Sie hier, im Messenger, alle Damen haben zugesagt. Und lesen Sie mal die Kommentare.«

Henri las. *Freue mich wie Bolle*, *Na endlich! Komme einfach nicht von der Nadel los!*, *Hab euch vermisst!*, *Ein Leben ohne Häkeln ist möglich, aber sinnlos.*

»Das klingt, als wären alle ziemlich vertraut miteinander.«

»Sind sie auch. Der Ton ist ein bisschen lockerer als im Strickzirkel.«

»Sind die Damen jünger?«

Edda überlegte einen Augenblick. »Nicht unbedingt. Aber sie sind irgendwie … anders. Sie sehen es ja gleich.«

»Eine habe ich neulich schon kennengelernt. Die Tierärztin.«

»Peggy.«

Henri zögerte. »Duzt man sich hier?«

Eine Kundin betrat den Laden. Edda Langner nickte ihm kurz zu, bevor sie sich der Kundschaft zuwandte. War das Nicken die Antwort auf seine Frage gewesen?

Während das Frollein die Kundin beriet, trat Henri an die Eingangstür und ließ den Blick gedankenverloren nach draußen schweifen. Einige Autofahrer kurvten bedächtig die Straße entlang, offenbar auf der Suche nach einer Parklücke. Henri zuckte zusammen. Dieses Türkis! In irgendeiner Hirnwindung hatte er die Farbe gespeichert. Henri musste an die Schoko-Minz-Bonbons denken, die sie im Schulbus auf der Fahrt nach Lübeck so oft gelutscht und kurz vor Erreichen der Füllung genießerisch aufgebissen hatten. Entweder Max, Jochen oder er selbst hatten stets einen kleinen Vorrat aus der Jackentasche gezaubert. »Zweites Frühstück«, hatte der jeweilige Spender grinsend verkündet.

Doch das türkisfarbene Bonbonpapier war sicher nicht der Grund, weshalb er eben so alarmiert gewesen war. Es musste mit dem Wagen zusammenhängen. Henri trat vor die Tür und reckte den Hals in der Hoffnung, die Fahrerin oder der Fahrer möge erneut in sein Blickfeld kurven. Vergeblich. Er würde später darüber nachdenken. Jetzt musste er sich auf das bevorstehende Treffen konzentrieren.

Am Vorabend hatte Henri seine Erlebnisse im Strickzirkel

noch einmal Revue passieren lassen. Im Nachhinein erschienen sie ihm weit weniger abschreckend als währenddessen. Die meisten Frauen hatten ihn interessiert gemustert, was schließlich kein Wunder war. Bis auf Sabine Oltrogge hatte sich keine merkwürdig benommen, und er selbst hatte vermutlich auch nicht die ganze Zeit grenzdebil gegrinst. Er war einfach angespannt gewesen, wozu Max mit seiner Warnung maßgeblich beigetragen hatte. Dazu Schaumwein am helllichten Tag ... der war ihm zu Kopf gestiegen. Dennoch erschien ihm der Argwohn gegen Jochen Möllerhahns Schwiegermutter auch mit zeitlichem Abstand noch berechtigt. Immerhin hatte selbst Edda Langner irritiert aufgehorcht – und sie kannte Sabine Oltrogge schon länger und wusste sicherlich um deren Eigenarten.

Als er sich bei seinem gestrigen Feierabendbier auf den heutigen Tag vorbereitet hatte, musste er an die Erinnerungen seines Vater aus dessen Kindheit denken. Damals hatten sich die Bäuerinnen im Winter, wenn auf den Höfen nicht viel zu tun war, zur *Spinnstube* getroffen. »Die haben in jeder Hinsicht gesponnen«, hatte der Vater lachend erzählt. »Manche saßen wirklich am Spinnrad, manche strickten, und alle miteinander spannen dolle Geschichten zusammen. Wer aus dem Dorf was mit wem haben könnte, und warum ein gewisser August eine gewisse Erna plötzlich doch nicht mehr heiraten wollte. Ich habe das als Kind nicht so richtig verstanden – und später durfte ich nicht mehr dabei sein.«

Henri hatte sich diese Treffen ausgemalt, und je intensiver er das tat, desto stärker sehnte er sich nach etwas Vergleichbarem. Er spürte das Bedürfnis nach Gesellschaft, nach der Geborgenheit einer vertrauten Runde, und konnte plötzlich erkennen, dass es in den Handarbeitszirkeln um mehr ging als um die Verarbeitung von Stoff oder Wolle. Offenbar hatte Maike mit ihrer Initiative einen Nerv getroffen. Zusammen mit Edda Langner hatte sie hier und da noch ein paar zeitgemäße Extras wie den Monatswettbewerb oder ein Gläschen Prosecco hinzugefügt – und fertig war ein charmantes Konzept, das sogar noch dabei half, das Geschäft anzukurbeln.

Henri war gespannt auf den Häkelclub. Eine Teilnehmerin aus dem Strickzirkel war auch in dieser Gruppe aktiv, hatte ihm das Frollein erklärt. Wenn er es richtig verstanden hatte, musste es die Frau mit den langen rotbraunen Haaren sein, deren Namen er vergessen hatte. Nicht so schlimm; sie würden sich sowieso alle noch einmal vorstellen.

Mit gemischten Gefühlen sah er dem erneuten Zusammentreffen mit Peggy Pump, der Tierärztin, entgegen. Er fand, sie hatte sich sehr auffällig benommen, als sie angeblich wegen der angefangenen Babydecke in den Laden gekommen war, diese dann jedoch über einem Stapel Notizen beinah vergessen hätte. War sie wirklich nur zerstreut, wie das Frollein meinte? Oder steckte etwas anderes dahinter? Was, wenn doch sie es war, die sich hinter dem P in Maikes Notizen verbarg? Henri wischte sich über die Stirn, wie um die dahinter lauernden Gedanken zu vertreiben. Er wollte versuchen, der Tierärztin unvoreingenommen zu begegnen.

Er musste nicht lange warten; Peggy traf als Erste ein. Sie hatte eine monströse Tasche dabei, die Henri ihr sofort hilfsbereit abnehmen wollte, was sie aber dankend ablehnte. »Darin ist mein Schatz versteckt«, sagte sie und zwinkerte ihm zu. Sie hievte ihr Gepäck auf den Gruppentisch.

Neugierig wollte Henri ihr beim Auspacken zusehen, da betraten zwei Frauen den Raum vom hinteren Flur aus. Das

Frollein, das nach der eben abkassierten Kundin den Ladeneingang verschlossen und die Uhrzeit auf dem Öffnungsschild mithilfe der großen Zeiger auf zwei Stunden später eingestellt hatte, klatschte in die Hände. »Unsere Curauerinnen«, rief sie, stürmte regelrecht auf die beiden Neuankömmlinge zu und umarmte sie kurz, aber herzlich. »Wie schön, euch wiederzusehen.«

Sie drehte sich um, winkte Henri heran, und sagte zu den Damen: »Henri Ketelsen, mein neuer Chef.« Zu Henri sagte sie: »Evelyne Krull und Gabriele Lösch, beide aus Curau.«

Henri beabsichtigte, sich die Namen aller Teilnehmerinnen zu merken. Er wusste aus Erfahrung, dass ihm das leichter fiel, wenn er Dinge wie Haarfarbe, Temperament, Beruf oder Verwandtschaftsbeziehung damit verknüpfen konnte. Deshalb sagte er nach einer angedeuteten Verbeugung: »Sehr angenehm. Ich bin eigentlich Feinwerkmechaniker, wie Sie vielleicht wissen. Darf ich fragen, was Sie beide beruflich machen?«

»Ich treibe den Leuten das Siezen aus!«, sagte die Frau, die das Frollein als Gabriele Lösch vorgestellt hatte, eine hochgewachsene, kräftig gebaute Aschblonde, die die feinen roten Äderchen, die ihre Gesichtshaut durchzogen, nicht überschminkte. Sie lachte forsch und streckte Henri die Hand entgegen. »Gabriele. Man nennt mich auch die Gabi vom Golfplatz, und tatsächlich bin ich oft dort, aber mein Geld verdiene ich als Journalistin.«

»Oh – dann haben Sie … hast du vielleicht diese netten Artikel über uns geschrieben?« Henri erwiderte ihren kräftigen Händedruck. »Ich bin Henri.«

»Ähm – du meinst diese Artikel im Wochenblatt?« Gabriele runzelte die Augenbrauen. »Nein, ich arbeite eher für andere Medien.«

Die Frau an ihrer Seite, die deutlich kleiner und zierlicher war, lachte. »Gabi stellt gerade ihr Licht unter den Scheffel«, sagte sie und fuhr sich mit der Hand durch den roten Bubikopf. »Sie ist Enthüllungsjournalistin.«

Gabriele winkte ab. »Das ist zu viel der Ehre. Meine Auftraggeber variieren zwischen Tageszeitung und Nachrichtenmagazin.« Damit drehte sie sich zu ihrer Freundin um. »Während Evelyne einen festen Dienstherrn hat.«

Evelyne seufzte. »Mein Job ist etwas weniger aufregend. Ich arbeite im Straßenverkehrsamt Eutin, in der Zulassungsstelle.«

Henri kam der Porschefahrer mit der rasanten Bremsung vor Wucherpfennigs Uhrengeschäft in den Sinn. »In der Zulassungsstelle erfährt man bestimmt einige Dinge, die man für sich behalten muss.« Er lächelte. »Ich hätte gern mal für einen Nachmittag Ihre … ich meine: deine … Zugangsdaten.«

Gabriele schnipste mit den Fingern. »Und da heißt es immer: Henri Ketelsen ist so ein Korrekter!«

»Ach – wer hat denn das erzählt?« Henri schwankte zwischen Empörung über diese Indiskretion und Empörung über diese Charakterisierung.

»Quelle geheim.« Die Journalistin machte mit Daumen und Zeigefinger eine Geste, die die Lippen versiegelte. »Schließlich bin ich investigativ unterwegs.«

Henri musste lachen. Ihm machte diese Unterhaltung zunehmend Spaß. Er setzte ein wichtiges Gesicht auf. »In meiner Position als *Chief Needlework Manager* hat man Verantwortung zu tragen und nicht alles widerspruchslos hinzunehmen.«

Beide Frauen lachten laut auf. *Curau,* dachte er, dort schien ein guter Humor zu gedeihen.

Während des Gesprächs waren drei weitere Gäste eingetroffen. Unter ihnen eine Fünfzigerin mit weizenblonder Lockenfülle à la Shakira, die einen himbeerfarbenen Jumpsuit trug. Henri tippte, dass sie beruflich eine Kosmetikerin oder Nageldesignerin war. Sie stellte sich als Lena Rosendorn vor. *Rosendorn*, an diesen Namen würde er sich mithilfe der Eselsbrücke »rosa, lila, rosenfaben« erinnern. Doch – oje – er brauchte ja jetzt die Vornamen! Rosa, Lila, Lena, würde er sich das so merken können? Nicht dass er noch mit Roselinde Flieder durcheinanderkam …

»Claudia Schlotterbek.« Mit diesen Worten schob das Frollein eine Frau neben Henri, deren Gesicht von vielen feinen Fältchen durchzogen war. Henri schätzte sie auf knapp 60. »Ihr Mann Jörn ist allseits bekannt.«

»Autowerkstatt Schlotterbek?«, vermutete Henri.

»Genau.« Edda Langner kicherte. »Aber was viele nicht wissen: Claudia ist das eigentliche Technikgenie. Ihr Mann macht mehr Organisation und Marketing.«

»Genie ist etwas hochgegriffen. Sagen wir Freak.« Claudia Schlotterbek hatte die raue Stimme einer langjährigen Raucherin. Sie war zwar von zierlichem Körperbau und eher klein, doch ihre Ausstrahlung war ähnlich energisch und ungezwungen wie die der Journalistin.

Die dritte, die Große, kannte er vom Vortag. Sie kam auf ihn zu, ergriff seine Rechte mit beiden Händen und schüttelte sie beherzt. »Frauke Niehoff«, sagte sie. »Moin. Wir sind uns ja gestern schon begegnet.«

Dennoch hatte er den Namen nicht parat gehabt. Wahrscheinlich würde er gleich unter einem Vorwand ins Büro laufen und sich Notizen machen müssen.

»Frauke wird uns zu unserem gestrigen Thema noch etwas

sagen können«, raunte das Frollein in Henris Ohr und machte einen bedeutungsvollen Gesichtsausdruck.

Zu unserem gestrigen Thema? Was sollte das sein? Zum vergangenen Nachmittag fiel ihm höchstens das Verhalten von Sabine Oltrogge ein – und der Prosecco. Er beschloss, für einen Moment seinen Gästen zu entfliehen und alles Weitere auf sich zukommen zu lassen. Verbindlich lächelnd raunte er »bis gleich«, machte dabei einige sachte Schritte rückwärts, drehte sich dann um und verschwand durch die Tür zum Flur. Im Büro schnappte er sich Zettel und Bleistift und notierte:

Name	**Beruf**	**Bemerkung**
Peggy	*Tierärztin*	*mit Schatz*
Lena Rosendorn	*??*	*Shakira*
Evelyne	*Zulassungsstelle*	*Curau*
Gabriele	*Journalistin*	*Curau, Golfplatz*
Schlotterbek (Claudia?)	*Technikfreak*	*forsch*
Frauke	*??*	*packt zu*

Mit Maikes Werktäschchen in der Hand kehrte Henri in den Ladenraum zurück und stellte entgeistert fest, dass das Frollein doch wieder ein Tablett herumreichte. »Ich dachte, heute gibt es keinen Alkohol«, nuschelte er und bedachte Edda mit einem leicht vorwurfsvollem Blick, während er den freien Platz zwischen Frauke und Gabriele einnahm.

»Heute gibt es keinen *Prosecco*, Henri«, entgegnete seine ihn nun offenbar duzende Angestellte. »Das mit dem Alkohol habe ich nie gesagt.«

Peggy Pump mischte sich ein. »Das ist der Schatz aus meiner Tasche. Schlehe. Selbst angesetzt. Aus eigenem Kleingarten.«

»Ach – und ich dachte, in deinem Werktäschchen wäre eine riesige Handarbeit.« Henri kam sich, kaum dass er die Worte ausgesprochen hatte, wie ein Anfänger vor. Nun, das war er ja auch.

»Stimmt«, sagte die Tierärztin und nickte in die Runde. »Darin ist auch noch mein zweiter Schatz. Ich wollte euch heute meine fertige Babydecke vorführen.«

»Großartig!« Das Frollein war bei Henri angelangt und hielt ihm das Tablett mit den Schnapsgläsern hin. »Greif zu!« Als sie Henris verblüfften Blick bemerkte, schob sie schnell hinterher: »Ich darf doch Du sagen?« Wie hätte er widersprechen können? Hätte er überhaupt widersprechen wollen? Das ging ihm alles ein wenig zu schnell heute. Doch es half nichts, er musste reagieren. Er holte tief Luft und nickte.

»Wunderbar, dass wir das jetzt geklärt haben.« Edda Langner strahlte, als hätte sie einen aufwendigen Abstimmungsprozess hinter sich. »Das erleichtert uns die Vorstellungsrunde. Doch erst mal ...« Sie deutete mit einladender Handbewegung zur Tierärztin.

Peggy Pump stampfte zweimal mit ihrem Glas auf den Tisch und hielt es dann in die Höhe. »Liebe, was ...« Sie nickte Claudia Schlotterbek zu.

Claudia ließ ihr Glas ebenfalls zweimal gegen die Tischplatte sausen und hob es dann an. »... rar ist.« Sie fixierte die zupackende Frauke, deren Nachnamen Henri schon wieder vergessen hatte.

Frauke wiederholte das Glas-Ritual. »Rede, was ...« Sie forderte mit den Augen Lena Rosendorn auf.

»... wahr ist«, vervollständigte die Löwenmähnige mit dem himbeerfarbenen Overall. Sie nickte der Journalistin zu.

»Iss, was …« Gabriele Lösch stieß ihre Nachbarin Evelyne mit dem Ellbogen an.

»… gar ist.« Evelyne fixierte Edda Langner.

Das Frollein hielt ihr Schnapsglas konzentriert zwischen Daumen und Zeigefinger, als sie es mit präziser Geste auf den Tisch stoßen ließ. »Trink, was …«

Wie Henri befürchtet hatte, nickte sie ihm zu. All diese Reime kamen ihm bekannt vor, doch er war nicht darauf vorbereitet, einen Trinkspruch vollenden zu müssen. Geistesgegenwärtig stampfte er sein Glas auf, hob es in die Höhe und sah verlegen zu Peggy Pump.

Peggy lächelte. »Trink, was klar ist!« Sie prostete in die Runde. Beinah synchron hoben alle ihre Gläser an die Lippen. Henri kippte die Flüssigkeit schnell hinunter, denn er befürchtete einen zähflüssig-zuckrigen Inhalt. Doch seine Geschmacksknospen vermerkten eher herbe Süße, und die Konsistenz war keineswegs klebrig.

»Martin Luther.« Die Journalistin hatte ihren Schnaps bedachtsam und genießerisch getrunken. Sie sah Henri an. »Du hast dich doch gefragt, woher du den Trinkspruch kennst, oder?«

»Stimmt«, bestätigte Henri, »aber ihr habt ihn ein bisschen verändert, oder?«

Claudia Schlotterbek lachte ein trockenes Lachen. »Liebe, was rar ist – das haben wir ergänzt. Wir hatten eigentlich einen Häkelspruch gesucht, aber uns ist nichts eingefallen, was sich auf *klar* reimt und irgendwas mit Wolle zu tun hat.«

Peggy Pump schaltete sich ein. »Edda«, rief sie, »hier ist noch Nachschub. Magst du noch eine Runde ausschenken?«

Henri fragte sich kurz, warum die Tierärztin nicht selbst mit der Flasche herumging, doch als er Eddas feierlichen Gesichtsausdruck bemerkte, vermutete er, dass sie vielleicht eine Art inoffizieller Mundschenk war.

Nachdem sich alle noch einmal vorgestellt hatten – Henri fühlte sich dabei leicht schaudernd an die Gruppentherapiesitzung aus einer Fernsehserie erinnert, bis ihm klar wurde, dass dies nur ihm zuliebe geschah – ergriff Edda das Wort.

»Henri – was ist dein Projekt?«

Henri öffnete das Werktäschchen und zog vorsichtig die Häkelarbeit heraus.

Das Frollein bekam große Augen, und Lena Rosendorn pfiff durch die Zähne.

Gabriele, die rechts neben ihm saß, beugte sich über den Sommerschal, der deutlich an Länge gewonnen hatte, seitdem Maike zuletzt daran gearbeitet hatte. »Du hast … wir wussten gar nicht, dass du …«

»Bis vor ein paar Tagen konnte er … konntest du das doch gar nicht.« Edda sah ihn unverwandt an. »Dachte ich jedenfalls. Ich … ich wollte es dir doch noch beibringen!«

Henri erlebte zum ersten Mal, dass das Frollein um Worte verlegen war. Insgesamt hatte sich die Stimmung in der Runde schlagartig verändert. Fast herrschte andächtige Stille, die Frauen wirkten wirklich berührt.

Verlegen strich Henri über die Arbeit. »Ich wollte zu Hause erst mal sehen, ob ich das überhaupt kann. Also habe ich mir ein Erklärvideo angeschaut«, berichtete er. »Den Anfang mit Maschenkette und so habe ich nicht ganz verstanden, aber den brauchte ich ja auch nicht.« Zufrieden richtete sich Henri ein wenig auf. »Wie man Stäbchen häkelt und die Luftmaschen dazwischen und welche Maschen man überspringt, das habe ich aber begriffen.« Er fädelte die Häkelnadel, die herausgefallen war, durch die lose Masche, zog sie ein wenig fester, nahm das Schalstück behutsam in die linke Hand, legte den Faden um den linken Zeigefinger und begann mit rechts zu arbeiten. Mit dem Haken der Nadel zog er den Faden durch die Schlaufe. Dann bildete er eine Schlinge, stach in die gleiche Masche, aus der schon das vorige Stäbchen erwuchs, zog den Faden hindurch, holte erneut aus und zog den neuen Faden durch zwei der Schlingen auf der Nadel, holte erneut Faden heran, zog ihn durch die beiden verbliebenen Schlingen und komplettierte damit das Stäbchen.

Claudia Schlotterbek räusperte sich. »Ein bisschen in Zeitlupe, aber perfekt gemacht.«

Frauke, die links neben Henri saß, fasste ihn an die Schulter. »Das ist dein Ding«, sagte sie voller Überzeugung. »Darf ich dich ab sofort Häkel-Henri nennen?« Sie zwinkerte ihm zu.

»Ich hab's Ihnen ja gesagt, Herr Ketelsen«, begann Edda Langner, dann musste sie schlucken, »Sie als Feinwerkmechaniker … ich meine … du, Henri, du bringst die besten Voraussetzungen mit.«

»Vielen Dank, die Damen.« Henri musste lachen. »Aber das ist ein bisschen viel des Lobes. Ich habe gerade mal ein Stäbchen gehäkelt.«

Gabriele Lösch schüttelte entschieden den Kopf. »Aber du hast doch schon viel mehr gemacht. Darf ich?« Auf Henris Nicken hin hob sie das Häkelstück hoch, zog die Enden auseinander und hielt es gegen das Licht. »Nicht zu fassen«, fuhr sie fort und wandte sich an die anderen Frauen, »seht ihr einen Absatz?«

»Absatz?«, fragte Henri ratlos.

»Normalerweise sieht man es, wenn verschiedene Leute an

einem Stück gearbeitet haben«, erklärte das Frollein. »Der eine zieht den Faden ein bisschen fester, der andere hält ihn etwas lockerer. An dem Übergang bildet sich dann ein Absatz. Eine Art kleiner Wulst, könnte man sagen.«

»Aber hier: nichts!« Lena Rosendorn pfiff erneut durch die Zähne.

»Das bedeutet …«, begann Henri.

»Dass du genauso häkelst wie deine Frau.« Das kam von Claudia, die dazu bekräftigend nickte.

Maike führt mir die Hand. Henri sprach es nicht aus, doch der Gedanke ließ ihn schlucken. Er blinzelte schnell.

Peggy Pump begann an ihrer Tasche zu nesteln. Es raschelte vernehmlich, denn sie hatte ihre Handarbeit in Seidenpapier eingewickelt. Als sie es öffnete, war anerkennendes »Ah« und »Oh« zu hören. Man lobte das gelungene Sternchenmuster und den zarten Roséton der Decke. Henri grinste verschmitzt. Er musste an das grasgrüne Flauschgarn denken, das Edda am Montag gezeigt hatte, und an ihre leicht abfällige Bemerkung über die immergleichen Pastelltöne für Babysachen.

Die Zeit verging schnell, während alle ihre aktuellen Arbeiten präsentierten. Henri spürte die Freude der Runde, sich wieder treffen und gemeinsam fachsimpeln und Ratschläge austauschen zu können. Das Frollein hatte recht gehabt: Die Handarbeitszirkel mussten bestehen bleiben!

Während die Damen sich schließlich reihum voneinander verabschiedeten, machte Edda Frauke ein Zeichen, noch zu bleiben. Die zog überrascht die Augenbrauen hoch und band sich, während sie wartete, mit geübten Handgriffen einen lockeren Haarknoten.

Als sie nur noch zu dritt waren, kam Edda sofort zur Sache.

»Frauke ist Physiotherapeutin«, erklärte sie kurz, an Henri gewandt. »Und weiß so manches über manchen.«

»Ich habe sie alle in der Hand.« Frauke baute sich zu ihrer ganzen Größe auf. Allein durch ihre Körperhaltung wirkte sie imposant und wehrhaft. Sie klatschte in die Hände und blinzelte ihm zu. »Aber natürlich bin ich diskret.«

»Natürlich.« Edda machte ein ernstes Gesicht. »Außer es brennt.«

»Und ... wo brennt es?«

»Du kennst doch Sabine Oltrogge.«

Frauke blies die Wangen auf. »Oje, die.«

»Erzähl uns von ihr.«

»Ihr müsst mir schon verraten, warum sie euch interessiert. Und mir versprechen ...«

»Natürlich erzählen wir nichts weiter.« Edda machte eine ungeduldige Handbewegung. »Die gute Frau hat sich gestern ganz merkwürdig benommen, fast könnte man sagen ...«

»Verdächtig.« Henri hatte unbewusst mit der Handkante auf den Tisch geklopft. »Ich habe Maikes Besuche bei ihrem Schwiegersohn erwähnt, und da wurde sie plötzlich aggressiv.« Dass er die Frau absichtlich provoziert hatte, verschwieg er lieber.

»Aggressiv.« Frauke wiederholte das Wort mit Nachdruck. »Man könnte sogar sagen, sie ist gewaltbereit.«

»Uff.« Das war mehr, als Henri erwartet hatte.

»Sie kam schon öfter mit Blessuren zu mir, die sie sich selbst zuzuschreiben hatte.«

»Ach ja?« Das Frollein warf Henri einen bedeutungsvollen Blick zu.

»Es fing damit an, dass sie einen Freund ihres Mannes geohrfeigt hat, das hat sie sogar selbst zugegeben. Der packte sie daraufhin am Arm und stieß sie weg. Sie kam mit einer heftigen Prellung bei mir angehumpelt.« Frauke war in Fahrt. »Und erinnert ihr euch, als das neue Kaufhaus eröffnet wurde?« Beide nickten. »Danach kam sie mit einem verrenkten Knie zu mir. Jemand hatte sie ordentlich geschubst.« Frauke legte eine Kunstpause ein. »Hinterher hat mir eine gute Bekannte erzählt, wie sich die Oltrogge vorher aufgeführt hat. Sie hat sich rücksichtslos vorgedrängelt und selbst jeden in der Menge angestoßen, bevor sie endlich gestoppt wurde.«

»Meine Güte!« Edda fuhr sich durch die kurzen Haare. »Da können wir ja froh sein, dass sie gestern nicht zugestochen hat.«

Henri sah Fraukes alarmierten Gesichtsausdruck und fand, sie habe nun ihrerseits ein Recht auf Information. »Sie wollte ihren angestammten Platz mit der Stricknadel verteidigen. Eine der Neuzugänge hätte sich da fast hingesetzt.«

Frauke schüttelte den Kopf. »Zwischendurch denke ich immer, sie ist eigentlich ganz vernünftig. Doch dann ... dann kommt sie wieder mit einer gezerrten Schulter an und erzählt, dass sie irgendwo dagegengelaufen ist.«

Henri und Edda hoben synchron die Augenbrauen. »Und in Wirklichkeit?«, fragte das Frollein gespannt.

»In Wirklichkeit hat sich wieder jemand gegen sie gewehrt.«

»Wer denn diesmal?« Henri zögerte kurz. »Ihr eigener Mann etwa?«

»Ach wo. Der Biolehrer ihrer jüngsten Tochter, Selina.«

»Woher weißt du das denn?«, wollte Edda wissen.

»Seine Frau kommt nach einem Sportunfall regelmäßig zu mir.«

»Was war denn passiert?« Henri dachte an Elterngespräche und umstrittene Noten.

»Sabine Oltrogge wollte den Mann ohrfeigen. Scheint ihre Spezialität zu sein. Doch er sah das wohl kommen und hielt ihren Arm fest. Sie muss ordentlich rumgezappelt haben. Für die Schulter brauchte sie eine langwierige Therapie.«

»Sie ist also Stammkundin.« Edda griente.

»Ja. Doch wenn sie so weitermacht, fürchte ich, braucht sie bald einen Chiropraktiker …«

»Sagt mal …«, Henri folgte einer spontanen Eingebung, »… die Dame fährt nicht zufällig einen türkisfarbenen Minivan?«

Frauke und Edda schüttelten den Kopf.

Nachdem sich die Physiotherapeutin verabschiedet hatte, sah Henri schweigend auf seine verschränkten Finger.

»Harter Brocken, die gute Sabine Oltrogge, was?« Das Frollein hatte die Hände in die Hüften gestemmt.

»Das kann man wohl sagen.« Henri wusste nicht recht, wo ihm der Kopf stand. Er fuhr sich mit dem Handrücken über die Stirn. »Wenn die es auf jemanden abgesehen hat …«

Edda trat auf ihn zu und legte ihm die Hand beruhigend auf den Unterarm. »Mach dir aber nicht zu viele Sorgen. Du hast ja gehört, was Frauke gesagt hat: Eigentlich ist Sabine sonst ganz vernünftig.«

»Sonst …« Henri war nicht überzeugt. Doch da fiel ihm etwas anderes ein. »Könnten Sie …« Er unterbrach sich und lächelte hilflos. »Die neue Anrede ist noch so ungewohnt. Könntest … du mir noch bei meiner Liste helfen?«

»Liste?« Edda begann zu strahlen. »Machst du dir auch eine No-to-do- und eine Do-to-do-Liste?«

Jetzt musste Henri lachen. Er dachte an die *doofe* To-do-Liste des Frolleins mit all den Putzaufgaben – und dem mysteriösen Telefonat. »Übrigens hast du mir noch nicht verraten, was *Anruf H* auf deiner Liste bedeutet.«

»Jetzt kann ich's dir ja sagen. H war die Abkürzung einer Interessentin für den Strickzirkel, die ich abwimmeln wollte. Sie hätte nicht in die Runde gepasst, doch damals wusste ich noch nicht, wie viele von der alten Crew wieder einsteigen wollten. Deshalb war das ein bisschen heikel.« Edda sah Henri prüfend an. Als er keine Anstalten machte, etwas zu erwidern, fuhr sie fort: »Und was willst du auflisten?«

»Ich habe eine Namensliste für den Häkelclub angefangen. Damit ich zu Hause ein bisschen pauken kann.«

»Vorbildlich.« Henri hörte die Ironie sehr wohl heraus, doch sie störte ihn nicht.

Er war zum Büro vorausgegangen und nahm Zettel und Bleistift zur Hand. Duzen hin oder her, jetzt wollte er die Fragen auf seiner Liste klären.

»Wie heißt Frauke mit Nachnamen?« Henri fuhr mit dem Finger über die Tabelle. »Und was macht Shakira beruflich ... äh, pardon, ich meine Lena?«

Nachdem das Frollein alle Fragen beantwortet hatte, übertrug Henri die Einträge sauber auf einen neuen Zettel:

Name	**Beruf**	**Besonderheit**
Peggy Pump	*Tierärztin*	*mit Selbstangesetzter*
Lena Rosendorn (Shakira)	*Friseurin*	*Chemiebaukasten*
Evelyne Krull	*Zulassungsstelle*	*aus Curau*
Gabriele Lösch	*Journalistin*	*Curau, Golfplatz*
Claudia Schlotterbek	*KFZ-Mechanikerin*	*Technikfreak, Raucherin*
Frauke Niehoff	*Physiotherapeutin*	*packt zu*

14

Ergebnislos

Sie ohrfeigt sogar den Lehrer. Man sollte sich ihr nicht in den Weg stellen.

Henri konnte seine Gedanken nicht von Sabine Oltrogge abwenden. Dennoch erschien ihm die Vermutung, die Frau könne auf irgendeine Weise in Maikes Tod verwickelt sein, ungeheuerlich.

Eifersucht ist eine Leidenschaft …

Wenn überhaupt, dann wäre ihre Tochter, Jochen Möllerhahns Frau, diese aufgedonnerte Samantha, involviert. Sie war so ein Typ, der schnell Konkurrenz witterte, das zumindest konnte sich Henri lebhaft vorstellen. Dazu sollte sie noch labil sein – was immer das heißen mochte. Womöglich war sie besonders reizbar.

Was, wenn Samantha nun ebenso gewaltbereit wäre wie ihre Mutter? Oder wenn sie ihre Mutter, die über einen übertriebenen Beschützerinstinkt verfügen mochte, gegen Maike aufgestachelt hätte?

Maike war in den letzten Monaten oft auf dem Hof der Möllerhahns gewesen, das stand außer Frage. Henri selbst hatte nie die Eifersucht beschlichen, er hatte Maike vertraut und ihr geglaubt, dass sie über den »breitbeinigen Jochen«, wie sie ihn sarkastisch nannte, seit Langem hinweg war. Doch wie mochte es auf der anderen Seite ausgesehen haben? Jochen war ein Mensch, der andere gern provozierte, der gern stichelte, der es mühelos schaffte, sein Gegenüber zur Weißglut zu treiben. Vielleicht hatte er vor Samantha oder ihrer Mutter wieder und wieder mit den Besuchen seiner alten Jugendliebe kokettiert und gar nicht gemerkt, was er da anrichtete?

Wer Wind sät, wird Sturm ernten.

Nur dass die Ernte bei Maike gelandet war, und nicht, wo sie hingehört hätte: beim Rinderbaron selbst.

Henri stockte der Atem, als er sich klarmachte, worauf seine Mutmaßungen hinausliefen. Konnte Maikes Tod wirklich geplant gewesen sein?

Es half nichts – Henri musste sich nach der Ehe der Möllerhahns erkundigen. Und er hatte auch schon eine Idee, bei wem.

Es war immer wieder eine heikle Angelegenheit, auf den Ketelsen-Hof zu fahren. Zwar wusste Henri, dass seine Mutter sich vorbehaltlos freuen würde, ihn zu sehen. Vor 16 Jahren hatte sie den Wunsch, ihr einziger Sohn möge Hoferbe werden, schweren Herzens begraben. Sie war geknickt und traurig gewesen, als Henri ihr und dem Vater eröffnet hatte, dass er sich nicht zum Hofnachfolger eigne und stattdessen eine Ausbildung als Feinwerkmechaniker machen wolle. Was das überhaupt sein solle, *Feinwerkmechaniker*, wieder so eine neumodische Bezeichnung, unter der man sich nichts vorstellen könne, hatten sie gemosert. Man könne sich damit auf Mess- und Kontrolltechnik, optische Geräte oder Uhren spezialisieren, hatte er geantwortet, und da hatte seine Mutter endlich geschaltet, warum er bei ihren gemeinsamen Lübeck-Ausflügen immer im Laden des Uhrmachermeisters verschwunden war.

Notgedrungen hatte sie die bittere Pille geschluckt und schließlich auch verdaut – im Gegensatz zu Heinrich senior. Sein Vater haderte heute noch mit Henris Entscheidung. Dabei hatte er selbst mehrfach darauf hingewiesen, was für ein unprofessioneller Tagträumer sein Sohn wäre, untauglich für harte Verhandlungen und unfähig, schnelle Entscheidungen zu treffen, wie sie auf einem Hof gefordert seien.

Seine Eltern waren vor anderthalb Jahren nach einer überraschenden Wende in ihrem Leben aufs *Altenteil* gezogen. Sie hatten sich das dafür vorgesehene Nebengebäude, in dem vorher Henrich seniors Eltern und davor wiederum seine Großeltern väterlicherseits gewohnt hatten, gemütlich hergerichtet.

Diese traditionelle Regelung führte dazu, dass der alte Bauer stets brühwarm mitbekam, was sein Nachfolger tat, und geradewegs dazu animiert wurde, ihm in die Arbeit hineinzureden. Henris Großvater jedenfalls hatte das hartnäckig getan, und sosehr sein Vater auch dessen helfende Hand während der Erntezeit zu schätzen gewusst hatte, so sehr hatte er andererseits unter den ungebetenen Ratschlägen gelitten. »Ein Ratschlag ist auch ein Schlag«, hatte er einmal zu Henri gesagt. Und dennoch würde der Vater ebenso Ratschläge verteilen, da war sich Henri sicher, und auch deswegen lehnte er ein Leben als Landwirt entschieden ab.

Trotzdem hatte Heinrich senior mehr als einmal versucht, Henri über Maike doch noch umzustimmen. Der Hof sei doch genau die richtige Umgebung für eine Pferdeliebhaberin wie sie; hier könne sie ihr Hobby zum Hauptberuf machen. Ob Maike denn wirklich in der Stadt leben wolle, wo die Wohnungen klein wie Streichholzschachteln seien und man die Miete für eine Pferdebox bezahlen müsse? Henri hatte ein ernstes Gespräch mit dem Vater gesucht und sich jede weitere Einmischung in Maikes und sein Leben verbeten. Danach hatte Heinrich senior fast ein halbes Jahr lang nicht mit ihm geredet.

Vor knapp fünf Jahren – nicht lange nach Maikes und Henris Hochzeit – war schließlich Henris Cousin Patrick wie ein *Deus ex Machina* mit dem brennenden Wunsch aufgetaucht, Landwirt zu werden. Patricks Vater Herbert, Heinrich seniors jüngerer Bruder, lebte als begeisterter Segler mit seiner Familie in Flensburg. Patrick war nicht im Geringsten an Wasserfahrzeugen interessiert, hatte sich aber nach jedem Urlaub auf dem Bauernhof mehr danach gesehnt, einmal selbst seine Runden auf dem Traktor über Felder und Äcker zu drehen. Heinrich senior hatte ihm kurz entschlossen ein mehrmonatiges Praktikum angeboten, und ihm, als dies zur Zufriedenheit aller Beteiligten verlief, schließlich auch die Hofnachfolge in Aussicht gestellt. Patrick zog auf den Ketelsen-Hof und machte eine dreijährige Ausbildung zum Landwirt. Als er Onkel und Tante eröffnete, seine Freundin Nicole träume auch vom Landleben inklusive eigener Hundezucht, beschlossen Henris Eltern, den Hof an die jungen Leute zu übertragen. Sie hatten zunächst Bedenken, Henri als rechtmäßiger Nachfolger könne sich überrumpelt oder um sein Erbe gebracht fühlen, doch Henri machte ihnen schnell klar, dass er nicht vorhabe, sich querzustellen. Im Gegenteil, er war erleichtert und freute sich aufrichtig für den Vater, dass sein Lebenswerk fortgeführt wurde.

Obwohl er anfangs leichte Zweifel gehabt hatte, nahm er seinen Cousin inzwischen ernst. Patrick hatte mit dem Heuverkauf an Hobby-Pferdehalter einen neuen, lohnenden Geschäftszweig erschlossen, und er verstand es, sogar Jochen

Möllerhahn einen ordentlichen Preis für die gelieferten Großballen abzuknöpfen, dessen eigene Ernte zwar für seine Rinderzucht, nicht aber zusätzlich für die importierten Pferde reichte.

Auf dem Hof wurde Henri von einem schwanzwedelnden Golden-Retriever-Rüden empfangen. Der Form halber kläffte der Hund zwei-, dreimal, doch der Eindruck eines energischen Wachhundes gelang ihm in etwa so überzeugend wie dem Eichhörnchen, das auf der großen Kastanie über ihm von Ast zu Ast hüpfte.

»Benno?« Der Retriever beschnupperte Henris Hand. »Oder bist du Barrach?« Das Schwanzwedeln wurde schneller. »Oder Baldur?« Henri konnte sich die Namen der Tiere nicht merken, doch den Zwingernamen, der auf Nicole zugelassen war, wusste er: *vom Schmiedeberg.* Ein recht schnörkelloser Name, verglichen mit all den blumigen, dramatischen und meist englischen Titeln, mit denen sich viele Züchter schmückten.

»Babak, aus!« Das war Patricks Stimme.

Henri drehte sich zum Eingang der Scheune und begrüßte den Cousin mit einem freudigen »Moin«. Was hatte er für ein Glück, dass Patrick nicht auf einem der Felder war!

»Deine Eltern sind unterwegs.« Patrick zuckte bedauernd mit den Schultern. »Und Nicole ist auch nicht da – falls du dir einen Hund zulegen möchtest …«

»Ich wollte mit dir sprechen«, erwiderte Henri. »Hast du ein halbes Stündchen für mich?«

Patrick nickte. »Käffchen?«

»Gern.«

Patrick stiefelte voraus ins Stallbüro, wo er Henri einen

bequemen Korbsessel anbot. Er selbst begann in der kleinen Pantry nebenan die Kaffeemaschine zu befüllen.

Kaum saß Henri, hörte er den Retriever die Treppe heraufstapsen. Seine Krallen klackerten gegen die Holzstufen. Babak ließ sich zu Henris Füßen nieder und warf ihm einen Hundeblick zu, der besagte, dass er gekrault werden wollte. Henri musste lachen. Die Masche mit dem Blick war so einfach wie durchschaubar, funktionierte bei ihm aber dennoch. Der Hund spürte das Wohlwollen, erhob sich sofort, stellte sich dicht vor Henris Beine und legte den Kopf auf seinen Knien ab. Henri strich ihm über den Kopf, den Babak leicht hin und her drehte und seitlich verschob, bis Henris Finger schließlich direkt hinter dem rechten Ohr positioniert waren. Als er zu kraulen begann, schloss der Rüde die Augen.

»Er würde jetzt schnurren, wenn er könnte!« Patrick sah lachend aus der Pantry herüber. »Vielleicht überlegst du dir das doch noch mit einem Hund.«

Als der Hausherr den Kaffee serviert hatte, rückte Henri mit seinem Anliegen heraus. »Wie schätzt du Jochen Möllerhahns Ehe ein?«

»Was, bitte?« Patrick sah irritiert auf.

»Du kennst die beiden bestimmt ganz gut, Jochen und Samantha. Gehst doch auf dem Hof ein und aus. Und ich wollte wissen, welchen Eindruck du von der Ehe hast.«

»Pfff …« Patrick hatte die Backen aufgeblasen und ließ die Luft wieder entweichen. »Finde ich ein bisschen komisch, deine Frage. Immerhin ist der Rinderbaron mein Geschäftspartner. Und da will ich nicht …«

»Keine Bange.« Henri hob beschwichtigend die Hand. »Ich will nicht tratschen.«

»Was willst du dann?«

»Ach, weißt du …« Henri zögerte. Sollte er von Sabine Oltrogge erzählen? Er entschied sich dagegen. Andererseits musste er Patrick schon einen plausiblen – und wahren – Grund nennen. Er wollte seinen Cousin nicht hereinlegen. »… weißt du, es gibt Gerede, weil Maike so oft bei Jochen war. Sie hat ja die Pferde begutachtet, die er verkaufen wollte. Aber jetzt machen die Leute eine Story daraus. Man darf natürlich nicht jedes Getuschel ernst nehmen, aber …« Henri wischte sich über die Stirn, woraufhin der Hund, der die kraulende Hand vermisste, die Augen öffnete und ihm einen gekränkten Blick zuwarf. »Aber das hier nagt schon an mir, und ich möchte wissen, ob Jochen vielleicht … also, ob er womöglich auf mehreren Hochzeiten tanzte – sozusagen.«

Patrick sah Henri direkt in die Augen. »Das weiß ich nicht. So eng sind wir nicht.«

Henri sah zu Boden.

Patrick fuhr fort: »Ich weiß nur, dass Sam – also Samantha – ziemlich heftig werden kann.«

»Heftig?«

»Ich meine: unangenehm.«

»Und wie? Laut? Schnippisch? Ungerecht?«

»Bestimmt alles. Der platzt schnell der Kragen.«

»Irgendjemand sagte, sie wäre labil. Hast du eine Ahnung, was das bedeuten könnte?«

»Ich glaube, sie hat mal eine Psychotherapie gemacht. Habe ich gerüchteweise gehört.«

»War sie vielleicht irgendwo … eingeliefert?«

»Ach Quatsch! Nun reim dir mal nichts zusammen.«

Henri holte Luft. »Glaubst du, sie schlägt auch mal zu?«

Patrick feixte. »Das würde sich Jochen wohl kaum gefallen lassen, oder?«

»Hm … sie könnte ihre Wut ja auch an anderen auslassen. Oder an Tieren. Manche dreschen auf Pferde mit der Peitsche ein. Zum Beispiel …«

»Das würde Jochen ganz bestimmt nicht dulden. Damit würde sie ja die Pferde kopfscheu machen, und das wäre schädlich fürs Geschäft.«

Henri wurde klar, dass er von Patrick nichts Konkreteres erfahren würde. Er spendete Babak vom Schmiedeberg noch einige Krauleinheiten, befragte Patrick zum Reifegrad des Getreides und leerte dabei den Kaffeebecher. Dann verabschiedete er sich.

»Und überleg dir das noch mal mit so 'nem Hund!«, rief Patrick ihm nach und verschwand wieder in der Scheune.

15

Verdächtiger Nummer zwei?

Henri raufte sich die Haare. Er stand, umringt von deckenhohen Regalwänden, in der Mitte des Lagerraums und hatte keine Ahnung, wo er das Noppengarn einsortieren sollte. Er hatte die Aufgabe übernommen (fast freiwillig, wenn man bedachte, wie sanft der Druck des Frolleins gewesen war), die nicht rückgebbare Ware auszupacken und an der passenden Stelle im Lager abzulegen.

»Probleme, Henri?«

Er fuhr zusammen, hatte sie nicht kommen hören. Er drehte sich zu Edda um, die lässig im Türrahmen lehnte und – das registrierte er erst jetzt – einen flaschengrünen Pullover mit U-Boot-Ausschnitt trug, der aus Noppengarn gefertigt war.

»Ja, mich verwirrt diese Systematik. Muss ich dieses Garn hier bei …«, er deutete auf ein Regal auf der linken Seite, »Alpaca/Spezial, bei Wolle für Fortgeschrittene oder bei Effektgarn einsortieren?«

»Bei Bouclé.« Edda verschränkte ihre Arme.

»Ach.« Henri hatte inzwischen das eine oder andere Fachbuch aus Maikes Regal durchgeblättert. »Ich dachte, Bouclé wären Schlingen.«

»Hm.« Sie musterte ihn leicht überrascht. »Da hast du nicht unrecht. Das passt in diesem Fall vielleicht wirklich nicht so ganz. Dann ordne diese Knäuel bitte beim Effektgarn ein. Und dann …«

Henri hob abwehrend beide Hände. »Für viel *und dann* habe ich heute keine Zeit mehr. Ich muss früher los und mache morgen hiermit weiter.«

Henri fühlte sich etwas angespannt, als er ›Nähschiff & Nadelflotte‹ verließ. Er nahm Kurs auf das Heim des Rinderbarons und seiner Frau. Sein Plan war es, Samantha Möllerhahn unter die Lupe zu nehmen. Die allerdings ahnte nichts von seinem bevorstehenden Besuch. Wie würde sie reagieren?

Der Hof lag an einer Straßenkreuzung. Es gab zwei Eingänge, den alten, repräsentativen Haupteingang zur Dorfstraße hin und den Nebeneingang zu Jochens und Samanthas Wohnhaus. Sie hatten den früheren, nicht mehr benötigten Schweinestall abreißen lassen und an seiner Stelle einen Winkelbau im toskanischen Stil errichtet, mit gelb getünchten Wänden und dunkelgrünen Fensterläden. Die dem Kirchenweg und damit der Öffentlichkeit zugewandte Seite wirkte so wie ein kompaktes zweistöckiges Haus. Nur wer auf die Terrasse geladen wurde oder in der Lage war, über die zwei Meter hohe Eibenhecke zu spähen, bemerkte, zu welch weitläufiger Anlage sich das Haus nach hinten ausdehnte. Der Garten, der an die mit Terrakotta-Fliesen ausgelegte Terrasse grenzte, konnte beinah als Park bezeichnet werden.

Henri hatte einmal einen kurzen Blick hineingeworfen, als er vor zwei Jahren seinen angetrunkenen Cousin nach einer Feier bei Jochen abgeholt hatte. Er erinnerte sich an kunstvoll geschnittene Buchsbaumfiguren, ausladende Rhododendren und Rispenhortensien sowie prächtige Magnolien- und Kastanienbäume. Jochen Möllerhahn dachte grundsätzlich groß.

Das ursprüngliche Bauernhaus, in dem sich nach wie vor der Haupteingang befand, war ein großes Fachhallenhaus mit traditioneller Diele, offener Küche und einem riesigen Dachboden. Es war zu einem Empfangs- und Veranstaltungszentrum umgewidmet worden. In den ehemaligen Knecht- und Mägdestuben, die Möllerhahn teilweise zusammengelegt hatte, befanden sich jetzt kleine, aber bequem ausgestattete Gästezimmer, in denen der Rinderbaron dann und wann einen Tierhändler oder einen vielversprechenden Kaufinteressenten einquartierte – besonders dann, wenn man zuvor gemeinsam gebechert hatte, was durchaus zum Kalkül des Hausherrn gehörte.

Das ehemalige Flett – den nach hinten gelegenen Wohn-Küchenraum eines niederdeutschen Bauernhauses – hatte Möllerhahn geschickt durch eine Wand abtrennen lassen, sodass in der vorderen traditionellen Deel, der großen Diele, ein geräumiger Empfangs- und Tagungsraum entstanden war. Hier wurde um Preise gefeilscht, Vortragsrednern gelauscht und so mancher Vertrag unterzeichnet; das Mobiliar war mit stapelbaren, gleichwohl bequemen Stühlen, rustikalen Holzbänken und unterschiedlich großen Tischen entsprechend flexibel einsetzbar. Der Rinderbaron nannte den Raum in geselliger Runde gern *Chefkontor*.

Zum Eingang hin war durch das Einziehen einer mannshohen, rechtwinkligen Ziegelsteinmauer ein Garderoben-Vorraum entstanden. Diesen hatte Henri soeben betreten, als eine aufgebrachte Männerstimme, die von jenseits der Mauer ertönte, ihn davon abhielt, weiterzugehen.

»Dazu rate ich Ihnen aber dringend!«, donnerte die Stimme, zu der sich Henri einen Mann mit puterrotem Kopf vorstellte.

»Da haben Sie den Vertrag wohl falsch gelesen, mein

Freund.« Das war Jochen Möllerhahns Stimme, vermeintlich ruhig. Henri, der ihn besser kannte, spürte gleichsam die spitze, heiße Flamme des Zorns, die auf Nahrung wartete.

»Vertrag, Vertrag, Vert …« Der Mann verschluckte sich. »Bei arglistiger Täuschung ist jeder Vertrag hinfällig, Sie, Sie …«

»Lächerlich.« Noch hielt Jochen die Flamme klein.

»… und Ihre Verbündete da, diese Gutachterin, diese, diese …«

Henri zuckte zusammen. Handelte es sich etwa um einen unzufriedenen Pferdekäufer, der von Maike beraten worden war?

Jochen Möllerhahn erhob die Stimme leicht, wodurch sie schärfer klang. »Frau Ketelsen hat in Ihrem Auftrag gearbeitet.«

»Ach, verdammt.« Henri hörte es bollern, wahrscheinlich traf Faust auf Tisch. »Die hat doch mit Ihnen unter einer Decke gesteckt! Das war doch von vornherein ein falsches Spiel, ein ganz abgekartetes!«

»Sie hören sofort mit Ihren Unterstellungen auf, sonst werde ich …« Jochen Möllerhahns Stimme näherte sich der Garderobe.

Henri war mit einem Satz aus dem Haus, er wollte keinesfalls entdeckt werden. Statt direkt auf die Dorfstraße zu gehen, nahm er den Umweg über den links gelegenen Parkplatz, wo er sich hinter einer Gruppe Ahornbäume hindurch auf den Gehweg schlängeln konnte.

Auf dem Parkplatz stand nur ein einziger Wagen: ein schwarzes Mustang-Cabrio mit weißem Verdeck. Henri schätzte das Baujahr auf Mitte der Sechzigerjahre. Welche Eleganz! Die schlanke, kantige Kontur, die wohlproportionierte Heckansicht! Unter den roten Dreikammerleuchten blitzten, beinah diskret, die beiden symmetrisch angeordneten Rohre des Doppelauspuffs. Im Vorübereilen bewunderte Henri die cremefarbenen, sportlich abgesteppten Polster und die grafische Klarheit der Instrumentenkonsole. Er hätte sich das Auto gern in Ruhe angesehen, es war ein außergewöhnlich gepflegtes Exemplar, und er fragte sich, ob es wohl über einen V6- oder V8-Motor verfügte. Kurz vor der Ahorngruppe drehte er sich noch einmal um. Das Emblem auf dem Kühlergrill, das galoppierende Pony, glänzte wie ein Turniersieger.

Kaum war Henri einige Schritte vom Parkplatz entfernt, hörte er eine Autotür zuschlagen, kurz darauf heulte der Anlasser auf. Jochen Möllerhahn rief dem ungebetenen Gast einen Fluch hinterher, den Henri nicht verstand. Die Stimme überschlug sich beinah – jetzt hatte der Rinderbaron die Kontrolle verloren.

Henri würde ein andermal zurückkehren, um Samantha kennenzulernen.

So aufgewühlt wie er war, konnte er jetzt nicht nach Hause gehen. Er würde dem Max Muckefuck einen Besuch abstatten; wenn er Glück hatte, traf er gerade noch rechtzeitig vor dem Abendgeschäft ein. Wollte er mit Max über alles reden? Henri wusste es nicht so genau. Er verspürte ein diffuses Bedürfnis nach Gesellschaft und Alkohol, und als er sich darüber Rechenschaft ablegte, stellte er erstaunt fest, dass es ihm in Wirklichkeit darum ging, der Einsamkeit zu entfliehen. Jawohl, seit Maikes Tod hatte er sich zurückgezogen, wahrscheinlich war das die einzige Möglichkeit für ihn gewesen, mit dem Verlust umzugehen. Kein belangloses Geplapper, kein gut gemeintes Herrengedeck, kein Schulterklopfen. All das hätte er während der letzten Wochen nicht ertragen. Doch plötzlich fühlte sich diese Abkehr nicht mehr richtig an. Plötzlich war da ein Impuls, wieder am Leben teilzuhaben: Menschen zu sehen, ihnen zuzuhören, gemeinsam ein Glas zu heben.

Max hockte hinter dem Tresen und daddelte auf seinem Handy. Doch während seine Finger routiniert über den Bildschirm des Smartphones strichen, wirkte sein Interesse höchstens halbherzig.

Henri beschloss, es auf einen Versuch ankommen zu lassen. Anders als die neuen, hippen Gäste aus Hamburg verstand er es, die große Eingangstür mit dem schmiedeeisernen Griff sowohl lautlos zu öffnen als auch zu schließen, deshalb hatte Max ihn noch nicht bemerkt. Henri blieb einfach im Schatten zwischen Fenster und Tür stehen und fixierte Max. Max daddelte, sog Luft durch die Nase, daddelte weiter. Henri lehnte sich zurück, stützte sich mit beiden Händen am hölzernen Wandpfeiler ab und bedachte Max mit einem intensiven Blick. Sein Freund sah auf.

»Bro!« Max hatte sein Daddelgerät, schneller als Henri gucken konnte, aus der Hand gelegt. »Wässerchen?«

Henri wusste, dass Wodka, polnisch Wódka, eigentlich Wässerchen bedeutete. Und er wusste, dass Max seit einiger Zeit Zugriff auf die besten polnischen Wódka-Sorten besaß. Das lag nicht nur daran, dass auch in Bökersbrück polnische Pflegekräfte längst zum Alltag gehörten, sondern vor allem daran, dass Max den Gastarbeiterinnen der heutigen Zeit mit Wertschätzung begegnete. Im Gegenzug kam er in den Genuss einer herzlichen Offenheit, die all jenen zuteilwurde, die ohne Arroganz auftraten.

»Gern.«

Max fischte eine klare, schlanke Flasche mit einem filigranen Glaskragen unter der Theke hervor. »Wódka Mazowiecka Żytnia«, erklärte er und wirkte so sachverständig wie ein Schnaps-Sommelier.

»Ich muss dir was erzählen«, sagte Henri zu seinem eigenen Erstaunen.

»Ich dir auch.« Max kippte 2 cl von dem *Wässerchen* hinunter und seufzte.

»Du zuerst.« Henri staunte schon wieder über sich. Lange Zeit hatte er sich keine Geschichten von anderen anhören mögen.

Max schniefte. »Findest du mich unmännlich?«

»Wie bitte?« Henri war ehrlich entrüstet. »Hat Jochen wieder auf dich eingeredet?«

»Nein.« Max zog sein Zopfgummi herunter, packte die offenen Haare mit beiden Händen, schob sie zu einem Männer-Dutt zusammen und fixierte sie wieder mit dem Gummiband. »Das heißt, ja, schon. Auch. Doch ich dachte … vielleicht, heutzutage …«

»Wer ist es?« Henri hatte blitzschnell geschaltet: Sein Freund litt an Liebeskummer.

»Ach, Manno.«

»Du wolltest mir was erzählen, also erzähl.« Henri hatte die Ellenbogen auf die Theke gestützt und beugte den Oberkörper gespannt vor.

»Wie soll ich sagen … das ist mir lange nicht mehr passiert.«

»Weißt du noch, wie wir das früher genannt haben? Es hat *zoom* gemacht. Ein Blitz aus heiterem Himmel. Das hatten wir aus irgendeinem alten Schlager, glaub ich.«

»›Tausendmal berührt‹. Von Klaus Lage.«

»Aha. Und bei wem …«

»Den Song spiel ich manchmal. Beim Retro-Stammtisch, wenn sie Skat zocken oder Doppelkopf.«

»Max! Wer ist es? Kennst du sie auch schon so lange wie der in dem Schlager seine Flamme?«

Max schüttelte den Kopf. Er begann, mit der Wodka-Flasche zu spielen, fuhr mit dem Finger über den Deckel, übergab die Flasche von einer Hand in die andere und stellte sie schließlich wieder ab.

»Es ist diese Kira.« Max sah Henri nicht an.

»Wie bitte? Etwa Kira Schluff?«

Max kippte Wodka in sein Glas nach, nippte aber nur daran. »Yepp.«

»Oh.«

»Ja, ja, ›oh‹. Das ist genau das, was ich jetzt gebrauchen kann.«

Na, soll ich vielleicht so tun, als wäre es nichts weiter als ein aufregender Teenager-Traum? »Coole Frau«, sagte Henri, »dein Geschmack lässt nichts zu wünschen übrig. Aber …«

»Aber leider wird ein wenig Geduld vonnöten sein, denn ihr Mann ist verstörend jung.«

»Max.« Henri sah dem Freund in die Augen. »Such dir nicht wieder eine Frau aus, die nicht zu haben ist.«

»Aber Liane …«

»Liane war auch nicht zu haben, nicht wirklich. Und das wusstest du.«

Max schlug hart auf die Theke, sodass selbst aus seinem nur zu zwei Dritteln gefüllten Glas Flüssigkeit herausschwappte. »Ach Mann, Scheiß-Küchenpsychologie.«

Henri nutzte die Steilvorlage. »Vielleicht suchst du dir dann lieber ’nen professionellen Psychologen?«

Nun trank Max den Schnaps doch aus. »Du meinst, ich muss zum Seelenklempner?«

»Ich glaube, ein Seelenprofi könnte dir die Augen öffnen. Mit Freunden klappt das meistens nicht. Da fehlt der Abstand.«

Max maß Henri mit skeptischem Blick. »Ich weiß, dass du mich nicht als bescheuert abstempeln willst. Aber ich muss das alles jetzt erst mal sacken lassen.« Er machte Anstalten, sich einen weiteren Wodka einzugießen. Als Henri ihm die Hand auf den Arm legte, schraubte Max die Flasche wieder zu und stellte sie in ihr Fach unter dem Tresen zurück. »Na los, lenk mich ab. Ich muss dringend an was anderes denken!«

Henri berichtete von seiner Begegnung mit Sabine Oltrogge, seinem Gespräch mit Patrick, seinem Entschluss, sich ein Bild von Samantha Möllerhahn zu machen und dem Streit zwischen Jochen und dem Pferdekäufer. Erst jetzt setzte er sein Glas an und ließ einen Schluck Wodka langsam über die Zunge gleiten. »Mmh, der ist wirklich gut.«

»Soll ich nachschenken?«

»Später. Jetzt sag mir erst, ob ich paranoid bin, oder ob sich diese Leute wirklich verdächtig benehmen.«

»Auf jeden Fall höchst eigenartig.« Max hatte spontan geantwortet. Henri atmete auf: Dann schien er sich nicht völlig zu verrennen.

Max hob sein Schnapsglas gegen das Licht, kippte es langsam von Seite zu Seite und verfolgte die Bewegung der verbliebenen Wodkatropfen mit den Augen. »Erinnere dich bitte mal genau daran, was dieser Mann über Maike gesagt hat.«

Henri ließ seinen Kopf in die aufgestützten Hände sinken. Er musste konzentriert nachdenken, denn die Aufgabe war schwieriger, als sie sich anhörte.

»Na ja, er sagte, sie wäre Jochens Verbündete.«

»Hm. Weiter.«

»Also – dann sagte Jochen, dass sie doch im Auftrag des Kunden selbst gearbeitet hat. Und dann – dann wurde der Mann laut und meinte, sie hätte mit Jochen unter einer Decke gesteckt.« Henri schnaubte. »Da haben wir es wieder, dieses Gerücht, dass die beiden zusammen …«

»Das meine ich nicht. Denk genau nach, Bro. Hat er gesagt ›Sie beide stecken doch unter einer Decke‹ oder eher: ›Die hat doch mit Ihnen unter einer Decke gesteckt‹?«

»Das zweite.« Henri wusste nicht, warum, aber da war er sich hundertprozentig sicher.

»Und hattest du den Eindruck, er meinte ›Diese Frau ist Ihre Verbündete, das werde ich jetzt entlarven‹?«

»Hm, nee. So klang es nicht. Worauf willst du denn hinaus?«

Max stellte das Schnapsglas mit entschlossenem Ruck auf der Theke ab. »Das will ich dir sagen: Mir scheint, der Typ hat nicht in der Gegenwartsform von deiner Frau gesprochen. Sondern eher so, als wäre sie für ihn ein abgeschlossenes Kapitel. Und das, obwohl er den Kauf ja wohl anfechten will.«

Henri streckte Max wortlos sein Glas entgegen. Max bückte sich, beförderte das polnische Wässerchen zutage und schenkte beiden nach.

»Welches Kennzeichen hat denn der Ford Mustang?«

»Ach herrje …« Henri kam sich vor wie der letzte Depp. Er hatte den Wagen vor sich gehabt, wie auf dem Präsentierteller, und hatte vor lauter blitzendem Chrom und stylishen Scheinwerfern das Wichtigste übersehen. Er raufte sich die Haare.

Max stöhnte auf.

Da kam Henri eine Idee. »Ich glaube, ich weiß, wie ich das noch rauskriegen kann.«

»Ach was.« Max zog beide Augenbrauen interessiert in die Höhe.

Da wurde die Eingangstür aufgestoßen. Henri, der mit dem Rücken zur Tür saß, brauchte nur in Max' Gesicht zu sehen, um zu wissen, dass Gäste eintrafen, die 80 Kilometer und mehr gefahren waren, um der Empfehlung eines Szenemagazins zu folgen. Max lächelte etwas angestrengt und griff nach den Servietten mit dem aufgedruckten Blumenkübel.

16

Auf ein Neues

Henri hatte Punkte auf seiner To-do-Liste stehen, die ihm nicht behagten. Er musste an die Do-to-do-Liste des Frolleins denken, doch Putzen und Fegen hätte er im Vergleich harmlos gefunden. Auf seiner Liste der ungeliebten Aufgaben standen zwei Dinge ganz oben: Evelyne Krull anrufen und Samantha Möllerhahn kennenlernen.

Er fand Evelyne, die Kleine, Zierliche mit dem roten Bubikopf aus dem Häkelclub, zwar sympathisch. Doch wie peinlich würde es werden, zugeben zu müssen, warum er ihre Hilfe als Mitarbeiterin der Zulassungsstelle brauchte! »Tja, ich habe leider nicht daran gedacht, mir das Kennzeichen zu notieren, aber du kannst doch bestimmt auch so herausbekommen, wer diesen einmaligen Oldtimer fährt?« Abgesehen davon, dass eine derartige Halterabfrage illegal wäre und er nicht wusste, ob sie Derartiges für ihn riskieren würde. Je länger Henri darüber nachdachte, desto abwegiger kam ihm der Plan vor. Nein, keinesfalls würde sie für ihn Job und Leumund aufs Spiel setzen! Warum sollte sie? Sie hatten erst einmal gemeinsam am Häkelclub teilgenommen. Würde er etwa umgekehrt für sie in Torben Wucherpfennigs Werkstatt eine Standuhr manipulieren? Natürlich nicht! Na also: Er musste diesem Pferdekäufer irgendwie anders auf die Schliche kommen.

Blieb Vorhaben Nummer zwei: *Sam*. Sei sie nun labil, gewalttätig, manipulativ, krankhaft eifersüchtig oder nichts von alledem – er musste es herausbekommen. »Du hast ein Händchen für Feinmechanik und ein Auge für Sand im Getriebe«, hatte Maike ihm bescheinigt, und in dem Begriff *Getriebe* war ausdrücklich auch die menschliche Psyche eingeschlossen.

Henri war klar, dass er nicht gleich zum Möllerhahn'schen Wohnhaus gehen konnte. Da würde er zwar ziemlich wahrscheinlich direkt auf Samantha treffen, doch er hätte keine einleuchtende Erklärung, dort aufzutauchen. Er hatte sich eine Geschichte zurechtgelegt, die sein Erscheinen auf dem Hof plausibel machen sollte, doch dafür würde er sich gewissermaßen in Maikes Fußspuren bewegen müssen, und die führten nicht in die privaten Wohnräume, da war sich Henri sicher.

»Maike muss ihre Persol-Sonnenbrille irgendwo bei euch verloren haben«, wollte er sagen. Und die suche er dringend als Andenken, weil er sie ihr bei einem denkwürdigen Ausflug nach Venedig gekauft habe. Mit dem Reiseziel lag er sogar im Bereich der Wahrheit; sie hatten den berühmten Karneval besucht und andere touristische Hotspots voller Freude und Neugier gemeinsam erkundet. Natürlich musste er vorgeben, die Sonnenbrille an den Orten zu vermuten, die Maike bei ihrer professionellen Tätigkeit als Pferdegutachterin aufgesucht haben würde. Also wählte er wieder den Weg zum Haupteingang des Möllerhahn'schen Anwesens.

Diesmal stellte er sein Fahrrad an der Dorfstraße ab und wand sich durch die Ahorngruppe zum Parkplatz. Er war leer. Selbstverständlich stellte Jochen Möllerhahn seinen Pick-up mitten auf dem Hof in direkter Nähe zum Wohnhaus ab. Ob seine Frau über einen eigenen Wagen verfügte, wusste Henri nicht. Vielleicht wäre er bald schlauer.

»Das will ich aber auch hoffen!«

Henri kam diese Stimme bekannt vor, doch er konnte sie nicht zuordnen. Wieder verharrte er im Garderobenvorraum, wieder entschied er sich, in der Deckung zu bleiben.

»Immer langsam mit den jungen Pferden. Dir läuft doch nichts weg.« Der Hausherr, beschwichtigend. Henri hätte darauf gewettet, dass Jochen in Wirklichkeit wieder aufgebracht war, seine Emotionen aber erneut bewusst auf kleiner Flamme hielt.

»Wie kannst du das sagen? Wenn du immer wieder eine andere engagierst, schadet mir das gewaltig. Nicht so sehr finanziell, aber vor allem beim Image. Wie stehe ich denn als Tierärztin da, wenn du eine nebenberufliche Gutachterin meiner Expertise vorziehst?«

Henri schauderte: Das war Peggy Pump, die unscheinbare kleine Frau mit den haselnussbraunen Haaren, die mit Hingabe blassrosa Babydecken häkelte. Gleich bei ihrer ersten Begegnung während des Rettungseinsatzes war sie ihm dubios vorgekommen. Wie auffällig beiläufig sie diese Notizen eingesteckt hatte! Und doch hatte er sich von ihrer verbindlichen Art beschwichtigen lassen, die sie im Häkelclub an den Tag legte. Er hätte eben doch mehr auf sie achtgeben sollen, denn sie war – so kam es ihm jetzt vor – fast übertrieben soft und freundlich aufgetreten.

Möllerhahns Tonfall sollte beruhigend wirken. »Na, hör mal, nicht *ich* engagiere den Gutachter, sondern die Käufer.«

Die Pump lachte heiser. »Als wenn die sich nicht an deine Empfehlung halten würden!«

Der Rinderbaron schien tief Luft zu holen. »Das würde ich sehr begrüßen. Ich gebe gern eine Empfehlung für dich ab!«

»Wie gesagt – das will ich hoffen. Ich möchte bei den Gutachten endlich Vorrang haben.« Sie senkte die Stimme, wodurch die nächste Aussage beinah wie eine Drohung klang. »Dann komme ich nämlich umso lieber auch mitten in der Nacht, wenn wieder mal ein Kalb Geburtshilfe braucht.«

Henri zog sich zurück, bevor die beiden ihm auf den Pelz rücken konnten. Sein Täuschungsmanöver lief schon wieder nicht wie geplant. Sollte er darauf warten, dass die Tierärztin den Hof verließ, und dann einen neuen Anlauf wagen? Er entschied sich dagegen, denn er hatte keine Lust, sich für unbestimmte Zeit auf dem Gelände herumzudrücken.

Immerhin verfügte er jetzt über neue, unerwartete Erkenntnisse. Peggy Pump hatte Maike offenbar als unliebsame Konkurrentin angesehen. Sternchenmuster und Selbstangesetzter aus ökologisch wertvollen Wildfrüchten konnten nicht darüber hinwegtäuschen, dass sich hinter der Fassade der freundlichen jungen Dame eine knallharte Geschäftsfrau verbarg.

Das musste er erst einmal verdauen. Vielleicht konnte er nachher im ›Nähschiff‹ mit dem Frollein etwas ausführlicher über die Tierärztin reden. Täuschte er sich, oder hatte Edda neulich bei der Inventur einen wenig begeisterten Eindruck gemacht, als Peggy Pump hereinschneite, um ihre Häkelsachen zu holen?

Henri ging Edda im Laden zur Hand, so gut er konnte. Er war nun regelmäßig zwischen 10 und 16 Uhr dort; zuweilen kam er auch früher oder blieb länger, wenn viel zu tun war; sie sprachen das dann von Fall zu Fall ab. Henri holte selbstständig Nachschub aus dem Wolllager, wobei er sich beim Effektgarn besonders gut auskannte. Es gab Situationen, da fühlte er sich so versiert, als hätte er schon ewig in der Handarbeitsbranche gearbeitet. Später dagegen wurden ihm seine Grenzen wieder allzu deutlich – nämlich immer dann, wenn Kundinnen Empfehlungen brauchten. Zwar wusste er mittlerweile, dass man passende Nadelstärken nicht einfach vom Etikett ablas, sondern dass auch die individuelle Arbeitsweise zu beachten war. Auch zum Thema Maschenproben konnte er Fachwissen beisteuern. Doch diese Randbedingungen machten noch lange kein gutes Beratungsgespräch aus. Wenn er Edda aufmerksam zuhörte, stellte er fasziniert fest, welch eine Begeisterung sie zu wecken verstand. Dazu setzte sie ihr feines Gespür für Vorlieben ein. »Welche Wolle die richtige für jemanden ist, hängt auch mit dem Temperament zusammen«, erklärte sie ihm zwischen zwei Kundinnen und versprach, die Verkaufsgespräche später mit ihm zu analysieren.

Waren schon Wolle & Co. ein komplexes Gebiet, so umfasste ihr Angebot noch etliche weitere Materialien vom Stickgarn bis zu Kleiderstoffen. »Wir bieten das Rundum-sorglos-Paket für Handarbeitsfreaks«, hatte Maike ihm ihr Geschäftsmodell erklärt. »Und wenn Mami ein bisschen Zeit braucht, um die neue Stoffkollektion kennenzulernen, beschäftigen wir die Kleinen solange mit der Strickliesel.«

Im Stillen hoffte Henri, dass er nicht alle Disziplinen lernen müsste. Bestimmt waren einige Kenntnisse nur selten gefragt.

»Man weiß nie, welche Modeströmung als Nächstes kommt«, versetzte Edda, als Henri eine skeptische Bemerkung über die Bedeutung von Sticktwist und Perlgarn gemacht hatte. »Es gab Zeiten, da bestickten junge Frauen Spruchbänder für ihre Wäscheschränke.« Sie führte ihn zu einem Regal im linken hinteren Teil des Ladens, in dem ein buntes Sammelsurium zusammengekommen war. »Zählstoffe, Halbleinen, Leinen, Stickrahmen«, zählte das Frollein auf, wobei sie Material vor und zurück, hin und her schob. »Ha! Hier hab ich's.« Mit diesen Worten zog sie eine Art Banderole aus dem Fach, die sorgfältig zusammengerollt war. Sie entrollte den fein gewebten Stoff und hielt vier dünne, übereinandergelegte, gelblichweiße Bänder in der Hand, die mit zarten roten Stichen umrahmt waren. In derselben roten Farbe waren Buchstaben in altmodischer Frakturschrift aufgestickt.

Im Schranke weißes Linnen, stand auf dem ersten.

Im Herzen reines Sinnen, las Henri auf dem zweiten.

»Warte!«, sagte er, bevor Edda das zweite Spruchband oben auf dem Stapel entfernte. »Da steht irgendwas mit deutscher Hausfrau drauf, oder? Ich kenne diese Schrankborten. Meine Mutter hatte sie an die Regalfächer im Wäscheschrank geheftet.«

Edda nickte. »Dafür sind sie gemacht.«

Sie legte das Band mit dem *Sinnen* beiseite.

Und beides wohl verwahrt, stand auf dem dritten Spruchband geschrieben, und der Text des vierten ergänzte: *Ist deutscher Hausfrau Art.*

Henri sah Edda nachdenklich an. »Interessant, was die alte Schrift ausmacht.«

»Wieso, was meinst du?«

»Na, dadurch sieht das Ganze echt antik aus. Oder zumindest retro. Ansonsten würde es einen wahrscheinlich schütteln, wenn man den Text liest. Aber so präsentiert, wirkt es ganz charmant.«

Edda legte die vier Stoffbänder wieder exakt übereinander und begann sie einzurollen. »Recht hast du, Henri.«

Henri stand schon vor dem übernächsten Regal. »Das hier sind aber keine Stoffe zum Besticken, oder?« Er befühlte nacheinander einige unifarbene Stoffballen in gebrochenen Weißtönen.

»Nein, das sind Baumwollstoffe zum Nähen.« Edda trat neben ihn. »Obwohl man natürlich auch mit der Nähmaschine darauf sticken kann.«

»Hm.« Henri fühlte sich verzagt. Es gab noch so vieles zu lernen!

Edda schien seine Gedanken lesen zu können. »Alles nach und nach, Henri. Momentan ist Stricken und Häkeln das Wichtigste.« Sie zögerte einen Moment, dann lächelte sie ihn schelmisch an. »Und den Spitznamen Häkel-Henri hast du ja schon weg. Dem musst du nun zuallererst mal gerecht werden.«

Henri stutzte. »Wer hat das noch gleich gesagt? Frauke, oder?« *Das wird sie doch wohl nicht überall herumerzählen?*

Doch bevor er Edda seine Befürchtung mitteilen konnte, betrat eine kleine, schlanke, braunhaarige Frau mit praktischer Kurzhaarfrisur den Laden. In der rechten Hand trug sie einen schmalen orangefarbenen Kasten, aus dem ein Tragegriff hervorragte. Henri musste lächeln: eine Nähmaschine. Als hätte die Frau eine Ecke weiter auf das Kommando gewartet, um Eddas Aussage, was das Wichtigste sei, zu widerlegen.

»Reparieren Sie auch meine alte Kayser Extra?«

Edda hatte schon Luft geholt, um zu antworten, da ergriff Henri das Wort. »Was ist denn kaputt?«

»Ich weiß nicht genau, es könnte das Fußteil sein. Manchmal, wenn ich vom Pedal gehe, näht die Maschine einfach weiter.

Ich kann dann nur noch den Stecker ziehen. Leider passiert das immer öfter.« Die kleine Frau hatte ein faltiges Gesicht mit wachen, graublauen Augen. Ihren Händen sah man an, dass sie Arbeit gewohnt waren.

»Nähen Sie viel mit der Maschine?« Henri war mittlerweile an den Verkaufstresen getreten, auf dem die Kundin den orangen Kasten abgestellt hatte.

»Ja, alles, was geht. Kissenhüllen, Fenstervorhänge, aber auch Hosen. Jetzt bin ich gerade bei einem Kleidchen für meine Enkelin, die in zwei Wochen bei einer Hochzeit Blumen streuen soll.«

Sie schwimmt bestimmt nicht im Geld. Henri zog die Maschine zu sich heran. »Das ist vielleicht nur der Kondensator oder der Widerstand. Ich sehe mir die Sache einmal an. Morgen melde ich mich bei Ihnen.«

Mit einem erleichterten Lächeln schrieb die Frau ihre Telefonnummer auf einen Karoblock, den Edda ihr mitsamt Kugelschreiber reichte.

Als sie den Laden verlassen hatte, brummte Edda: »Ich kann mich nicht erinnern, dass die Dame hier mal Stoff gekauft hätte. Dabei haben wir hervorragende Ware für Kissenhüllen, aber wir führen auch Hosenstoffe. Baumwolle, Leinen, sogar Cord.«

Henri lächelte Edda an. »Das ist bestimmt nicht die Kundin für das dicke Geschäft. Ihre Nähmaschine reparieren wir trotzdem. Es gibt schließlich andere, die das ausgleichen.«

Henri hätte sich fast die Augen gerieben. Schon wieder schien jemand eine Ecke weiter auf seinen Auftritt gewartet zu haben. Es stolzierte in den Laden: Roselinde Flieder. Angetan mit einem farblich zum Nachnamen passenden, eleganten

Hosenanzug, die honigblonden Haare akkurat hochgesteckt, schwenkte sie auf der rechten Seite eine kaffeebraune Leder-Aktentasche in Croco-Optik.

»Was halten Sie davon, Frollein, kriegen wir das hin?« Mit einer lässigen Bewegung hatte sie die Tasche auf den Tresen gehoben und öffnete sie nun. Zum Vorschein kam ein Stapel Fotos. Henri, der nach wie vor neben Edda stand, erkannte Laternenpfosten, Parkplatzbegrenzungen, Poller und Zaunpfähle. Alle waren bunt ummantelt.

Edda schnappte nach Luft. »Guerilla-Häkeln. Soll das Ihr neues Hobby werden?«

Die Frau des Bürgermeisters lachte herzlich. »Nein, natürlich dachte ich eher an meine Schützlinge: die Mädels von der Jugendgruppe *Kratzbürste*. Uns vom Kiwanis-Club ist es ja eine Herzensangelegenheit, dass sie nicht unter die Räder kommen, und deshalb habe ich als Zweite Vorsitzende die Patenschaft übernommen. Haben Sie doch in der Presse gelesen, oder?« Sie hob erwartungsvoll die Augenbrauen.

Henri, der Eddas Stocken bemerkte, sprang ein. »Aber natürlich. Sehr verdienstvoll, Ihr Engagement! Sollen ja nicht alle ganz einfach sein, die lütten Deerns. Bei den schwierigen Familienverhältnissen …«

»Ja, sicher, Eltern mit Drogenmissbrauch … Verwahrlosung … Reden wir nicht lange drum herum, Herr … sagen Sie, sind Sie nicht der Mann von Maike Ketelsen? Na, wie auch immer, jedenfalls brauchen diese *lütten Deerns*, wie Sie sie nennen, eine sinnvolle Beschäftigung. Damit sie nicht dauernd auf dumme Gedanken kommen.«

»Und dabei dachten Sie an Handarbeiten? Eine hervorragende Idee!« Edda, die ihre Fassung wiedergefunden hatte, schnurrte fast.

Henri sah förmlich in ihrem Kopf Zahlenreihen rattern wie die Walzen eines Spielautomaten.

»Und wenn die Mädels ordentlich was geschafft haben, organisiere ich einen Pressetermin, wo die umhäkelten Pfähle fotografiert werden.« Roselinde Flieder lächelte in froher Erwartung der auf die Arbeit folgenden Image-Kampagne. »Dazu muss das ganze natürlich tippi-toppi aussehen. Und deshalb brauche ich nicht nur Ihre Wolle, sondern auch Ihre Hilfe.«

Edda richtete sich auf. »Dafür sind wir da. Wir lassen unsere Kunden niemals mit der Realisierung ihrer Handarbeiten allein.«

»Wunderbar. Ich dachte mir, ich schicke die Mädels zu Ihrem Häkelclub. Wann ist der noch immer gleich?«

»Äh …« Henri stockte der Atem.

»Das machen wir anders.« Edda musste sich ähnlich überfahren vorkommen wie er selbst, doch sie reagierte professionell. Sie lächelte wie für eine Zahnpasta-Reklame. »Für Sie überlege ich mir eine ganz individuelle Betreuung. Schließlich müssen sich die *Deerns* nicht extra mit Muschel- und Waffelmuster auseinandersetzen oder mit dem, was wir sonst noch alles im Häkelclub durchackern. Es ist viel wichtiger für sie zu wissen, wie man die Maße der Pfosten korrekt nimmt und welche Nähtechniken man schließlich einsetzt. Stäbchen und Farbwechsel bringe ich ihnen gleich am Anfang bei.«

»Ja, Frollein! So machen wir es.« Flieder senkte die Stimme. »Und wenn das gut läuft, dann ist im Pressebericht sicher auch ein kleiner Werbeblock für Sie drin.« Sie zwinkerte Edda verschwörerisch zu. Dabei raffte sie ihre Fotos zusammen.

Henri hatte gerade nicht das Gefühl, hier der Chef zu sein. Doch was erwartete er auch? Dass die Leute ihn innerhalb kürzester Zeit für kompetent hielten? Und das auch noch, während er nur Teilzeit arbeitete? Er seufzte. Vielleicht sollte er sich selbst erst einmal schlaumachen, wie dieses Waffelmuster aussah und wie man Pfosten umhäkelte.

Die forsche Kundin stutzte, als sie das letzte Foto vom Tisch klaubte. »Hier. Das ist noch für Sie! Beinah hätte ich's vergessen. Diese Hektik aber auch immer!« Sie schob dem Frollein einen Abzug in Extragröße entgegen. »Der Schnappschuss ist mir neulich gelungen, als wir uns in Sierksdorf begegnet sind. Oder war es Haffkrug? Na, egal.« Sie betrachtete das Foto über Kopf und deutete auf den Mann, der dicht neben Edda ging. »Gut getroffen, oder? Ihr Mann – ach nein, Sie sind ja ein Fräulein – also dann wahrscheinlich Ihr Freund. Und Sie natürlich auch. War ganz überrascht, dass bei dem Wetter noch andere außer mir unterwegs waren.« Roselinde Flieder plapperte munter weiter, ohne auf die Verlegenheit ihres Gegenübers zu achten. Eddas Wangen hatten sich rosig rot gefärbt, und Henri meinte kurzzeitig eine Art Schnappatmung festgestellt zu haben. »Ich, die flinke Linde, bin ja quasi permanent im Einsatz. An dem Tag habe ich Muster für die umhäkelten Pfosten geknipst. Das habe ich in den letzten zwei Wochen beinah täglich getan. Aber wie gesagt, dass andere bei diesem grauen Himmel freiwillig das Haus verlassen … na, wie gut, dass ich mein Teleobjektiv dabeihatte, nicht wahr?«

Sie hatte ihre Aktentasche verschlossen, klemmte sie unter den Arm, hob beim Umdrehen noch einmal die Hand zum Gruß und verließ das Geschäft mit der Haltung einer Frau, die jederzeit alles zu geben bereit ist.

Henri wollte Edda nicht zusetzen. Das Foto war ihr peinlich, und er würde sie sicher nicht darauf ansprechen. Hatte sie jemanden hintergangen? Ihren Haupt-Liebhaber mit einem Zweit-Liebhaber betrogen? Hatte Roselinde Flieder etwa unwissentlich ein Geheimtreffen abgelichtet? Ein Spaziergang bei ausgemacht schlechtem Wetter sprach dafür …

Henri stellte nicht zum ersten Mal fest, wie wenig er über Eddas Privatleben wusste. Es kam ihm so vor, als vermeide das Frollein jedes Gespräch darüber. Während sie sich bereitwillig zu allem äußerte, was mit Handarbeiten, Mode oder allgemeinen Trends zu tun hatte, wurde sie sofort einsilbig, wenn es um sie selbst ging. Weshalb sie denn den Bus nehme, hatte er einmal von ihr wissen wollen. »Ist das Beste«, hatte sie nur schulterzuckend erwidert und war schnell Kaffee kochen gegangen.

Henri überlegte noch, wie er das Gespräch auf ihren Feierabend bringen konnte, ohne ungebührend neugierig zu wirken, als die Ladentür aufgestoßen wurde und zwei Mädchen hereintraten. Henri schätzte sie auf 15. Sie hätten sich in der Schule für ein Filzprojekt angemeldet und bräuchten nun die Materialien dafür, erklärten sie dem Frollein.

Henri wusste, dass es spezielle Wolle zum Filzen gab, und er wusste auch schon, welche drei Regalbretter damit befüllt waren. Dennoch überließ er dieses Kundengespräch lieber Edda, die im Unterschied zu ihm auch alle wichtigen Fragen zur Handhabung beantworten konnte. Er nahm die orange Nähmaschine, die immer noch auf dem Ladentisch stand, und trug sie zum Handarbeitstisch hinüber. Er würde kurz bei Wucherpfennig hineinschauen und fragen, ob er sich ein wenig Werkzeug ausleihen könne. Hier im Laden hatte er bislang nur einen plumpen Kreuzschlitzschraubenzieher, einen possierlich kleinen Hammer und ein Plastikkästchen mit billigen Drahtstiften gefunden.

Auf dem Weg in die Uhrmacherwerkstatt kam ihm Frauke Niehoff entgegen. Sie schien in Eile zu sein, hielt aber dennoch inne, als sie Henri sah, und sprach ihn an.

»Du hast dich doch neulich nach Sabine Oltrogges Auto erkundigt …«

»Ja – ob sie einen Minivan in Türkis fährt.«

»Genau. Sie tut das zwar nicht, aber vorhin fiel mir deine Frage wieder ein. Da traf ich nämlich Gabriele vor dem Supermarkt, als sie gerade aus einem Suzuki Jimny stieg – in leuchtendem Türkis!«

Henri ächzte. Die Lösch, diese gewiefte Journalistin! Nun musste er nur noch darauf kommen, warum sich ihm dieses Gefährt eingeprägt hatte.

»Ich habe den Wagen wohl etwas entgeistert angestarrt. Jedenfalls erklärte sie, dass der noch ziemlich neu sei.« Frauke hielt kurz inne. »Ich dachte, das interessiert dich bestimmt.«

»Ähm … ja.« Henri hatte das Gefühl, ihm sei ein wichtiges Puzzleteil zugespielt worden. Er musste nur noch die Stelle finden, an der er es einzusetzen hatte. »Danke, Frauke.«

Sie hatte sich schon zum Gehen gewandt und rief ihm noch ein kurzes »Tschüssikowski!« über die Schulter zu.

Türkisfarbener Jimny, merkwürdige Farbe für einen Geländewagen …

Wo, zum Kuckuck, war ihm dieser Wagen begegnet, und was war ihm daran aufgestoßen? Henri merkte, dass er die Antwort nicht erzwingen konnte. Manchmal fielen ihm Dinge ganz unvermittelt ein, während er mit Werkzeug hantierte oder aufräumte, in Situationen also, in denen er an nichts Besonderes dachte. Wer weiß, vielleicht würde es ihm später genauso ergehen, wenn er die orange Nähmaschine auseinandernahm. Henri beschleunigte seine Schritte, um Wucherpfennigs Werkstatt zu erreichen und sich die benötigten Geräte schnellstmöglich auszuleihen.

Als Henri zurückkehrte, warf ihm Edda, die vor einem auf dem Tresen liegenden Häufchen Stricknadeln stand, einen verzweifelten Blick zu. Die Plastikverpackungen lagen aufgestapelt daneben. Ein Mann, dessen Rückansicht Henri bekannt vorkam, hielt eine Holzstricknadel in der Hand. »Fasst sich gut an«, sagte er, und Henri erkannte Engelbert Bruns' Stimme. »Meinen Sie, ich sollte vielleicht die nehmen?«

»Das kommt darauf an, wie Ihre Partnerin damit klarkommt«, antwortete Edda. Dem leichten Seufzer, der sich anschloss, entnahm Henri, dass sie schon die Vor- und Nachteile aller im Sortiment befindlichen Stricknadeln aufgezählt hatte. »Viele finden, dass die Wolle nicht so gut darüber gleitet wie über eine Metallnadel.«

Henri wusste, wie unentschlossen sein Stammtischbruder sein konnte. Es kam vor, dass er seine Bierbestellung zwei-, dreimal änderte, und das, obwohl er alle Sorten bestens kannte. Hatte er noch mit den anderen zusammen eine Runde Pils geordert, lief er zwei Minuten später zu Max an den Tresen und änderte die Bestellung in Kellerbier oder Guiness um, nur um es sich kurz vor seinem Platz noch einmal anders zu überlegen, umzukehren und doch um ein Pils zu bitten. *Zauderbert* nannten sie ihn an solchen Tagen. Von Max wusste Henri, dass er stets die zuerst georderte Sorte zapfte oder eingoss, denn meist lief es wieder darauf hinaus.

Henri beschloss, das Frollein zu erlösen. Er stellte sich neben den Kumpel. »Das ist gar nicht so einfach, was?«

Engelberts Gesicht leuchtete auf. »Du kommst gerade recht, Henri. Du weißt vielleicht, wie ich mich fühle. Frau Langner hier hat mir jede Menge Nadeln vorgeführt, und trotzdem bin ich so schlau wie vorher.«

Henri spürte den Schalk im Nacken und gab ihm nach. »Ach, willst du jetzt auch stricken lernen? Das ist super, dann sind wir schon zu zweit. Und nach und nach modeln wir den ganzen Stammtisch zur Spinnstube um!«

»Ich?« Engelbert war ehrlich verdattert. »Nein. Ach was, nein, nein.« Wie um der Aussage zusätzlichen Nachdruck zu verleihen, schüttelte er den Kopf. »Aber meine … Bekannte hat nächste Woche Geburtstag, und sie handarbeitet gern. Nur mit dem Stricken hat es noch nicht so geklappt, das hat man ihr früher verleidet. Nun will sie's noch mal probieren. Und da dachte ich, ich überrasche sie mit einem Schnupperpaket. Doch jetzt hänge ich schon bei den Nadeln fest …«

»Keine Sorge, da kann ich dir helfen.« Henri, der anderthalb Köpfe größer war, tätschelte Engelbert die Schulter. Edda Langner verließ ihren Platz am Tresen und machte sich im hinteren Teil des Ladens zu schaffen. Henri fuhr fort: »Denn die Erfahrung, ganz neu mit dem Stricken zu beginnen, mache ich ja selbst gerade.«

Engelbert sah zu ihm auf. »Du machst das wirklich, was?« Er zögerte einen Moment. »Irgendwie muss ich dich bewundern.«

Henri überging das *Irgendwie*. Ihm war klar, dass Engelbert, der beinah 30 Jahre älter war als er, einen handarbeitenden Mann befremdlich fand, vermutlich sogar mehr, als er zugegeben hätte. Er zog zwei Paare Nadeln aus dem Haufen hervor. Es handelte sich um lange, gerade Nadeln mittlerer Stärke, die einen aus Metall, die anderen aus Kunststoff. »Nimm diese, die sind zu Anfang die besten, habe ich selbst ausprobiert.«

»Ja – aber welche denn nun?«

Henri musste lächeln. »Nimm einfach beide Sorten. Damit machst du nichts falsch. Dann kann sie selbst entscheiden, womit sie besser klarkommt.«

In diesem Moment kehrte Edda zurück, bepackt mit einigen Knäuel in Rosé und dunklem Violett. »Und hier habe ich die passende Wolle dazu.«

Während Henri Rundstricknadeln aus Kunststoff und Bambus in ihre wiederverschließbaren Packungen zurücksortierte, befühlte Engelbert das Garn.

»Die Farben sind gut«, befand er, »aber ich hätte mir noch etwas Glitzer oder flauschige Fäden oder so vorgestellt. Was Besonderes.«

»Nicht gleich zu Anfang«, widersprach das Frollein. »Da arbeitet man lieber mit einer glatten, nicht zu hellen und nicht zu dunklen Wolle. Denn so kann man die Maschen am besten kontrollieren oder auch mal ausbessern, wenn man einen Fehler gemacht hat.«

»Aha. Na, wenn Sie es sagen.« Engelbert sah nicht komplett überzeugt aus. Er warf Henri einen Blick zu. Henri nickte eifrig.

»Also gut, dann will ich mich darauf verlassen. Ist das denn alles, was ich für ein Schnupperpaket brauche?«

Edda begann, Wolle und Nadeln in einer schuhkartongroßen Pappschachtel zu verstauen. »Man braucht noch eine Häkelnadel, um heruntergefallene Maschen zu retten, und natürlich Schere und Nähnadeln. Aber das ist ja vorhanden.« Sie hatte die Schachtel verschlossen und zog dreierlei Geschenkpapier unter dem Tresen hervor. Engelbert entschied sich nach einigem Hin und Her für das cremefarbene mit den silbernen Glitzerherzchen. Edda schlug die Pappschachtel geschickt darin ein und wand eine elegante, gedrehte silberfarbene Schnur darum. Statt konfektionierter Geschenkbänder verwendeten sie im ›Nähschiff‹ nur selbst gefertigte Kordeln.

»Bis später, Henri«, rief Engelbert beim Verlassen des Ladens.

Ach ja: Donnerstag, Stammtisch! Henri fiel ein, dass er sich noch eine kleine List überlegen müsste. Er hatte sich schließlich vorgenommen, jemandem auf die Schliche zu kommen.

17

Der Bluff

»Du weißt also, welche Wolle für sie die richtige ist? Und du weißt, welche Nadeln sie schon hat? Das heißt, du weißt, wer Engelbert Bruns' neue Freundin ist?« Henri war ein wenig pikiert, dass diese Information noch nicht zu ihm durchgedrungen war.

»Ja, natürlich. Es ist unsere Lena aus dem Häkelclub.«

»Was? Shakira?«

Das Frollein lachte herzlich. »Dieser Spitzname ist neu, aber treffend. Bei uns hieß sie eine Zeit lang nur *Katastrophen-Lena*.«

»Ach, warum das denn?«

»Sie experimentiert gern mit dem Chemiebaukasten. Den hatte sie ihrem Sohn geschenkt, doch der hat kein Interesse daran. Da begann sie eben selbst, Sachen zusammenzumischen. Sie fühlte sich einigermaßen sicher, weil sie als Friseurmeisterin natürlich gute Grundkenntnisse besitzt. Und jetzt kannst du dir sicher vorstellen, was kommt.« Edda hielt einen Moment inne. »Sie hat sich dann und wann ein wenig überschätzt.«

»Warte mal. Gab es nicht vor ein paar Monaten diesen Brand, der durch einen Chemiebaukasten ausgelöst wurde?«

»Genau, das war Lena. Und Engelbert Bruns ist bei der Feuerwehr. Jetzt weißt du, wie sie sich kennengelernt haben.«

Henri hätte Edda zu gern noch bezüglich Peggy Pump und Gabriele Lösch auf den Zahn gefühlt, doch sie sah auf die Uhr, erhob sich rasch, schloss den Laden ab und hatte auch schon ihre Jacke in der Hand. »Ich räume morgen früh auf.« Weg war sie.

Henri hatte noch fast eine Stunde Zeit, bis sie sich im Max Muckefuck trafen. Er setzte sich auf die Gartenbank im Innenhof, um seine Gedanken zu ordnen. Er musste sich über die Tierärztin, den unbekannten Pferdekäufer sowie Gabriele Lösch und ihren Wagen klar werden.

Was Peggy Pump betraf: War sie entgegen Eddas erklärter Ansicht womöglich doch eiskalt? Das Frollein kannte sie zwar seit Langem, aber wohl hauptsächlich im Zusammenhang mit dem Häkelclub. Gut möglich, dass Peggy dort nur eines von mehreren Gesichtern zeigte ... Vielleicht gelang es ihm, Frauke Niehoff ganz unauffällig in ein Gespräch über die Tierärztin zu verwickeln. Denn wenn er eine kurze Bemerkung der Pump neulich richtig verstanden hatte, war sie ebenso wie Sabine Oltrogge Fraukes Patientin. Sicher wäre es interessant, wie sich die bodenständige und direkte Physiotherapeutin über Peggy äußern würde.

Außerdem zu klären: das suspekte Verhalten des aufgebrachten Pferdekäufers. Hatte sich Maikes Tod in den letzten Wochen auch über Bökersbrück hinaus herumgesprochen, oder woher wusste der Mann davon, der wie selbstverständlich in der Vergangenheitsform über Henris Frau gesprochen hatte?

Und last, but not least: Was hatte es mit dem auffälligen Fahrzeug der Journalistin auf sich? Gabriele Lösch, Golfplatz-Gabi ... Henri schreckte aus seinen eigenen Gedanken auf. G!

Was, wenn das ominöse G in Maikes Notizen für Gabriele Lösch stand? Konnte Maike mit ihr bei Möllerhahn verabredet gewesen sein? Unbewusst schüttelte Henri den Kopf. Das ergab keinen Sinn. Warum hätten die beiden dort zusammenkommen sollen, während sie sich doch ganz unauffällig im ›Nähschiff‹ treffen konnten? Henri sah die Feldwege vor sich, die aus verschiedenen Richtungen zu Möllerhahns weitläufigem Anwesen führten. Da durchzuckte es ihn.

Natürlich! Auf seinem Weg zur Bullenweide war ihm ein Jimny entgegengebraust, über den er sich noch geärgert hatte. Die Lösch! Hatte sie Maike vor ihrem Tod getroffen? Hatte sie gar etwas damit zu tun?

Wie, um Himmels willen, sollte er Licht ins Dunkel bringen? Er konnte sie ja schlecht mit der Frage konfrontieren: »Liebe Gabriele, kann es sein, dass du die Letzte warst, die meine Frau lebend gesehen hat?«

Henri schüttelte unwillkürlich den Kopf. Das klang nach Fernsehkrimi. Aber was, wenn er die direkte Konfrontation suchte? Er konnte es darauf ankommen lassen und behaupten, ihren Namen in Maikes Kalender entdeckt zu haben. Er musste ja nicht zugeben, dass sich dort nur eine Abkürzung fand. Und sollte »G« doch nicht für Gabriele Lösch stehen, konnte er sich immer noch entschuldigen.

Henri rutschte auf der Sitzfläche hin und her. Der Gedanke, die Journalistin so direkt anzusprechen, behagte ihm nicht. Er war kein Mann, der sich seine Spekulationen so lange schönredete, bis er sie selbst glaubte. Im Gegenteil, ihm war nur zu bewusst, dass es sich sehr wohl um eine falsche Schlussfolgerung handeln konnte. Doch vielleicht würde sich eine Gelegenheit ergeben, die er nur am Schopfe zu packen brauchte. Manchmal ergab ein Stichwort das andere, und plötzlich entstand ein Zusammenhang, in dem eine solche Frage ganz natürlich erschien. Henri musste über sich selbst lächeln. *Träum weiter, mein Prinz.*

Er würde das *G-Problem*, wie er es taufte, für den Moment zurückstellen, denn heute Abend würde er dazu wohl keine Lösung finden. Besser war es, er konzentrierte sich wieder auf sein ursprüngliches Vorhaben, dem Pferdekäufer auf die Spur zu kommen.

Auf dem Weg in die Kneipe kam ihm ein plötzlicher Gedanke. Er würde ein wenig bluffen! Allerdings setzte dieser Plan voraus, dass Jochen Möllerhahn zum Stammtisch erschien.

Im Vorübergehen orderte Henri bei Max am Tresen das Tagesgericht: Wild-Burger mit Rucola, Birnenscheibe, Gorgonzola und Preiselbeer-Dressing.

Er frohlockte: Der Rinderbaron war da! Er redete auf Kris Grundmann ein, der noch öfter als sonst albern lachte. Vermutlich hatte Jochen von einem Geschäftspartner eine Schubkarrenladung voll neuer Witze geliefert bekommen, die er jetzt weitergeben musste. Andy Blumenroth rutschte auf seinem Sitz vor und zurück, was dafür sprach, dass er die Pointen bereits kannte. Engelbert Bruns löffelte unbeteiligt Suppe.

Henri setzte sich zwischen Andy und Engelbert, woraufhin Andy ein Gespräch über GPS-Tracker als Diebstahlschutz in Mähdreschern begann. Als Henri einmal verstohlen gähnte, maß Andy ihn mit vorwurfsvollem Blick. »Aha, unser Häkel-Henri interessiert sich wohl nicht mehr für die groben Männerarbeiten?«

Henri winkte ab. Hatte Engelbert von seinem Beratungsgespräch erzählt? Und es womöglich etwas ausgeschmückt?

Doch wieso sagten plötzlich alle Häkel-Henri? Sie hätten doch auch auf *Wollfürst* kommen können … nun ja, das klang vielleicht nicht ganz so griffig.

Als Henris Burger serviert wurde, hob der Rinderbaron den Kopf. »Falsches Essen«, sagte er.

»Wie bitte?« Henri hatte sich die Serviette auf den Schoß gelegt und hob den oberen Teil des Brötchens ab.

»Na, das ist Wild. Damit unterstützt du die reichen Jäger. Und nicht deinen hart arbeitenden Stammtischfreund und Rindfleisch-Verkäufer.«

Henri schüttelte kaum merklich den Kopf. Er schnitt einen gehörigen Happen vom unteren Teil des Burgers ab und probierte.

»Na, Hauptsache, du mischst da in letzter Zeit nicht auch Pferdefleisch unter.« Kris gickelte, was das Zeug hielt.

Er rächt sich für Jochens Witze. Laut sagte Henri, wobei er ein sehr ernstes Gesicht aufsetzte: »Apropos Pferde. Das scheint ja ein unbarmherziges Business zu sein.«

»Na, glaubst du, ich gebe mich mit Sachen ab, die einfach sind?« Möllerhahn richtete sich in seinem Stuhl auf. »Die kann ja jeder.«

Falsche Antwort. Hak gefälligst nach, wie ich darauf komme.

»Wie kommst du eigentlich darauf, Henri?«, erkundigte sich Andy Blumenroth.

»Hm, na ja. Ich wollte es eigentlich gar nicht unbedingt erzählen. Aber jetzt, wo wir bei dem Thema sind …« Henri nahm einen Schluck Kellerbier. »… da fiel es mir wieder ein. Also, es ist bestimmt nicht sonderlich von Bedeutung, aber …«

Nun waren aller Augen auf ihn gerichtet.

»… aber als ich Maikes Sachen so nach und nach sortiert

habe, da habe ich …« Er gönnte sich noch einen größeren Schluck. »Also, in Maikes Sachen habe ich einen Drohbrief gefunden.« Er wurde nicht einmal rot.

»Was stand drin?« Engelbert hatte seine Suppe zu Ende gelöffelt und drehte sich zu Henri.

»So Andeutungen. Sie hätte ein falsches Gutachten abgeliefert. Das wäre in Wirklichkeit ein Gefälligkeitsgutachten für den Herrn Möllerhahn gewesen. Und sie solle sich bloß vorsehen, nicht bald Opfer eines Unfalls zu werden. Alles anonym natürlich.« Henri sah zu Jochen hinüber. *Jetzt fang endlich an zu stottern und verrat mir den Namen!*

Jochen erwiderte Henris Blick. Dann begann er zu gähnen. »Tja, ihr kennt das wahrscheinlich nicht. Anfeindungen, Drohungen, Erpressungsversuche. Aber mir passiert so was alle Tage. Könnte ein ganzes Buch mit diesem Quatsch füllen. Kommt übrigens nicht nur beim Pferdehandel vor, auch bei den Rindern. Die Leute werden völlig enthemmt, wenn sie anonym sind. Sieht man ja bei Facebook und so. Sollte man aber nicht zu wichtig nehmen.«

»Na, ich weiß nicht.« Kris sah ernst drein, ein ungewohnter Anblick. »Henri, ich würde damit zur Polizei gehen.«

Engelbert nickte bekräftigend.

»Habe ich auch schon gedacht.« Henri wollte das Gespräch möglichst geräuschlos beenden. Sein Plan, Jochen den Namen des geheimnisvollen Pferdekäufers zu entlocken, war missglückt. Vielleicht war er doch auf Evelyne Krulls Hilfe in der Zulassungsstelle angewiesen.

Als Henri gezahlt hatte, fragte Max, wie ihm der Burger geschmeckt habe.

»Ganz hervorragend«, erwiderte Henri spontan.

»Dann warte einen Moment.« Max verschwand in der Küche und kam mit einem in Zeitungspapier eingeschlagenen Päckchen zurück. »Zwei Wildfrikadellen für dich. Sind heute übrig geblieben.«

Als Henri zu Hause das Zeitungspapier abwickelte, um die Frikadellen im Butterbrotpapier in den Kühlschrank zu legen, fing ein Foto seinen Blick. Henri strich die Zeitung glatt.

Sensationeller Erfolg für Ostsee-Maler Wolfram Gunkel lautete die Überschrift über einem ganzseitigen Artikel. Henri überflog den Text nur. Es ging um den unvorhersagbaren Kunstmarkt und das Image eines *Bad Boy*, der Preise offenbar in ungeahnte Höhen treiben konnte. Auch zwei Fotos, auf denen großformatige Gemälde eine brodelnde See in düsteren Farben und eine Gewitterstimmung mit kenterndem Segelboot zeigten, betrachtete er nur kurz.

Aber das Porträt von diesem Mann fesselte Henris Aufmerksamkeit. Wo, Himmel noch mal, hatte er ihn gerade erst gesehen?

18

Eddas Geheimnis

Gerade war einer dieser höchst seltenen Tage angebrochen, an denen Edda nicht die geringste Lust verspürte, ein aufregendes Kleid anzuziehen. Im Gegenteil: Am liebsten hätte sie sich heute ausnahmsweise in Jeans und nichtssagendem Sweatshirt unsichtbar gemacht. Allerdings würde das bei ihr wohl kaum funktionieren: Ließe sie sich ohne schickes Strickoberteil sehen, würde sie auffallen wie eine Leopardin, deren Fell man seiner schwarzen Rosetten beraubt hätte. Sie musste also zumindest einen farblichen Akzent setzen.

Wolfram musterte sie beim Frühstück kopfschüttelnd. Seine Augenbrauen fuhren in die Höhe. »Ist dieser Pulli wirklich eine gute Werbung für deine Kollektion? Hast du nicht selbst gesagt, die Farbe Kupfer wäre out?«

Edda fuhr auf. »Das mit der Kollektion ist noch nicht offiziell. Behalt das unbedingt für dich!« Sie streifte ihn mit dem Blick. »Und ansonsten lass mich heute einfach in Ruhe.« Sie wollte keine Diskussion, in der sie schlussendlich nur ihren Neid auf seine Freiheiten wiederkäuen würde. Sie hatte am Vorabend von Roselinde Flieders Auftritt erzählt und ihm das Foto aus Sierksdorf unter die Nase gehalten. Alles, was er dazu gesagt hatte, war: »Na und?«

Na und?! Hatte er etwa vergessen, wie verletzend es gewesen war, wenn bestimmte Leute sie seinerzeit zusammen gesehen hatten? Erinnerte er sich nicht an die Bosheiten, die man ihnen hinterhergerufen hatte, die Verachtung, mit der man ihnen begegnet war? An die *Leser-Reporter*, die ihnen aufgelauert hatten, um einen möglichst unvorteilhaften Schnappschuss vom *Schmierfink und seiner Schmuse* zu ergattern? Edda krampfte sich noch jetzt, Jahre später, der Magen zusammen, wenn sie daran dachte.

Wolfram war ein Freigeist, und er konnte es sich leisten. Er ließ sich nichts vorschreiben, und das hatte er, zumindest aus wirtschaftlicher Sicht, auch nicht nötig. Seine Eltern hatten ihm eine Summe hinterlassen, mit der er für den Rest seines Lebens über ein komfortables finanzielles Polster verfügte, und obendrein verdiente er inzwischen selbst gut.

In seiner Anfangszeit als Maler hatte ihm das Vermögen der Familie Wege geebnet, seinen Namen in der Kunstwelt bekannt zu machen. Edda, bereits damals an seiner Seite, zog wie er nach Hamburg, achtete aber auf ihre Selbstständigkeit. Für Wolframs Freunde war und blieb sie *das geerdete Mädchen vom Land*. Auch wenn ihr die Bezeichnung nicht sehr schmeichelhaft vorkam, hatte sie doch einen wahren Kern: Edda fühlte sich in der Stadt nie richtig wohl. Sie war ihr zu laut, zu dreckig und zu anonym. Immerhin lernte sie in Wolframs Dunstkreis Künstlerinnen und Kunsthandwerkerinnen kennen, die sich wie sie für Mode begeisterten, und dafür war sie dankbar.

Darüber hinaus verfolgte sie fasziniert, mit welchem Geschick Wolfram seine Karriere modellierte. Er mietete Ateliers in etwas verkommenen, dafür umso hipperen Hamburger Vierteln und veranstaltete Vernissagen an ausgefallenen Orten, wobei er stets hochwertigen Wein reichte. Auch für Pressetermine bestellte er exquisite Häppchen beim Caterer und achtete darauf, dass es wirklich guten Espresso gab. Dabei war er ein Meister des Understatements: Seine Einladungen wirkten nie pompös oder prahlerisch, der lässige Luxus kam im Gewand der Improvisation daher. Der Künstler als Lebenskünstler – so gab er sich, und das nahm man ihm ab. Er wurde zum Liebling der Medien.

Bis zu jenen verhängnisvollen Ereignissen, in deren Folge ihm ein Boulevardblatt das Etikett *Schmierfink* verpasste, das an ihm haften bleiben sollte wie der Kot einer Schmeißfliege auf frischer Ölfarbe.

Bei einer Vernissage, zu der Wolfram ins seinerzeit berüchtigte Hamburger Schanzenviertel geladen hatte, tauchten wie üblich auch diverse milchgesichtige und gelangweilte Söhne reicher Kaufmannsfamilien auf. Im Umfeld des damaligen Schlachthofs, wo vierschrötige, hungrige Männer in ihrer Pause in blutigen Schürzen über die Straße in »Erika's Eck« stapften, fühlten sie sich dem Abenteuer deutlich näher als in den vornehmen Elbvororten, aus denen sie stammten.

Als die großzügig bemessenen Chablis-Vorräte an jenem Abend zur Neige gingen, baute sich eine Gruppe von fünf, sechs jungen Leuten in pseudo-lässigen Designerjeans und Leinenhemden, die vermutlich von der elterlichen Haushälterin gebügelt wurden, vor Wolfram auf. Einer hatte eine kalte Zigarette im Mundwinkel kleben, ein anderer umarmte ein Mädchen im hochgeschlossenen dunkelblauen Minikleid so fest, als bräuchte er eigentlich eine Stütze.

Was es denn koste, sich von ihm porträtieren zu lassen, wollte ein Schlaks mit hellem Bartschatten wissen, der offenbar der Kunstsinnigste der Gruppe war und den Sprecher mimte. Wolfram nannte eine exorbitante Summe, denn er hatte nicht die geringste Lust auf weiteren Kontakt. Zu seiner Verblüffung jedoch schien Geld kein Thema zu sein, denn sie begannen sofort in eine Art Verhandlung einzusteigen, indem sie Forderungen formulierten. Der Stil solle bitte ungewöhnlich sein, nicht so was Spießiges wie für eine Ahnengalerie. Und auch nicht wie eines der Bilder der aktuellen Ausstellung; man wolle schon aus dem Rahmen fallen.

Wolfram verteilte seine Visitenkarten, bat bei anhaltendem Interesse um Kontaktaufnahme in den nächsten Tagen und versprach, sich bereits Gedanken zu machen. Er rechnete damit, dass das Interesse in nüchternem Zustand und bei Tageslicht verblassen würde, und war erstaunt, als der Auftrag schnell konkretere Formen annahm. Schließlich schloss er mit fünf der Herrschaften, die entgegen seiner Einschätzung alle volljährig waren, Verträge ab – der Klammernde wollte sogar ein Doppelporträt von sich und seiner Freundin. Edda, die geholfen hatte, die familiären Hintergründe der jungen Leute zu recherchieren, versicherte Wolfram, es mit solventen Auftraggebern zu tun zu haben.

Wolfram arbeitete drei Wochen lang wie im Rausch: Er ließ einen nach dem anderen Modell stehen, fertigte Skizzen, die er niemandem, nicht einmal Edda, zeigte und bearbeitete seine Leinwände bis tief in die Nacht. Er verglich, übermalte, mischte neue Farben an, tupfte, besserte aus und tüftelte mit Hingabe an den Details, bis er die Porträts für vollkommen hielt. Für die horrenden Beträge, die er verlangt hatte, wollte er die beste Leistung abliefern, zu der er fähig war. Jedes der Bildnisse sollte nicht nur ungewöhnlich sein, sondern unerhört, einzigartig, eine Studie, die den Charakter des Porträtierten bis auf den Grund auslotete. Und gleichzeitig sollte es einen subtilen Zusammenhang geben: Die Bilder sollten unbeteiligte Kunstsinnige erahnen lassen, dass es sich um eine Gruppe handelte. Edda war ergriffen, als er ihr das Ergebnis enthüllte. »Sie werden dir die Füße küssen«, sagte sie.

Seine Auftraggeber machten große Augen. Der erste Fußtritt erfolgte rasch.

»Wen auch immer Sie da porträtiert haben – ich bin's nicht«, sagte die junge Frau kühl. Wolfram hatte sie als unnahbare Eisprinzessin eingefangen, die, perfekt geformt, wie eine durchscheinende Säule aufrecht auf rutschigem Boden stand. Ihrem Begleiter zuckte beim Betrachten des Bildes das Augenlid. Sein Alter Ego, krampfhaft an das Mädchen geschmiegt, wirkte allein durch seine Haltung deutlich kleiner und beinah unterwürfig. »Dieses Geschmiere lehnen wir ab«, tönte der junge Mann.

Die anschließende Diskussion nahm dermaßen unsachliche und wutentbrannte Ausmaße an, wie Wolfram es nie zuvor erlebt hatte. Er hatte den Fehler seines Lebens begangen, indem er die Gruppe gemeinsam zur Übernahme der Werke bestellt hatte. Dabei hatte er sich ausgemalt, wie sie die feinen Zitate und Anspielungen auf die Porträts der jeweils anderen entdecken und goutieren würden. Er hatte eine Art kleine Führung durch diese Privatausstellung vorbereitet. Er war davon ausgegangen, dass Menschen mit viel Geld und Interesse an moderner Kunst einen Sinn für das wahrhaft Exquisite haben mussten. Welch verhängnisvoller Irrtum!

Der schlaksige Anführer, dessen Geld aus der alteingesessenen Händlerfamilie seiner Mutter stammte, hatte einen mittelmäßig kompetenten, aber namhaften Bankier zum Vater. Auf der Grundlage seiner Stellungnahme stellten zwei Staranwälte mit scharfen Zungen Wolframs Seriosität infrage. Die groben

Züge auf dem *sogenannten Porträt* ihres Mandanten seien nichts weiter als ein schlecht gemachtes Plagiat der Baselitz'schen Werke aus den Sechzigerjahren.

Die Prominenz der Prozessbeteiligten führte dazu, dass die Medien ausführlich über den Fall berichteten. Aus dem Vorwurf des geistigen Diebstahls wurde alsbald der *Schummelskandal.* Wolfram, der in Bökersbrück aufgewachsen war, wurde wahlweise als *Fälscher vom Meer* oder *Hamburger Humbug-Maler* verunglimpft. Nachdem der Begriff vom Plagiat erst einmal in die Welt gesetzt war, ließ er sich nicht einmal mehr durch Georg Baselitz' persönliche Aussage entkräften, der zu Protokoll gab: »Dieser Gunkel malt deutlich feiner als ich; eine Verwechslung mit meinem Stil ist eigentlich nicht möglich.« Damit war zwar die angedrohte Haftstrafe abgewendet, doch die hoch bezahlten Anwälte setzten eine Bewährungsstrafe gegen Wolfram durch.

Wolfram hatte es geschafft, sich neu zu erfinden. Porträtmalerei lehnte er nun grundsätzlich ab; Menschen kamen in seinen Bildern nur noch als Silhouetten oder Spaziergängergruppen am weit entfernten Horizont vor. Edda schien es, als verarbeitete er Wut und Frustration in seinen düsteren, aber kraftvollen Landschaftsszenen. Niemand konnte Ostseewellen so bösartig glitzern lassen wie er; kein anderer schaffte es, aus Wolkenlöchern Blitze mit der Wucht des Jüngsten Gerichts zu schleudern. Wolfram wurde wieder erfolgreich.

Die Kunstszene hatte ihm die Plagiatsaffäre längst verziehen, doch in Bökersbrück, wohin Edda zurückgekehrt war, wärmten Klatschsüchtige die alte Geschichte mit grimmiger Freude immer wieder auf. Wolfram, der sie oft mehrere Tage am Stück besuchte, ließ alle Anfeindungen schulterzuckend an sich abperlen. Es gab eben Menschen, die ihm als Sohn wohlhabender Eltern seine Karriere von jeher missgönnt hatten. Edda versuchte ebenfalls, die zwei Handvoll Missgünstiger – denn mehr waren es nicht – zu ignorieren, litt aber in Wirklichkeit unter den scheelen Blicken. Sie träumte von einer schützenden Fassade aus Backsteinmauern und hohen Büschen und konnte ihr Glück kaum fassen, als sie das Haus auf dem Dorf außerhalb von Bökersbrück erbte.

Sie war Wolfram dankbar, dass er sich auf die Abgeschiedenheit eingelassen hatte. Nie hätte sie erwartet, dass er sich nebenbei zum versierten Koch und gewissenhaften Hausmann entwickeln würde, doch genau das war geschehen. Damit ermöglichte er es Edda, ihren uralten Traum vom eigenen Modedesign doch noch in die Tat umzusetzen. Zum Glück hatte sie ihn nie wirklich aufgegeben. Und so hatte sie in den vergangenen fünf Jahren Strickmode entworfen, Prototypen gefertigt und alte Kontakte in die Hamburger Modeszene wieder aufleben lassen.

Edda hielt vor dem Flurspiegel inne. War der kupferfarbene Pullover wirklich so unvorteilhaft? Sie drehte sich einmal um die eigene Achse und befand, sie könne so bleiben.

Ist das Werbung für deine Kollektion?

Nein, dieser Pulli vielleicht nicht. Doch bis sie in ihrer neuen Rolle an die Öffentlichkeit treten konnte, würde sowieso noch ein Weilchen vergehen. Erst einmal musste klar sein, dass sie, was immer auch geschehen mochte, ihren Job im Handarbeitsladen auf alle Fälle behalten konnte. Am liebsten würde sie sowieso alle Tätigkeiten, Modedesign und -fertigung sowie Wollverkauf und Beratung, dauerhaft miteinander kombinieren. Sie hatte Maike Ketelsen damals nicht nach deren Zustimmung gefragt, denn zu diesem Zeitpunkt war sie schlicht noch nicht so weit gewesen.

Inzwischen war ihr Geschäftsmodell aber ausgereift. Sie hatte mehrere Kooperationspartnerinnen für die Fertigung und eine für den Verkauf gewonnen. Edda war jedoch unsicher, wie Henri reagieren würde. Um ihren Plänen zuzustimmen, müsste er akzeptieren, dass sie ein- bis zweimal pro Woche nach Hamburg fahren würde, um ihre Geschäftspartnerin im Karolinenviertel aufzusuchen. Urte Langfeldt, gelernte Textilgestalterin, hatte im Team der Berliner Mode-Ikone Claudia Skoda hospitiert und dabei ihre eigenen Ideen verfeinert. Seit ihrer Rückkehr nach Hamburg verkaufte sie freche Strickmode unter dem Label »Karo Spitze«, nahm aber auch die Modelle anderer Designer in ihr Sortiment auf, sofern sie ihr ausgefallen genug erschienen. Edda war sich sicher, dass die Zusammenarbeit mit Urte funktionieren würde. Doch Henri, fand sie, war noch nicht so weit, allein im Laden zu stehen. Ganz abgesehen davon, dass die Beurlaubung von seinem Job beim Uhrmachermeister nur vorübergehend war.

Während der Busfahrt nach Bökersbrück ging Edda die Themen durch, die sie mit Henri als Nächstes abarbeiten wollte. Sie seufzte. Er gab sich wirklich Mühe, doch mitunter schien er zu verkennen, dass eine Ausbildung im Textilbereich drei Jahre dauerte. Er schien zu glauben, er könnte sich das erforderliche Wissen während einiger weniger Nachtschichten anlesen.

Heute würde sie mit ihm über Wäsche und Pflege der verschiedenen Materialien reden. Schließlich erkundigten sich die meisten Käuferinnen früher oder später danach. Was war möglich: Handwäsche, Maschinenwäsche oder nur chemische

Reinigung? Wann musste man damit rechnen, dass sich Stoffe im Waschwasser verzogen? Welche Fasern waren empfindlich, welche nicht? Bei welchen Futterstoffen musste man besonders aufpassen? Welche Häkelstücke konnte man gefahrlos dämpfen?

Kurz vor Bökersbrück-Mitte wurde Edda klar, dass ihr Themen, die für sie vertrautes Terrain bedeuteten, eine gewisse Sicherheit vermittelten. Die konnte sie heute gut gebrauchen, denn seit Roselinde Flieders Besuch am Vortag fühlte sie sich aus dem Gleichgewicht gebracht. Doch was konnte schon passieren? Henri Ketelsen würde sie bestimmt nicht bloßstellen.

Edda atmete tief durch.

19

Eine von den Guten

Der Vormittag verging wie im Fluge. Edda bezog Henri in Kundengespräche ein, und es fügte sich, dass die Themen Wäsche und Bügeln ohne ihr Zutun angesprochen wurden. Ihr neuer Chef staunte, dass man nicht alle Textilien in der Maschine waschen konnte. »Ich dachte, die heutigen Fasern wären robust genug«, gestand er in der Mittagspause. »So wie man auch all das moderne Geschirr in die Spülmaschine stellen kann.« Auf ihr sachtes Kopfschütteln hin hatte er ehrlich entrüstet geklungen: »Echt nicht? Geht das nicht? Das ist doch ein Unding! Man hat schließlich nicht den ganzen Tag Zeit für den Haushalt.«

Als der Häkelclub begann, fand Edda Henri merkwürdig verändert. Er erschien zu spät, gab sich kurz angebunden und war unkonzentriert. Edda konnte sich den Grund nicht erklären. Der Tag im Laden war erfreulich verlaufen, nicht nur, was ihre Einnahmen betraf. Sie hatten Kundinnen erlebt, die sich dankbar über die intensive Beratung geäußert hatten. Eine war sogar zehn Minuten später wiedergekommen und hatte ihnen eine große Pralinenschachtel auf den Tisch gestellt. Was also war passiert? Henri hatte noch eine Zeit lang allein im Lager aufgeräumt. Konnte er dabei etwas Unerfreuliches entdeckt haben? Sie dachte kurz nach, was das wohl sein könnte, kam aber zu keinem Ergebnis. Vorerst konnte sie nichts weiter tun, als ihn im Auge zu behalten.

Peggy Pump gegenüber benahm er sich auffällig förmlich. Er fragte bei keiner ihrer Bemerkungen nach und lachte auch nicht mit, als sie ein Missgeschick mit ihrem Sternchenmuster zum Besten gab.

Auch Gabriele Lösch schien das Eis nicht zum Schmelzen bringen zu können. Mit der wortgewandten Journalistin hatte Henri beim vorigen Mal genüsslich über Enthüllungen und geheime Quellen gescherzt, heute hingegen schien er sie kaum zu beachten. Als Gabriele ihn mit den Worten »Nanu, so schweigsam heute?« direkt darauf ansprach, brummte er unwirsch etwas, das Edda nicht verstand.

Erst als die rothaarige Evelyne alle um Rat fragte, ob sie denn wohl himbeerrote Wolle für einen Pullover verwenden könne, beteiligte sich Henri an der Diskussion. Edda hatte den Eindruck, alle begannen aufzuatmen. Offenbar hatte nicht nur sie die Anspannung wahrgenommen, die von ihm ausging.

Sie sah verstohlen zur Uhr. Heute sehnte sie das Ende der Häkelrunde herbei. Zum Glück machte Frauke Niehoff eine beiläufige Bemerkung über Roselinde Flieder, was Edda daran erinnerte, von deren neuer Begeisterung für das Guerilla-Häkeln und den Beinahe-Teilnehmerinnen am Häkelclub zu berichten.

»Wenn sie mit den Mädels von der *Kratzbürste* nicht klarkommt, soll sie die zu mir in die Werkstatt schicken«, schlug Claudia Schlotterbek gut gelaunt vor. »Da zeig ich denen, was ein Besen ist!«

Edda war erleichtert, dass das Treffen doch noch in aufgeräumter Stimmung endete. Sie schloss die Ladentür auf, entließ die Teilnehmerinnen mit einem warmherzigen Kopfnicken und wünschte ihnen einen schönen Tagesausklang.

Henri saß immer noch am Arbeitstisch. Er hatte die Arme auf die Ellenbogen gestützt und verfolgte Eddas Bewegungen mit den Augen. Dennoch hatte sie das Gefühl, als sähe er durch sie hindurch.

Unwillkürlich war sie neben dem Ladentisch stehen geblieben. »Kann ich noch etwas für dich tun?«, sprach sie ihn an.

Henri richtete sich auf. »Ja, vielleicht. Erzähl mir von Peggy Pump und Gabriele Lösch.«

»Wieso?« Edda dachte daran, wie ungewöhnlich förmlich er die Tierärztin und die Journalistin vorhin behandelt hatte. »Haben sie dir etwas getan?«

»Das ... das weiß ich noch nicht. Ich versuche, es herauszubekommen.«

Edda forderte ihn mit ihrem Blick auf, weiterzureden.

»Ich habe durch Zufall erfahren, dass Peggy Pump Maike als Konkurrentin sah. Für die Durchführung von Pferde-Gutachten. Sie ist wohl der Ansicht, dass meine Frau ihr lukrative Aufträge vor der Nase weggeschnappt hat. Und dann ... dann habe ich sie vorhin mit Gabriele Lösch reden hören, die übrigens ein türkisfarbenes Auto fährt. Jedenfalls ... ich hatte im Lager aufgeräumt und zusammengelegte Kartons in die Abstellnische getragen. Die beiden standen an der Garderobe und konnten mich nicht sehen. Sie unterhielten sich ganz leise. Ich bin sicher, dass der Name Maike fiel.« Henri fuhr sich mit beiden Händen durch die Haare. »Dann sagte Peggy etwas von *das Handwerk legen*. Gabriele begann einen Satz, da fielen die Kartons um. Ich raschelte, als wäre ich gerade vom Lager in die Nische getreten, und ging dann weiter auf den

Flur. Sie lachten mich beide an, als wäre nichts. Zuckersüß, kann ich dir sagen. Und nun …«

»Stopp!« *Das kann ich nicht weiter anhören.* »Henri, falls du mir sagen willst, dass du Peggy verdächtigst, irgendwas Unrechtes getan zu haben, muss ich dir widersprechen.«

»Ja, aber, da sind doch …«

»Kein *ja, aber*. Ich lege für sie meine Hand ins Feuer.« Edda zögerte kurz. »Für Gabriele auch. Aber vor allem für Peggy. Ich kenne sie seit … egal, lange genug. Sie ist eine von den Guten, das kannst du mir glauben.«

Wieder fuhr sich Henri mit der Handfläche durchs Gesicht. »Ich glaube, ich drehe durch. Diese Andeutungen immer. Das macht mich ganz verrückt. Dabei wollte ich eigentlich nur auf den Möllerhahn-Hof, um mir ein Bild von Samantha zu machen.«

Samantha Möllerhahn? Jetzt kommt er von Hölzchen auf Stöckchen. »Moment, Henri, können wir das kurz sortieren? Verstehe ich es richtig, dass du irgendeinen Plan umsetzen willst?«

»Ja, natürlich. Ich muss doch herauskriegen, ob jemand Maike auf dem Gewissen hat.«

»Meinst du etwa, das war gar kein Unfall?«

»Genau. Ich bin hellhörig geworden, als Frauke uns von Sabine Oltrogges Angriffen auf verschiedene Leute erzählt hat. Ihre Tochter Samantha soll ähnlich ticken, sagt man. Und dann kommt das Gerede über Maike und Jochen dazu, und Eifersucht ist schließlich ein starkes Motiv.«

Edda lächelte leise. Henris Sätze klangen etwas wirr, doch seine Gedanken fand sie glasklar. Sie ähnelten ihren eigenen. Vielleicht konnte sie ihm auf die Sprünge helfen. »Doch du hast dich irgendwie vom Thema Samantha ablenken lassen, oder?«

»Ja, ich gehe zum Hof. Ich gebe vor, etwas von Maike zu suchen, doch in Wahrheit will ich Samantha treffen, aber immer kommt etwas dazwischen. Ich komme nie bis zum Wohnhaus.«

Edda schnalzte mit der Zunge. »Also brauchen wir einen besseren Plan.«

Henri machte große Augen. »*Wir*. Du glaubst mir also?«

Edda sah durch ihn hindurch. Sie sah Maike kopfschüttelnd vor dem dicken Dochtgarn stehen, das sie aus geschäftlichen Erwägungen schließlich doch ins Regal räumte. Sie hörte Maike geschickt mit dem hartnäckigen Vertreter der Firma Seemann verhandeln. Sie sah Maike zupacken, hörte ihre scharfzüngigen Bemerkungen über Heidi Klum und den Bökersbrücker Boulevard, sah sie über Zahlenkolonnen gebeugt sitzen, die sie in null Komma nichts ausgewertet hatte. Diese Frau war intelligent und patent. Abgesehen davon kannte sie sich von Kindesbeinen an mit Tieren aus. »Ja. Ich glaube auch nicht, dass das ein Unfall war. Maike wäre niemals freiwillig über diese Weide mit dem Bullen marschiert.«

Henri schwieg und musterte intensiv ein Astloch auf der Tischplatte.

»Weißt du, wir brauchen eine richtig gute Ausrede, damit du direkt zu Samantha gehen kannst und nicht den Umweg über Maikes Sachen und den Hof nehmen musst.«

Beide starrten schweigend vor sich hin.

»Ich hab's.« Edda frohlockte. »Wir machen was mit Wolle.«

Henri sah sie ratlos an. »Samantha Möllerhahn und Wolle?«

»Na, nicht direkt.« Edda hatte die Ärmel des kupferfarbenen Pullovers hochgeschoben und gestikulierte geschäftig. »Aber indirekt, über ihre Mutter.«

»Sabine Oltrogge?«

»Na klar. Pass auf! Das heißt – Moment.« Edda holte aus der Küche die noch zu einem Viertel gefüllte Flasche von Peggy Pumps Selbstangesetztem mitsamt zwei Likörgläschen und setzte sich zu Henri. Sie schenkte ein. Ein Glas schob sie Henri hin, das andere leerte sie mit einem Zug. »Erstens: Sabine wohnt nur drei Häuser von den Möllerhahns entfernt. Zweitens: Sabine steht auf meliertes Garn, und zwar auf ein ganz bestimmtes aus Österreich, die *Hauswolle*.«

»Aha.« Henri nippte etwas ratlos am Schnaps.

Edda hatte sich nachgeschenkt und kippte auch den neuen Inhalt beherzt hinunter. »Die *Hauswolle* bekommen wir nicht so oft, und wenn, ist sie meist teuer.«

»Ach so?«

»Und nun erhalten wir ganz zufällig ein einmaliges Schnäppchen. Und zwar ausgerechnet Sabines Lieblings-Farbkombination, himmelblau-schwarz.«

»Und wir warten mit dieser Neuigkeit nicht bis zum nächsten Strickzirkel, richtig?«

»Aber so was von.« Edda leerte das nächste Glas und schob die Flasche danach sicherheitshalber zu Henri. »Schließlich könnte es in der Zwischenzeit ja jemand anders kaufen. Ich erreiche sie leider telefonisch nicht, schicke ihr aber eine Chat-Nachricht.«

»Warum willst du nicht mit ihr telefonieren?«

»Damit sie nicht auf falsche Gedanken kommt. Schließlich wollen wir ihr die Konditionen vorgeben.«

»Äh, klar.« Auch Henri sprach mittlerweile dem Inhalt des dritten Glases zu.

»Ich weiß, wann Sabine ihren Wocheneinkauf erledigt. Nämlich am Dienstagabend.«

»Ah.« Henri wollte noch einmal nachgießen, doch aus der Flasche perlten nur noch drei Tröpfchen. Damit war der Nachhilfestoff aus dem Hause Pump zur Neige gegangen.

Edda griente. »Dienstagabend wirst du das Paket mit der Hauswolle ausliefern.«

»Und weil Sabine Oltrogge leider nicht zu Hause ist, gebe ich es bei ihrer Tochter ab.«

»Bingo. Und ich werde dafür sorgen, dass die gute Sabine an diesem Abend besonders lange für den Einkauf braucht.« Edda faltete feierlich die Hände. »Manchmal wird man ja durch geschwätzige Bekannte ungebührlich lange aufgehalten.«

Henri rieb die Handflächen aneinander. »Ja, so etwas passiert leider.«

20

Die List

Hauswolle. Glatter Faden, Wolle-Acrylgemisch, solide, gut zu verarbeiten, strapazierfähig, maschinenwaschbar. Sabine Oltrogges Lieblingsfarbe, himmelblau-schwarz meliert, war nicht so einfach aufzutreiben gewesen. Edda hatte anderthalb Stunden recherchieren müssen und schließlich erleichtert zwei Pakete geordert.

Als Edda Henri den Preis nannte, zu dem sie Oltrogge die Ware anzubieten gedachte, wollte er das Geschäft spontan unterbinden. Dann machte er sich klar, dass es in diesem Fall keineswegs um ein Geschäft ging, und stimmte brummend zu. Am Abend fühlte er sich, als kaute er schwer an einer Kröte, die er beschlossen hatte, zu schlucken. Das kam wohl dabei heraus, wenn ein erwachsener Mann versuchte, Detektiv zu spielen. Hatte er sich nun doch verrannt? Hatte er in seiner Jugend schlicht zu viele ›Drei???‹-Geschichten gehört?

Als Edda ihm die Lieferung zwei Tage später triumphierend unter die Nase hielt, wurde er jedoch von ihrer Erwartungsfreude angesteckt. Was war schon so schlimm an ihrem kleinen Bluff? Sie taten niemandem weh – im Gegenteil, eine Stammkundin machten sie sogar glücklich. Und er hatte endlich einen plausiblen Grund, Samantha Möllerhahn aufzusuchen. Selbst wenn er zu dem Schluss kommen sollte, sie sei eine harmlose Mitbürgerin, wäre er einen Schritt weiter. All die offenen Fragen, die sich ihm stellten, seit seine Bedenken hinsichtlich der Todesursache aufgekommen waren, nagten an seiner Seelenruhe. Solange die Zweifel nicht ausgeräumt waren, blieb er Maike etwas schuldig, ganz klar. Und was hatte das Frollein gesagt? *Maike wäre niemals freiwillig über eine Weide mit einem Bullen marschiert.* Warum hatte ihn das nicht gleich stutzig gemacht? Es konnte nicht anders sein: Sie war hereingelegt worden. Und er würde mit Eddas Hilfe herausbekommen, von wem!

Mit festem Griff packte Henri am Dienstag nach Ladenschluss die Trick-Wolle. Obwohl er seine Wege am liebsten zu Fuß oder mit dem Fahrrad zurücklegte, hatte er an diesem Tag das Auto dabei. Das passte am besten zu seiner Rolle als offizieller Auslieferer. Auch Maike hatte hin und wieder Bestellungen mit dem orangefarbenen Renault ausgefahren, und das hatte einen Vorteil: wegen der seltenen Lackfarbe konnten viele das Fahrzeug zuordnen. Seit Max an einem lauen Sommerabend, als er beim Fuchsienfest auf dem Bökersbrücker Marktplatz den Getränkestand betrieb, ihren Wagen zur allgemeinen Belustigung auf den Namen *Flying Kangoo* getauft hatte – in Anlehnung an den ebenfalls orangefarbenen Cocktail *Flying Kangaroo* – war er noch bekannter.

Henri parkte bewusst ungeschickt auf dem Gehweg vor dem Haus der Oltrogges. Es schadete schließlich nichts, wenn er ein wenig Aufmerksamkeit erregte. Um Zeit zu schinden und so mit noch größerer Wahrscheinlichkeit bemerkt zu werden, klaubte er die Wollpackungen umständlich vom Rücksitz. Als er endlich ausstieg, spürte er förmlich in seinem Rücken, wie Gardinen beiseitegeschoben wurden, um einen besseren Blick auf den Parksünder zu erhaschen. Hätte er vielleicht noch »aus Versehen« die Hupe touchieren sollen? Nein, das wäre zu viel des Guten gewesen. *Sorge dafür, gesehen zu werden, doch kaschiere, dass du gesehen werden willst.* Dieser Ratschlag aus irgendeinem berühmten Detektivroman schoss ihm in den Kopf. Wie gut, dass er sich nicht nur für Precht, Camus und Chomsky interessierte, sondern stets auch Freude an Chandler, Christie, Conan Doyle – und den ›Drei ???‹ – gehabt hatte!

Erwartungsgemäß öffnete bei den Oltrogges niemand. Sabines Ehemann, so hatte Edda ihm erklärt, mache dienstags in der Raiffeisengenossenschaft später Feierabend, was der Grund für die Wahl des Einkaufstermins sei. Henri zog also unverrichteter Dinge wieder ab, warf die Wolle laut maulend zurück auf den hinteren Sitz, stieg in den Wagen und telefonierte demonstrativ. Für einen etwaigen Beobachter musste es so aussehen, als berate er, was nun zu tun sei.

Ohne den listigen Plan im Hinterkopf wäre er die 400 Meter, die es bis zum Möllerhahn'schen Wohnhaus sein mochten, zu Fuß gegangen. Da er jedoch hoffte, er würde beobachtet, ließ Henri den Wagen an, brauste dreimal um die Ecke und parkte im Kirchenweg wenige Meter von der Gartenpforte entfernt, die einen herausgeschnittenen Bogen in der mächtigen Eibenhecke ausfüllte. Schließlich sollte sich seine Version der Woll-Auslieferung belegen lassen, falls entweder Sabine oder Samantha Verdacht schöpften. Es würde sich dann, so hoffte Henri, der ein oder andere Zeuge finden, der sein vergebliches Klingeln bei den Oltrogges bestätigen konnte.

Mit den beiden etwas unhandlichen Paketen unterm Arm betätigte Henri den schweren Messing-Türklopfer, der offenbar einen Olivenzweig samt Blättern und drei Früchten darstellen sollte. Er bezweifelte, dass es sich um ein authentisch toskanisches Accessoire handelte, dennoch passte der Stil zur ockergelb getünchten Villa, die mit ihren dunkelgrünen Fensterläden so aussah, als sei sie direkt von Norditalien nach Ostholstein versetzt worden.

Nichts rührte sich. Henri wiederholte seinen Versuch – mit dem gleichen Ergebnis. Er konzentrierte sich und horchte. Da! Da war eindeutig ein Rappeln gewesen, irgendwo im Hintergrund. Vielleicht werkelte Samantha Möllerhahn im Garten, und das Geräusch des Türklopfers drang gar nicht zu ihr. Henri konnte sich gut vorstellen, dass sie größten Wert auf akkurat geschnittene Buchsbaumfiguren legte.

Er wusste nicht, ob es vom Hof aus einen Zugang zum Garten gab. Wenn, dann musste er das Haus auf der linken Seite umrunden, denn rechts traf die hohe Hecke spitzwinkelig auf das Gebäude und versperrte jeden weiteren Weg. Henri beschloss, die Wollpakete an der Haustür zwischenzuparken. Er schob sie dicht an den Türrahmen und platzierte zwei faustgroße Steine davor.

Als er einige Schritte gegangen war, stellte er fest, dass die Geräusche aus dem ehemaligen Haupthaus kamen. Henri musste lachen: Da hatten Edda und er mit wahnwitzigem Aufwand für einen Vorwand gesorgt, um Samantha im Wohnhaus aufzusuchen, und dann befand sie sich ausgerechnet im Veranstaltungshaus, das er auch ohne besonderen Grund hätte betreten können.

Vielleicht räumte sie nach einer Verkaufsverhandlung auf oder bereitete eine von Jochens Konferenzen für Rinderzüchter vor. Was, wenn sie nicht allein wäre? Ein kurzer Schreck durchfuhr Henri, doch schnell machte er sich klar, dass dies sogar von Vorteil sein könnte. Schließlich müsste er Samantha

Möllerhahn sowieso in Aktion erleben, um ihr Temperament einzuschätzen. Und sollte sie tatsächlich cholerisch sein, dürfte sie sich gern an jemand anderem austoben, während er sie umso besser beobachten konnte.

Anders als die beiden vorigen Male, betrat er das alte Haupthaus von hinten durch das ehemalige Flett, die traditionelle Wohnküche, die heute vor allem als Schankraum und ansonsten höchstens zum Zubereiten von Häppchen und Kanapees diente. Als Abtrennung zur früheren Deel – dem heutigen *Chefkontor* – war eine Leichtbauwand mit Durchreiche und Schiebetür eingezogen worden. Henri gab der Tür einen Stoß, der kräftiger ausfiel als beabsichtigt, machte einen Schritt hindurch – und stockte. Die Frau, die die hoch ausgezogene Teleskopleiter gegen die Wand lehnte, war nicht Samantha Möllerhahn.

»Meine Fresse! Hast du mich erschreckt!« Claudia Schlotterbeks raue Stimme klang beinah stumpf.

»Ich hab's! Das ist optimal.« Eine zweite Frauenstimme drang aus einem der kleinen Nebenräume in die Halle. Sie kam näher. »Hier in der Abstell … «

Henri musste zweimal hinsehen. Im Blaumann, mit zusammengebundenen Haaren, sah Lena Rosendorn nicht wie Shakira aus.

Lena war stehen geblieben. »Henri, was machst du denn hier?«

»Ich suche …« Henri hätte beinah die Geschichte von der verlorenen Sonnenbrille abgespult, besann sich aber noch rechtzeitig. »Ich bin auf der Suche nach Frau Möllerhahn. Ich habe ein Wollpaket für ihre Mutter auszuliefern, doch die ist nicht zu Hause. Und … äh … was macht ihr hier eigentlich?«

»Wir installieren … Tontechnik.«

Henri hatte Claudias Zögern sehr wohl bemerkt. Ihr Augenmerk war auf einen aufgeklappten Aluminium-Aktenkoffer gefallen. Er folgte ihrem Blick und stutzte, als er ein schwarzes Gehäuse sah, kaum größer als seine Daumenkuppe. »Ist das da nicht eine Kamera?«

Lena, die zu ihnen herangetreten war, sah Claudia an, diese antwortete notgedrungen. »Ja, also, genauer gesagt, installieren wir Bild- und Tontechnik.« Mit diesen Worten steckte sie das winzige Gehäuse in die Seitentasche ihrer Cargo-Hose.

Henri verstand die Welt gerade nicht. »Und wieso macht das nicht der Elektriker? Und wo ist denn nun Samantha Möllerhahn?«

Claudia holte Luft, doch Lena kam ihr zuvor. »Hör mal, Henri, wir könnten deine Hilfe gebrauchen. Kannst du nicht die Leiter für Claudia festhalten? Dann sind wir hier schneller fertig. Wir erklären dir alles, versprochen.«

Henri trat wortlos neben die Leiter. Nachdem Claudia die ersten Sprossen erklommen hatte, packte er die seitlichen Streben fest mit beiden Händen. *Bin ich ein netter, hilfsbereiter Typ oder ein naiver Spacken?*

»Samantha hat eine Behandlung bei Frauke Niehoff«, sagte Lena. »Verspannte Schulter-Nacken-Partie. Dauert etwas länger heute.« Sie lächelte schief. Dabei nahm sie ein Metallgehäuse von der Größe einer Zigarrenschachtel aus dem Aktenkoffer.

Henri beobachtete sie. »Moment mal, was ist das denn?«

»Das ist so was wie ein PC im Miniformat, ohne Bildschirm, aber mit großem Speicher.«

Claudia, die auf halber Höhe der Leiter angekommen war, blieb stehen und räusperte sich. »Das ist die *wireless* Schnittstelle zur Kamera. In dem Gehäuse sind drei Komponenten:

ein *Raspberry Pi 4,* eine externe Festplatte und ein Lithium-Polymer-Akku.«

»Aha.« Henri verstand weniger von Computer- und Schalttechnik als Claudia offenbar vermutete, konnte sich aber zusammenreimen, dass die Platine so programmiert sein musste, dass sie die Daten, die die Videokamera lieferte, empfing und auf die Speicherplatte schrieb.

Lena war mit dem Gehäuse in dem Nebenraum verschwunden, aus dem sie vorher gekommen war. Henri hörte ein kurzes Rappeln wie von umgefallenen Gartengeräten, einen gedämpften Fluch, ein Klappern und schließlich die Schritte der zurückkehrenden Lena. Er behielt Claudia Schlotterbek im Blick, die jetzt weit oben auf der Leiter stand und mit der linken Hand den großen hölzernen Seitenbalken vor sich abtastete. Henri packte die Leiter fester. Claudia fischte die Kamera aus der Hosentasche und pfriemelte an ihrer Rückseite.

Lena ging ein paar Schritte rückwärts. »Den optimalen Winkel kriegst du, wenn du sie möglichst weit unten am Balken festmachst.« Dann trat sie neben Henri. »Übrigens, bevor du danach fragst: Jochen ist auch nicht im Haus.«

»So ein Zufall aber auch.« Henri war vom Gegenteil überzeugt, seine Stimme klang dementsprechend ironisch.

»Seine Weiderinder müssen untersucht werden«, fuhr Lena fort. »Lauter junges Viehzeug, das kaum an Menschen gewöhnt ist. Peggy denkt deshalb, die Untersuchung könnte sich etwas hinziehen.«

Henri schwieg einen Moment. Wo war er bloß hineingeraten? Sosehr er sich bei seinen beiden vorigen Besuchen auch danach gesehnt hatte, endlich mehr als ein Zaungast zu sein – diese Aktion war ihm suspekt. »Ich erwarte keine Bestätigung«, begann er schließlich zögerlich. »Aber ich stelle mal eine

These in den Raum: Weder Jochen noch Samantha Möllerhahn haben diese Installation beauftragt.«

Lena grinste, äußerte sich aber nicht weiter. Sie zog ihr Zopfgummi ab, kämmte mit den Fingern durch die Haare und schüttelte sie wie ein Hund sein Fell nach einem Regenguss.

Claudia seufzte auf. »Fertig! Letzte Blickkontrolle von unten, Lena!«

»Man sieht sie nicht. Perfekt!« Nun fasste Lena die Haare wieder zusammen und streifte das Zopfgummi darüber.

Claudia klopfte mit dem Fingerknöchel dreimal auf den gewaltigen alten Balken. »Jetzt brauchen wir nur noch ein bisschen Glück.« Mit einer Wendigkeit, die Henri ihr nicht zugetraut hätte, kletterte sie die Leiter herunter und sprang von der letzten Sprosse. »Kannst du sie bitte zusammenschieben?«, rief sie ihm zu. »Und dann zurückstellen? Sie gehört dort in die Ecke. Dann kann ich schon mal die Funktionskontrolle machen.«

Während Claudia in den Nebenraum stiefelte, kniete sich Lena neben den Aktenkoffer, ordnete den Inhalt, klappte den Deckel darüber und ließ die beiden Steckschlösser zuschnappen. Dann sah sie zu Henri auf. »Du hast das Richtige getan«, versicherte sie. »Vertrau uns. Wir treffen uns in einer Stunde wieder. Die Adresse simse ich dir.«

»Alles klar so weit«, beteuerte die zurückkehrende Claudia. Und schwupp, waren beide Frauen weg. Henri hörte noch ein Feuerzeug klicken. Dann deutete nichts weiter als eine schwache Rauchfahne, die von der Flettseite aus hereinwehte, darauf hin, dass irgendjemand außer ihm vor Ort gewesen war.

Henri fühlte sich wie mitten aus einem Traum gerissen. Langsam zu sich kommend, spürte er, dass seine rechte Hand eine Aluminiumsprosse berührte. Wie vom Blitz getroffen, zuckte er zurück. Doch schnell besann er sich, dass die Leiter noch weggeräumt werden musste, eine Teleskopleiter, deren obere Teile er eines nach dem anderen nach unten klacken ließ. Er trug das Gerät in die von Claudia bezeichnete Ecke.

Wie sie wohl den Empfänger versteckt haben? Henri überlegte, ob er noch Zeit hätte, sich danach umzusehen. Es würde wohl nicht allzu lange dauern, denn schließlich wusste er, wo er suchen musste, und der Rinderbaron hatte sicher noch geraume Zeit auf der Weide zu tun. Henri beschloss, einen Blick in den besagten Nebenraum zu werfen – aus Lenas Bemerkungen zu schließen, handelte es sich vermutlich um eine Abstellkammer.

Tatsächlich stand in dem kleinen Raum allerhand Gerümpel herum. Ein Klappstuhl, dem eine Armlehne fehlte, war gegen die linke Wand gestellt. Zwei breite, robuste Großraumbesen mit kurzen, roten Borsten lehnten dagegen. Kurz vor der Tür stand ein abgenutzter Zinkeimer, über dessen Öffnung ein Kehrblech lag. Zum Glück fiel ein wenig Licht durch ein relativ großes, aber schlieriges Fenster, das in einen anderen Raum wies. Auch dorthin wurde ganz sicher kein Kunde geführt, vielleicht handelte es sich um den ehemaligen Stall- oder Futterbereich. Henri konnte beim Blick durch das dreckige Fenster nur einige undeutliche, etwa gleich große, quaderförmige Schemen ausmachen, es mochten Strohballen oder Kartons sein.

Auf der diesseitigen Fensterbank lagen Untersetzer, Servietten, Teelicht-Packungen und Vorratsschachteln Streichhölzer achtlos übereinandergestapelt. Henri wäre beinah gestolpert; er hatte die beiden alten Gummistiefel, die an der Wand unter dem Fenster mehr lagen als standen, nicht bemerkt. Ob Lena vorhin an dieser Stelle geflucht hatte? Henri fand einen Lichtschalter und knipste ihn an. Eine Energiesparbirne, die in einen lampionförmigen, oben offenen Schirm aus Milchglas hineingeschraubt war, verbreitete langsam ihr trübes, gelbliches Licht. Immerhin sah Henri in ihrem Schein nun auch die Gegenstände an der anderen Seitenwand. Vielleicht war es der zusammenfaltbare Kunststoff-Campingsessel gewesen, dessen Scheppern er gehört hatte. Auf seine Sitzfläche waren diverse Kissen und Polster gestapelt, die allesamt bessere Tage gesehen hatten. Henri hob sie hoch, weil er darunter das Gehäuse mit der Empfänger-Platine vermutete. Er hatte sich geirrt. Sein nächster Griff galt den Gummistiefeln, die er umstülpte. Doch außer einer zusammengekrumpelten Spinne fiel nichts heraus. Im Eimer konnte er, als er das Kehrblech hochhob, ebenfalls nichts Verdächtiges entdecken.

Ihm fiel ein alter Spionagefilm ein, in dem der Agent im letzten Moment einen Mikrofilm in einem Lampenschirm verstaut hatte. Also hob er sich auf die Zehenspitzen und rüttelte an der Lampe. Kein Klackern war zu hören. Ob es bröseligen Putz gab, unvollständige Balken mit Platz für ein Versteck? Henri tastete die Wände ab und klopfte gegen Holz, konnte jedoch auch dort nichts Ungewöhnliches erkennen. Unverrichteter Dinge verließ er die Abstellkammer.

»Nanu? Du?!«

Henri zuckte zusammen. Er hatte niemanden kommen hören, doch jetzt stand Jochen Möllerhahn breitbeinig vor ihm. *Ich wollte eigentlich zu deiner Frau, Jochen. Doch das kann ich dir nicht sagen.* »Ich … ich wollte nach einer Sonnenbrille suchen. Maike muss sie bei euch verloren haben. Ich hätte sie gern wieder. Als Andenken.« Henri war froh, dass ihm die Geschichte sofort eingefallen war.

»Ach.« Jochens Blick wirkte skeptisch. »Und da fängst du im Krempelraum an? Und ohne mir vorher ein Wort zu sagen?«

»Ich … war auf der Suche nach dir.« *Schwach, Henri, ganz schwach.*

Möllerhahn lachte belustigt. »Ich bin nie beim Gerümpel.«

Henris Blick schweifte in die Richtung. *Sieh an.* »Ich … ich dachte nur, weil da Licht brennt … deshalb wollte ich nachsehen.«

»Komm einfach morgen noch mal. Ich muss mich jetzt um meine Jungrinder kümmern. Brauchte nur mehr Anbindestricke, doch jetzt geht's ruckizucki zurück auf die Weide.«

Henri verließ das Gebäude aus alter Gewohnheit durch den Eingang zur Dorfstraße hin. Gleich darauf hörte er den Rinderbaron in seinem Pick-up davonbrausen. Da fiel ihm ein, dass sein eigener Wagen am Kirchenweg stand. Er ging durchs Hallenhaus zurück und überquerte den Hof mit großen Schritten. *Wenn du wüsstest, wie spannend es beim Gerümpel sein kann, Jochen!*

21

Die Nadeln

Henri hatte in der Küche zwei Scheiben Roggenvollkornbrot mit Butter bestrichen und mit hauchdünn geschnittenen Scheiben Holsteiner Schinken belegt. Er trug das Holzbrett mit seinem Abendessen auf die Veranda.

Den Korbsessel, den er früher so gern benutzt hatte, hatte er am Tag nach dem Unglück in den Gartenschuppen verbannt. Er würde nie wieder darauf Platz nehmen können. Zu präsent war die Erinnerung an das Schrillen des Mobiltelefons, das ihn sofort alarmiert hatte, viel zu schmerzlich das Bild der umgestoßenen Crémant-Flasche. Beide Eindrücke waren für immer mit diesem Stuhl verknüpft, auf dem er gesessen hatte, als es passierte.

Als Übergangslösung hatte er einen Kiefernholzhocker aus dem Schuppen auf die Veranda gestellt – ein funktionales, aber wenig gemütliches Möbelstück. Um es sich etwas bequemer zu machen, legte er ein großes, pralles Sofakissen auf die Sitzfläche. Die Rückseite des Kissens bestand aus einem samtähnlichen, mokkabraunen Stoff. Die Vorderseite zeigte davongaloppierende Reiter in roten Jacketts, eine englische Fuchsjagd. Das Bild war mit stabilem Wollgarn in Kreuzstichtechnik aufgestickt. Stammte die Arbeit von Maike? Henri wusste es nicht. Vielleicht konnte Edda Auskunft geben, er würde sie fragen. Henri zückte das Smartphone und knipste das Stickbild.

Als er das Telefon wieder einstecken wollte, sah er, dass eine SMS eingegangen war. »20 Uhr, Wachtelweg 11«. Absender unbekannt.

Lena! Natürlich, das musste die Nachricht sein, die Lena Rosendorn angekündigt hatte. Er war drauf und dran gewesen, sie zu vergessen. Die Eindrücke des heutigen Tages waren auf ihn eingeprasselt wie die Bilder eines Daumenkinos, das man gern anhalten würde, um jede einzelne Wendung in Ruhe zu betrachten. Was Peggy Pump betraf, war sein Empfinden von außen nach innen gekehrt worden. Hatte er sie vor Kurzem noch für verdächtig und gefährlich gehalten, so hatte sich das Frollein alle Mühe gegeben, ihm das Misstrauen auszureden. Heute Nachmittag hatte er gar erfahren, dass sich die Tierärztin offenbar an einer gegen Jochen Möllerhahn gerichteten konspirativen Aktion beteiligte. *Wie war das noch mit Saulus und Paulus gewesen?* Nein, der Vergleich hinkte, schließlich hatte sich nicht Peggy geändert, sondern seine Wahrnehmung.

Als Henri sich die Szene in Möllerhahns Konferenzraum in Erinnerung rief, sah er auch das Gerümpel in der Abstellkammer wieder vor sich. Wo mochten die beiden Frauen den Empfänger versteckt haben? Allein um das zu erfahren, musste er zu diesem ominösen Treffen gehen! Wer wohl außer ihnen dreien dabei sein würde? Claudia und Lena hatten von der Tierärztin gesprochen, die Jochens Jungrinder untersuchte, außerdem hatten sie Frauke Niehoff erwähnt, die versuchen sollte, Samantha im Griff zu behalten. Ob diese beiden sich auch einfinden würden? Falls ja, wäre der halbe Häkelclub dort versammelt. War das Zufall?

Henri sah auf die Uhr. Zehn Minuten noch. Er biss herzhaft ins Schinkenbrot und befragte nebenbei die Online-Ortskarte, wo der Wachtelweg sei, überrascht, dass der Straßenname ihm nichts sagte. Sein Erstaunen wuchs noch, als er feststellte, dass die Adresse nur drei Kilometer entfernt war. Dann vergrößerte er den Ausschnitt – aha, Kleingartengebiet. Dort wechselten sich Blütenalleen mit Tiernamengassen ab, ohne dass man als Nicht-Kleingärtner je davon gehört hätte. Henri verdrückte auch das zweite Brot, trug Brettchen und Kissen zurück ins Haus, streifte die bejahrten Mokassins über und schwang sich aufs Fahrrad.

Wachtelweg 11 war ein Bilderbuch-Garten. Henri hatte eine Parzelle mit Apfelbaum, drei Rosenstöcken, Kräuterspirale, Flieder- und Holunderbusch erwartet und hielt sprachlos inne. Auf dem Grundstück wiegten sich rosé-, violett- und bordeauxfarbene Blütenteppiche sacht im Wind. Er selbst kannte sich mit Wildblumen aus, konnte Mutterkraut von Kamille und Flocken- von Kornblume unterscheiden, doch bei kultivierten Arten stieß er an seine Grenzen. Dennoch war er sich einigermaßen sicher, dass es sich hier um unterschiedlichste Sorten der Waldrebe handelte, deren Ranken nicht malerischer hätten drapiert sein können. Dabei schienen nicht einmal viele Hilfsmittel im Spiel zu sein – hier ein Rosenbogen, dort ein kleiner Pavillon und an der gegenüberliegenden Seite ein Maschendrahtzaun. Das Blütenmeer fand überall Platz für seine Wogen.

War eigentlich irgendwo ein Haus? Sie würden sich doch kaum in dem offenen Pavillon treffen? Henri schloss sein Rad an einem nahen Laternenpfahl an und betrat das Gelände durch den Rosenbogen, vor dem eine Schieferstele in den

Boden eingelassen war, die eine hölzerne Elfe krönte. Hinter ihm raschelte es. Lena, nun wieder in Pastelltönen gekleidet, näherte sich eilig.

»Bin ein bisschen spät«, erklärte sie kurzatmig.

»Ist das dein Garten?« Henri konnte es sich gut vorstellen. Altrosa, pink, lila: das waren ihre Farben.

Lena, die zu ihm aufgeschlossen hatte, schüttelte den Kopf. »Leider nicht. Ein Traum, oder?« Mit diesen Worten umrundete sie eine hohe Hecke, die Henri für die Grundstücksbegrenzung gehalten hatte. Dahinter wurde eine Gartenlaube sichtbar, die sich in den Winkel zwischen Hecke und Zaun schmiegte. Sichtbar war eigentlich nur ein Stück Holzwand im Schwedenstil, sattrot gestrichen mit weiß abgesetzten Fensterrahmen. Das Häuschen war, wie alles andere auch, von einer Blütenpracht umhüllt.

Lena öffnete eine solide weiße Holztür. Die Laube war geräumiger als Henri von außen vermutet hatte. Die linke Seite nahm eine Eckbank ein; auf dem mittleren hinteren Platz saß Gabriele Lösch, die ihnen zunickte. War da etwas Linkisches in ihrem Blick? Henri war sich nicht sicher. Er beschloss, aufzupassen.

Ein runder Esstisch und zwei Stühle komplettierten die Sitzecke. An der rechten Wand hatte man eine kurze Küchenzeile angebracht, die etwa zwei Drittel der Raumtiefe einnahm. Henri hörte einen Kühlschrank surren. Hinter der Zeile trennte eine ebenfalls weiß gestrichene Holzwand ein rechteckiges Kämmerchen ab, vermutlich die Toilette.

Vor der Arbeitsplatte sah Henri die Tierärztin stehen. Sie wandte ihnen den Rücken zu und hantierte mit Gläsern und Eiswürfeln. Also war sie vermutlich die Hausherrin.

»Moin, Gabi, moin, Peggy«, grüßte Lena.

Henri machte es kurz. »Moin allesamt.«

»Auch eine kleine Erfrischung, ihr beiden?«, fragte Peggy und drehte sich um.

»Nein danke, für mich keinen Alkohol.« Henri wollte einen klaren Kopf bewahren. Wie weit konnte er den Frauen trauen? Besonders Gabriele Löschs Anwesenheit bestärkte ihn in der Entscheidung, auf der Hut zu sein.

Peggy lachte. »Dies hier ist Limettensaft mit Mineralwasser, Himbeere, Minze und Eiswürfeln. Du kannst aber auch ein Hefeweizen ohne Umdrehungen haben.«

Da entschied sich Henri doch für den Sommercocktail, ebenso wie Lena. Kurz darauf trafen Frauke und Claudia gemeinsam ein, Claudia haftete der offenbar unvermeidliche Tabakgeruch an. Wie sie das wohl in ihrer Autowerkstatt mit dem Rauchen hielt?

»Dann ist das hier dein Garten?«, wandte sich Henri an Peggy, nachdem sie ein Tablett mit sechs bis zum Rand gefüllten Gläsern in der Tischmitte abgestellt hatte und neben ihm auf dem zweiten Stuhl Platz nahm.

»Eigentlich der meiner Schwester. Aber ich nutze ihn regelmäßig.« Peggy hob ihr Glas und prostete ihnen der Reihe nach zu. »*Wir* nutzen ihn regelmäßig. Willkommen zusammen.«

Henri stellte verwundert fest, dass er sich nicht wie ein Außenseiter vorkam. Gewöhnlich brauchte er seine Zeit, um sich in einer neuen Umgebung wohlzufühlen. »Du wirst nicht sofort warm mit anderen, du musst erst ein bisschen vorheizen«, so hatte Maike es einmal beschrieben, und er gab ihr recht. Zudem war er hier ausschließlich von Frauen umgeben, während er von Bauernhof, Uhrmacherwerkstatt und Stammtisch vor allem den Umgang mit Männern gewohnt war.

Woran mochte es liegen, dass er hier nicht fremdelte? Schließlich spürte er genau, dass die anderen eine eingeschworene Gemeinschaft waren und er eine Art Eindringling. Er musterte die Frauen der Reihe nach. *Sie sind geradeheraus und unkompliziert.* Nur gegenüber Gabriele Lösch musste er Vorsicht walten lassen, solange ihre Rolle an Maikes Todestag nicht geklärt war.

»Euer Garten ist wirklich unglaublich«, sagte Lena seufzend. »Bei mir gedeiht nicht mal so was angeblich Unkompliziertes wie Lavendel.«

»Du musst ihn nicht immer mit den Resten deiner chemischen Experimente düngen«, versetzte Claudia.

»Kommt darauf an, was drin ist, oder?«, gab Lena zurück. »Stickstoff soll doch ganz hilfreich sein.«

Gabriele schlug die Hände zusammen. »Aber doch nicht für Lavendel, Lena! Dir fehlen ja sämtliche Grundkenntnisse! Peggy, sag mal was dazu.«

Peggy hüstelte. »Die mit dem grünen Daumen, das ist meine Schwester. Ich kenne mich am besten mit dem aus, was vier Beine hat.«

Alle lachten.

»Weißt du, ob die Blumen im Garten Waldreben sind?«, fragte Henri.

Peggy nickte. »Ja, so viel weiß ich noch. Wir haben Clematis viticella und Clematis montana, die lang blühende und die hochwachsende. Möchtest du Stecklinge haben?«

Henri starrte die Gastgeberin an. Auf diese Idee war er selbst gar nicht gekommen, doch sie war hervorragend! Er würde in seinem Garten eine besondere Ecke gestalten, mehr wusste er noch nicht, doch ihm würde irgendein Zusammenhang mit Maike einfallen, da war er sicher.

Peggy missdeutete seinen Blick. »Das kannst du ruhig in Anspruch nehmen, glaub mir, alle anderen haben auch schon diverse Ableger zu Hause eingepflanzt.«

Henri nickte langsam. »Apropos ›alle anderen‹: Kommen Edda und Evelyne auch noch?«

»Nein.« Gabriele, als die andere der beiden Curauerinnen, fühlte sich offenbar angesprochen. »Evelyne hat heute Abend keine Zeit.«

»Und Edda kann abends eigentlich nie«, ergänzte Claudia.

»Als sie noch in Bökersbrück gewohnt hat, war sie geselliger«, sagte Frauke. »Doch jetzt, in diesem Dorf am Rande der Welt, igelt sie sich ein.«

Henri stellte wieder einmal fest, dass Edda sich nach Feierabend abkapselte. Offenbar wussten nicht einmal die Häkeldamen Genaueres über sie. Doch er beschloss, diesen Zweig des Gesprächs zu kappen, denn er würde sie nicht weiterbringen. Er überlegte kurz. »Dann seid ihr abends also nicht der Häkelclub, was?«

»Nein. Jetzt sind wir *Die Nadeln*.«

Henri hätte fast aufgelacht, doch er bemerkte noch rechtzeitig, dass Peggy Pump diese Worte mit einem gewissen feierlichen Ernst ausgesprochen hatte. Er konnte das entstehende Lachen zu einem etwas ungläubigen Lächeln entschärfen. »*Die Nadeln?* Das klingt ja so wie ›Die Nadel‹, dieser Agententhriller.«

»Das soll es auch.« Gabriele, die ihm genau gegenübersaß, fixierte ihn mit ihrem Blick.

»Oh.« Ihm blieben die Worte weg.

»Oder hast du geglaubt, das war Spielzeug, was wir vorhin beim Rinderbaron deponiert haben?« Nun sah ihm auch Lena Rosendorn direkt in die Augen, und er musste diesmal nicht an Shakira, sondern an explosive Versuchsreihen, Feuerwehreinsätze und Engelbert Bruns denken.

»Äh, nein. Natürlich nicht.« Henri trank schnell einen Schluck, um zu verhindern, dass sein knochentrockener Rachen sich spontan selbst entzündete. Er musste dennoch husten. »Aber verrätst du mir, wo du den Empfänger versteckt hast?«

»Hast du ihn gesucht?« Lenas Gesichtszüge entspannten sich zusehends, schließlich begann sie zu strahlen. »Und etwa nicht gefunden?«

»So sieht's aus.« Henri berichtete von der Suche im Abstellraum und von seiner Begegnung mit Jochen Möllerhahn.

»Ui, so schnell war der zurück?« Claudias Stirn lag in Falten, als sie zu Peggy Pump hinübersah.

»Ja, das war ein Mist, kann ich euch sagen.« Peggy setzte ihr Glas mit einem Ruck ab. »Da denkst du, du hast es mit Profis zu tun, und dann bringt der Typ nicht genug Anbindestricke mit!«

»Aber dann hättest du uns warnen können!« Claudias Gesicht hatte sich gerötet.

»Müssen!« Lena haute mit der Faust auf den Tisch.

»Mensch, was glaubt ihr denn? Das wollte ich doch! Aber da draußen in der Pampa gab's kein Netz!«

Claudia raufte sich die Haare. »Dann hättest du selber fahren müssen.«

Lena ergänzte: »Das hätte komplett schiefgehen können.«

»Ihr habt gut reden!« Jetzt war auch Peggys Kopf rot angelaufen. »Glaubt ihr vielleicht, der Herr Rinderbaron informiert eine untergeordnete Mitarbeiterin, was er als Nächstes zu tun gedenkt? Der geht um die Ecke, du glaubst, er holt seine Thermoskanne, und plötzlich merkst du, dass er weggefahren ist. So läuft das.«

Henri kannte Möllerhahn lange genug, um Peggys Schilderung Glauben zu schenken. »Jochen war schon früher so. Der agiert spontan und sprunghaft. Absolut unberechenbar.« Er holte tief Luft. »Ist ja zum Glück alles gut gegangen.«

»Also – ich geh mal eine rauchen.« Claudia sah noch nicht zufrieden aus. Sie erhob sich.

»Und ich hätte gern Schlehe stark.« Frauke blitzte die Gastgeberin auffordernd an.

»Da schließ ich mich an.« Gabriele erhob sich halb, drehte den Oberkörper und öffnete ein Wandschränkchen, das über ihr an der Rückwand befestigt war. Sie entnahm ihm eine Handvoll Schnapsgläser.

Peggy seufzte. »Wir haben noch einiges zu klären.«

»Und zu erklären …?« Henri räusperte sich und merkte selbst, dass es nicht ganz echt klang.

»Er hat recht«, pflichtete Lena ihm bei. »Wir sollten ihn endlich einweihen. Schließlich geht es um … um …«

Henri hatte mittlerweile oft genug erlebt, wie sehr Menschen davor zurückscheuten, den Namen seiner verstorbenen Frau auszusprechen. Sie wollten ihn nicht verletzen und ahnten dabei nicht, in welche Verlegenheit ihn ihr Herumdrucksen brachte. Schließlich führte es dazu, dass er selbst Maikes Namen ergänzen musste, wobei ihm ihre mitfühlenden Blicke nicht gerade dabei halfen, Abstand zu gewinnen.

»Ja.« Frauke legte beide Hände flach auf den Tisch. »Henri Ketelsen, du hast ein Recht darauf, zu erfahren, was wir, *Die Nadeln*, treiben. Denn es geht um die dubiosen Geschäfte des sogenannten Rinderbarons. Und wir glauben, auch Maike war ihm auf der Spur.«

»Was?« Henri war wie elektrisiert. »Gehörte Maike zu euch *Nadeln*?«

»Nein.« Peggy war mit einer Schnapsflasche, die sie unter der Arbeitsplatte der Küchenzeile hervorgezogen hatte, an den Tisch getreten. »Es gab *Die Nadeln* damals noch nicht.«

Claudia Schlotterbek war zurückgekehrt und hatte Peggys Bemerkung gehört. Sie erläuterte: »Wir treffen uns abends erst, seit wir diesen Rinderbaron auskundschaften.«

Henris Kopf versank in den aufgestützten Händen. Er hatte sich wirklich bemüht, der Unterhaltung zu folgen, dennoch flogen ihm die Gesprächsfetzen wie lose Enden um die Ohren.

»Vielleicht erklärst du einfach mal, wie wir den Möllerhahn kompromittieren wollen«, schlug Peggy mit Blick auf Claudia vor.

»Okay, also, Prämisse ist: Wir wissen nicht, wann das nächste fragwürdige Geschäft steigt. Deshalb liegen wir jetzt dauerhaft auf der Lauer, sozusagen. Uns darf keine Minute entgehen, wenn es wirklich ernst wird.«

»Das heißt, wir nehmen für alle Ewigkeiten alles auf, was in diesem sogenannten Chefkontor geschieht?« Gabriele hatte ihre gefalteten Hände auf dem Tisch abgelegt und sich aufgerichtet.

»Na ja.« Claudia seufzte. »*Bis auf alle Ewigkeiten* geht natürlich nicht. Mit den Speichermedien, die wir uns leisten können, können wir ein paar Tage festhalten.«

»Und dann? Was ist, wenn bis dahin nichts von Belang passiert ist?« Gabriele sah etwas besorgt aus.

»Also, ich habe unseren Empfänger so programmiert, dass er wie ein Ringspeicher funktioniert.«

»Und das heißt was genau?« Frauke wollte offenbar *Butter bei die Fische.* Henri applaudierte im Stillen.

»Das heißt, wenn unsere externe Festplatte mit den Videos von der Kamera vollgeschrieben ist, dann beginnt der Zyklus des Überschreibens von vorn. So sind immer die neuesten Sequenzen für uns gespeichert.«

»Tut mir leid, ich versteh's noch nicht.« Peggy schnaufte leise. »Der Witz ist doch, dass wir höchstens eine vage Ahnung haben, wann ein Betrug laufen wird. Erst dann, wenn ich endlich die Gutachten erstellen kann, erhalte ich konkreten Einblick in die Planungen. Aber bestenfalls hinterher weiß ich, ob Möllerhahn echte Papiere verwendet hat oder nicht.«

»Genau, und das reicht uns.« Claudia Schlotterbek zog eine technische Zeichnung aus der Brusttasche ihrer Jeansjacke. »Hier ist der WLAN-Schaltkreis auf dem Raspberry Pi 4. Den habe ich auf die Kamera in der Halle programmiert.«

»Das Chefkontor«, erläuterte Lena und warf ihre Mähne zurück wie Shakira.

»Und daran habe ich den Festplattenspeicher montiert. Der zeichnet auf und zeichnet auf und zeichnet auf. Und damit er genug Saft zum Aufzeichnen hat, habe ich den letzten Schrei an Akku angeschlossen, Lithium-Polymer.«

»Das klingt nicht nach zwei Euro fuffzig«, warf Frauke ein.

»Multiplizier das mit dreihundert, dann kommst du der Sache näher«, entgegnete Claudia ungerührt.

»Du meine Güte! Übersteigt das nicht ganz gewaltig unser Budget?« Frauke sah ratlos in die Runde.

»Entspannt euch.« Claudia schlug die Arme übereinander. »Das teuerste ist die Kamera, und die habe ich nicht extra besorgt. Die entstammt einem Fünferpack, das ich für die Überwachung unserer Parkfläche und unseres Verkaufsraums angeschafft habe. Ihr glaubt nicht, auf welche Ideen die Spacken am Wochenende kommen, wenn sie denken, die Autos ständen unbewacht herum.«

»Doch, glaube ich sofort.« Frauke rückte ihre eckige Brille

zurecht. »Auf unserem Parkplatz glauben sie, unbeobachtet auf die Hinweisschilder unserer Geschäfte und Praxen pinkeln zu können.« Sie kicherte. »Was haben sich da schon für Supercoole blamiert, wenn man den Eltern die Videos unter die Nase gehalten und einen ordentlichen Betrag für Sachbeschädigung eingefordert hat!«

Henri wollte verhindern, dass das Gespräch sich in Nebensächlichkeiten verlor. »Was wollt ihr denn eigentlich aufzeichnen?«, fragte er. »Und was hat meine Frau ... was hat Maike damit zu tun?«

Gabriele antwortete. »Wir sind sicher, dass Jochen Möllerhahn unsaubere Pferdegeschäfte macht«, erklärte sie. »Wir haben Hinweise darauf, dass er Pferde billig aus Osteuropa importiert, ihre Papiere fälscht und sie dann teuer als edles Polnisches Warmblut verkauft.«

»Polnisches Warmblut ...« Henri dachte laut nach. Maike hatte oft davon gesprochen. »Ist das nicht so eine ähnliche Rasse wie Trakehner?«

»Doch, genau.« Gabriele fixierte ihn wieder, ihr Blick war aufmerksam. Als niemand anderes das Wort ergriff, fuhr sie fort. »Und mein Schwager, Dankwart von der Dohlen, ist, so glauben wir, auf Möllerhahn hereingefallen. Er hat ihm einen achtjährigen Wallach abgekauft, der angeblich ein Top-Dressurpferd sein sollte. Bei der Live-Präsentation lief alles bestens. Dankwart verliebte sich in das Pferd, und wie wir alle wissen, macht Liebe blind. Außerdem ist mein Schwager nicht unbedingt der Experte. Doch im Reitstall seines Vereins gibt es einige Fachleute, und auf die wirkte das Tier nicht besonders edel. Als Dankwart dann mit deren Hilfe die Herkunft gecheckt hat, kam heraus, dass das angebliche Gestüt Wielskopolskorowa überhaupt nicht existiert.«

Henri fasste sich ein Herz. Er musste die drängendste all seiner Fragen klären, sonst könnte er sich höchstens mit Mühe auf die weiteren Informationen konzentrieren. Ohne sich die Zeit für weiteres Nachdenken zu nehmen, wandte er sich an die Journalistin. »Bist du mit deinem türkisfarbenen Suzuki über Möllerhahns Feldwege gefahren?«

»Wie bitte?«

»Sag Ja oder Nein, ich muss es wissen.«

»Ja, also ...« Gabriele warf einen ratlosen Blick in die Runde. Peggy nickte ihr zu. »Ja, ich bin dort gewesen. Warum?«

»Ich bin deinem Auto begegnet an dem Tag, als Maike ...« Er konnte es nicht aussprechen.

Gabriele stöhnte.

Peggy räusperte sich. »Maike wollte uns an diesem Tag in einen neuen Betrugsfall einweihen, Gabi und mich. Damit wir dem Möllerhahn endlich das Handwerk legen könnten. Wir waren auf dem Abreiteplatz verabredet, wir wollten ein Video drehen. Und ich wollte nicht, dass wir meinen Wagen nehmen. Nur für alle Fälle. Denn den kennt der Rinderbaron natürlich.«

Gabriele hatte sich wieder gefasst. »Doch bevor wir ankamen, war es schon zu spät. Wir sahen von weitem Jochen Möllerhahns Pick-up und sind sofort umgedreht.«

Eine Zeit lang schwiegen alle.

»Später haben wir beschlossen, auch ohne Maike weiterzumachen«, ergriff Gabriele schließlich wieder das Wort. »Wir hatten ja immer noch den Anhaltspunkt mit dem erfundenen polnischen Gestüt.«

»Warum hat dein Schwager den Möllerhahn eigentlich nicht gleich angezeigt?«, wollte Frauke Niehoff wissen.

»Er hat ihn zur Rede gestellt, und Möllerhahn ist aus allen Wolken gefallen. Wenn die Vorwürfe stimmten, dann wäre er selbst übers Ohr gehauen worden, er wäre das eigentliche Opfer, das wäre Rufmord ... und so weiter, blablabla. Wir *Nadeln* glauben das natürlich nicht, und wir werden beweisen, dass der Rinderbaron windige Deals macht. Aber der gute Dankwart ... wie ich schon sagte, Liebe macht blind, und Dankwart möchte den hübschen Rappen gern behalten. Er will nur Geld zurück. Übrigens ist er stinksauer auf die Gutachterin, die Möllerhahn ihm vermittelt hatte, und das war Maike, Henri. Ich konnte ihm gerade noch ausreden, dass sie die Hauptverantwortung trägt.«

Henri starrte vor sich hin. Niemals hätte Maike jemanden betrogen. Aber war ihre Expertise ausreichend gewesen? Immerhin hatte sie diverse Fortbildungen absolviert und schien sich ihrer Sache stets sicher zu sein. War ihr in diesem Fall vielleicht ein Fehler unterlaufen? Er musste an die Streitszene zwischen Jochen und dem Pferdekäufer denken, deren Ohrenzeuge er geworden war. *War das Dankwart?* Er sah Gabriele an. »Moment mal. Fährt dein Schwager vielleicht einen Ford Mustang? Schwarz mit weißem Verdeck?«

Die Journalistin staunte. »Stimmt. Woher weißt du das?«

Henri berichtete von seinem ersten missglückten Versuch, Samantha Möllerhahn kennenzulernen. Und wenn er schon dabei war, konnte er auch gleich vom zweiten Besuch erzählen, bei dem er Peggy belauscht hatte. »Ich dachte, du hättest Maike die Aufträge nicht gegönnt«, gab er peinlich berührt zu.

Peggy stieß Luft aus. »Mannomann, da hättest du mich ja glatt verdächtigen können.«

Henri beschloss, nicht darauf einzugehen. *Ich hatte dich auch im Verdacht, doch Edda hat dich in Schutz genommen.* Aber was war das eigentlich für eine mysteriöse Szene im Flur des Wollladens gewesen? Das Flüstern, das allzu unschuldige Lächeln danach? Ehe er den Gedanken zu Ende gedacht hatte, hörte Henri sich sagen: »Im Moment kommt mir alles Mögliche verdächtig vor. Zum Beispiel, wie ihr neulich was von *Handwerk legen* gesagt habt, Gabriele und du. Und das im Zusammenhang mit Maike.«

Peggy sah Gabriele an, Gabriele sah Peggy an.

Gabriele, die mittlerweile den zweiten oder dritten *Schlehe stark* zu sich genommen hatte, lachte heiser auf. »Wir wollen *dem Rinderbaron* das Handwerk legen. Ist doch wohl klar geworden. Ich werde meinen Teil dazu beitragen, indem ich eine packende Enthüllungs-Story schreibe.«

»Klar ist, dass Maike dem Rinderbaron auf die Schliche gekommen ist«, sagte Peggy. »Und wir glauben, dass sie ... dass sie darum sterben musste.« Bei den letzten Worten war sie sehr leise geworden. Nun erhob sie die Stimme wieder. »Deshalb ermitteln wir als *Die Nadeln.*«

Claudia, die lange schweigend zugehört hatte, meldete sich zu Wort. »Wir werden Videobeweise dafür bekommen, dass Jochen Möllerhahn der Betrüger ist. Unsere Kamera nimmt das ganze Chefkontor auf, und da erledigt er, soweit wir wissen, alles von Belang. Er empfängt Lieferanten, bespricht sich mit seinen Mitarbeitern, belabert Kunden. Und wenn wir Glück haben, sehen wir auch, woher er die angeblichen Abstammungsnachweise nimmt.«

»Aber wenn ich mein Krimi-Wissen so zusammenkratze, darf man solches Material doch gar nicht verwenden, oder?« Frauke Niehoff hatte die Stirn gekraust.

»Egal, wir sind doch nicht die Polizei«, entgegnete Lena. »Wie das mit den offiziellen Beweisen geht, ist dann deren Problem.«

»Wo hast du denn nun den Empfänger versteckt?« Henri musste es wissen.

Lena antwortete mit einer Gegenfrage: »Kennst du Edgar Allan Poe?«

»Allerdings.« Literatur war schließlich sein Spezialgebiet.

»Gut, dann sage ich nur: ›Der entwendete Brief‹.«

Henri musste nicht lange überlegen. Diese Story gehörte zusammen mit dem ›Doppelmord in der Rue Morgue‹ und dem ›Goldkäfer‹ zu seinen Lieblingsgeschichten des Meisters der düsteren Erzählungen. Er erwiderte: »Der Brief war gar nicht richtig versteckt, sondern lag ziemlich offen in einer Ablage herum. Damit rechnete niemand, und deshalb fand man ihn nicht.«

»Bingo.« Das kam von Claudia.

Henri überlegte laut, wo er überall nachgesehen hatte: zwischen den Kissen auf dem Campingstuhl, im Eimer unter der Kehrschaufel, in den Gummistiefeln, sogar im Lampenschirm.

»Und wo hast du nicht gesucht?« Lena grinste. Sie war in ihrem Element.

Henri zuckte mit den Schultern. »Hast du das Gehäuse vielleicht am Besen festgeklebt?«, fragte er lahm. Er war mit seinem Latein am Ende.

Lena warf Claudia einen spitzbübischen Blick zu. »Habe ich dir nicht gesagt, das funktioniert garantiert?«

»Nun lasst uns teilhaben«, verlangte Frauke aufseufzend.

»Ich habe es auf die Fensterbank gelegt«, verkündete Lena triumphierend. »In einen Stapel von Streichholzschachteln und Untersetzern. Das passte von der Größe her gut.«

»Sauber!«, rief Henri anerkennend.

»Und wenn wir irgendwas auswechseln müssen, haben wir schnell Zugriff.« Das kam von Claudia.

»Das hört sich gewieft an«, bemerkte Gabriele. »Als wenn …« Sie unterbrach den Satz, und ihre Augen weiteten sich.

Henri folgte Gabrieles Blick. Er drehte den Kopf. Da war das Fenster, das er von außen gesehen hatte. Und da war eindeutig ein Augenpaar.

Vor dem Fenster stand jemand.

Henri sprang auf.

22

Sabine

»Sabine!« Als Henri mit der Lauscherin, die er vor sich hertrieb, in der Laube erschien, waren die Nadeln baff.

Frauke fand als Erste die Sprache wieder. »Magst du den Strickzirkel nicht mehr und willst jetzt zu uns wechseln?«

Claudia stieß ein heiseres Lachen aus, das sarkastisch klang. »Oder hast du dich dort etwa unbeliebt gemacht?«

»Bei uns musst du aber eine Aufnahmeprüfung bestehen«, behauptete Gabriele. »Und die hat es in sich.«

Henri rechnete mit einer schnippischen oder gar aggressiven Erwiderung von Sabine Oltrogge, sah sich aber in seiner Erwartung getäuscht. Hatte sie noch vor wenigen Tagen die Neue im Strickzirkel herrisch mit ihrer spitzen Nadel bedroht, so benahm sie sich jetzt regelrecht schüchtern. Mit gesenktem Kopf und hängenden Schultern stand sie vor den anderen, die sie gereizt musterten. Ihr eckiger Körper wirkte beinah mitleiderregend unvollkommen. Henri nahm das Bild in sich auf und fühlte sich vage an ein Tribunal erinnert. Andererseits musste er an Fraukes Schilderungen denken, wie sich die Oltrogge ihre Blessuren eingefangen hatte. Vor ihm stand ganz gewiss kein Unschuldslamm.

Sabine Oltrogge sah auf. »Ich wollte zu dir, Peggy. Ich wusste nicht, dass ihr zusammensitzt. Und ich habe nicht gelauscht.«

»Wer's glaubt.« Claudia Schlotterbek lachte wieder ihr raues Lachen.

Peggy hob die Hand, um sie zum Schweigen zu bringen.

Oltrogge fuhr fort: »Ihr könnt das nicht wissen, aber ich habe seit Längerem meinen Schwiegersohn auf dem Kieker.«

»Was, Jochen?« Henri war so überrascht, dass ihm die Frage herausrutschte. Bislang hatte er Sabine Oltrogge als eine Art Sittenwächterin gesehen, die die Ehe ihrer Tochter um jeden Preis verteidigen würde. Nun musste er feststellen, dass sie von deren Ehemann offenbar nicht allzu begeistert war.

»Ich … ich komme dann ein andermal wieder, Peggy. Wann ginge es denn bei dir?«

»Hm – ich habe gerade ziemlich viel um die Ohren. Magst du nicht weitererzählen? Wir könnten uns vielleicht sogar ergänzen.«

»Ergänzen? Wie denn das?« Nun war es an Oltrogge, zu staunen.

»Na ja. Ehrlich gesagt, reden wir auch gerade über den Rinderbaron. Und wer weiß, vielleicht …«

»Baron.« Oltrogge schnaufte. »Das hört sich so edel an.« Sie warf einen Blick in die Runde. »Aber das ist er nicht. Jedenfalls nicht zu Tieren.«

Und wie ist er zu Menschen? Ist er imstande, ihnen etwas anzutun? Henri behielt die Frage für sich. Auch wenn es ihm schwerfiel, sein eigentliches Interesse zurückzustellen, beschloss er, erst einmal zuzuhören, welche Charaktereigenschaften hier enthüllt würden. Vielleicht konnte man daraus weitere Schlüsse ziehen.

Die Frauen auf der Eckbank waren inzwischen zusammengerückt, und Frauke Niehoff, die auf der rechten Seite außen saß, hatte Oltrogge aufgefordert, neben ihr Platz zu nehmen. Auch Henri setzte sich wieder auf seinen Stuhl.

»Was macht er denn mit seinen Tieren?« Gabriele Lösch, nicht nur *Nadel*, sondern auch Journalistin, wartete gespannt auf Details.

Peggy meldete sich zu Wort. »Jedenfalls misshandelt er sie nicht. Das wäre mir aufgefallen.«

»Wie oft bist du denn auf dem Hof?«, fragte Sabine Oltrogge.

»Immer mal wieder, wenn auch nicht regelmäßig. Gerade heute habe ich seine Jungrinder untersucht.«

»Denen merkt man natürlich nichts an, weil ja sowieso niemand erwartet, dass sie handzahm sind. Und wenn du dabei bist, wird er auf kein Tier losgehen, ist doch klar. Aber ich habe gesehen, wie er auf einen kleinen Bullen eingedroschen hat. Als er dachte, er wäre allein.«

Lena schüttelte den Kopf. »Was sagt denn deine Tochter dazu?«

»Ach. Die will das nicht wahrhaben.« Sabine seufzte tief. »Dabei hat sie mir selbst mal erzählt, dass sie ihn beim Barren eines Verkaufspferdes erwischt hat.«

»Barren?«, fragte Claudia.

»Eine verbotene Trainingsmethode bei Springpferden«, erklärte Peggy. »Wenn das Pferd abgesprungen ist, wird entweder die Stange durch einen Federmechanismus höher gestellt, oder jemand schlägt von der Seite mit einer Stange gegen die Hufe. Das schmerzt natürlich, und so lernt das Pferd, ein Hindernis höher einzuschätzen, als es ist. Dann reißt es künftig weniger Stangen.«

»Das klingt ja grausam!« Gabriele verzog angewidert den Mund.

»Das ist Tierquälerei.« Sabine sagte das im Tonfall einer nüchternen Feststellung.

»Deshalb ist es auch verboten«, betonte Peggy noch einmal.

»Ich verstehe deine Tochter nicht«, warf Lena ein.

»Ich auch nicht.« Sabine seufzte erneut. »Sie wird mich leider nicht unterstützen, das kann ich mir abschminken. Aber ich … ich will was gegen dieses …« Sie ballte die Fäuste. »Ich will was unternehmen.«

»Und was?«, fragte Gabriele. »Der wird doch einfach alles abstreiten.«

»Ja, wird er. Andererseits habe ich ein As im Ärmel.«

Peggy hatte inzwischen ein zusätzliches Glas und zwei Flaschen Mineralwasser geholt. Sie goss Wasser ins Glas und schob es Sabine Oltrogge hin.

Aller Augen waren jetzt auf Jochen Möllerhahns Schwiegermutter gerichtet.

Sie trank einen Schluck. »Im Moment steckt das As in der Tasche.« Sie zog ein Smartphone hervor. »Hier habe ich Abstammungspapiere fotografiert. Einmal von Pferden, die auf dem Hof ankommen. Und einmal von denselben Pferden, kurz bevor sie verkauft werden.« Sie drehte sich zu Peggy, die neben ihr auf dem Stuhl saß, und reichte ihr das Gerät. »Ist bestimmt nicht alles zu gebrauchen, aber ich habe geknipst, was ich kriegen konnte. Und dann habe ich mir gedacht: Peggy wird schon wissen, was davon wichtig ist.«

»Tipptopp!« Gabriele streckte die Hand nach dem Smartphone aus. »Darf ich mal sehen? Ist das Druckqualität?«

»Gleich.« Peggy scrollte durch die Fotos. Sie blieb an einer Aufnahme hängen, die sie mit den Fingern größer zog. »Gabi, wie hieß noch dieses Gestüt, das es gar nicht gibt?«

»Wielskopolskorowa.«

»Ja, geil. Hier haben wir's! Hast du immer Vorher-Nachher-Abstammungspapiere, Sabine?«

»Nein, ich glaube nicht. Ich musste ja zusehen, dass Jochen mich nicht erwischt. Und es war gar nicht so einfach, immer die Ankunft der neuen Lieferung abzupassen. Und dann auch noch spitzzukriegen, wann wieder ein Verkauf bevorsteht. Zum Glück versteckt der Kerl den Schreibtischschlüssel immer an derselben Stelle. Das hat es sehr vereinfacht.« Sie lachte in sich hinein.

»Tja ... also ...« Lena hatte sich durch die Haare gewuschelt, jetzt strich sie sich die seitlichen Strähnen hinters Ohr. »Dann war vielleicht unser Einsatz ...«

Claudia winkte mit einer energischen Handbewegung ab. *Sie will nichts verraten, sie traut ihr noch nicht,* dachte Henri. Und er selbst? Er war unschlüssig. Heute Abend machte Sabine Oltrogge einen vernünftigen Eindruck, und ihre Geschichte klang nachvollziehbar. Allerdings musste man auch nichts überstürzen. Zunächst sollte sich Peggy die Aufnahmen noch einmal in Ruhe vornehmen.

Sabine war hellhörig geworden. »Einsatz?«, echote sie.

»Na ja, Peggy war doch vorhin auf der Weide im Einsatz«, beeilte sich Claudia zu antworten.

»Ach – und was war das eben mit diesem Gestüt? Wielko-irgendwas?«

Henri beschloss, die Flucht nach vorn anzutreten. »Meine Frau, Maike, war ja als Gutachterin für einige Pferdekäufer tätig und deshalb häufig bei Möllerhahn. Ihr kam auch nicht alles koscher vor, zum Beispiel dieses Gestüt. Deshalb sollte Peggy den Hof etwas näher unter die Lupe nehmen.« Er warf der Tierärztin einen vorsichtigen Blick zu. Hoffentlich war sie mit seiner Trickserei einverstanden. Er hatte nichts erfinden und schon gar nicht lügen wollen, und vielleicht konnte man seine Geschichte mit viel Wohlwollen als lebhafte Fantasie durchgehen lassen. Denn irgendwie hatte ein Wort das andere ergeben. Aus Peggys Gesichtsausdruck wurde Henri allerdings nicht schlau. *Also lieber nicht weiterspinnen, lieber eine Frage stellen.* »Haben Sie … hast du eigentlich mit Maike über die Pferde gesprochen, Sabine?«

»Äh nein, so eng waren wir nicht. Wieso?« Henri meinte, die Feindseligkeit von neulich in ihrem Blick aufblitzen zu sehen.

»Na, das hätte doch nahegelegen. Weil sie die Verkaufstermine kannte, zum Beispiel.«

»Tja, ehrlich gesagt, hat sie mir auch einige verraten. Aber nicht bewusst.«

»Wie das denn?« Claudia war weiterhin in Habachtstellung, das merkte Henri nicht nur ihrem Tonfall, sondern ihrer gesamten Körperhaltung an. Sie hatte sich nicht, wie die anderen, entspannt zurückgelehnt, sondern saß nach vorn gebeugt und hielt beide Arme auf den Tisch gepresst.

Sabine Oltrogge lachte leise. »Na, sie hat manchmal im Strickzirkel erwähnt, dass sie etwas früher gehen wollte, um noch einen Blick auf die Weide zu werfen. Sich noch ein letztes Bild von den natürlichen Gangarten eines Pferdes zu machen, außerhalb von Reithalle und Trainingsplatz.«

Das klang glaubwürdig. Henri lehnte sich zurück, auch wenn er sah, dass Claudia Schlotterbek immer noch angespannt dasaß.

Frauke, die lange still zugehört hatte, räusperte sich. »Du bist ja ein ziemliches Risiko eingegangen, Sabine. Wenn nicht mal deine Tochter dich unterstützt! Was wäre gewesen, wenn dein Schwiegersohn dich beim Herumschnüffeln ertappt hätte?«

»Das wäre gar nicht schön gewesen.« Sabine pfefferte die rechte Faust in ihre geöffnete linke Hand. »Auch für den lieben Jochen nicht.« Sie bleckte die Zähne.

»So kennen wir dich.« Claudia sprach nicht laut; ihre Stimme klang eher resigniert. Irgendwann würde Henri herausfinden, was zwischen den beiden Frauen vorgefallen war. Hatte Oltrogge vielleicht eine Autoreparatur gewaltsam reklamiert?

»Ich bin vielleicht nicht besonders geschmeidig, Claudia. Oder diplomatisch oder so. Aber ich prügele mich nur, wenn es unbedingt sein muss.«

Frauke Niehoff setzte ein interessiertes Lächeln auf. »So wie mit Selinas Biolehrer?«

Sabine stutzte. »Woher …«

»Du kamst damals mit dieser Schulterzerrung zu mir«, beeilte sich Frauke zu erklären. »Als er dich am Arm festgehalten hat. Er hatte wohl Angst, du ohrfeigst ihn.«

»Das hätte er verdient gehabt!« Die Zornesröte war Sabine Oltrogge ins Gesicht gestiegen, sie trank eilig von ihrem Mineralwasser.

»Darf man fragen, warum?« Gabriele witterte offenbar den nächsten berichtenswerten Skandal.

»O Mann.« Sabine verjagte imaginäre Schmeißfliegen neben ihrem Kopf. »Dieser Eggert junior … ich darf das nicht öffentlich behaupten, aber der ist ein Hundeschänder. Genau wie sein Vater.«

»Und seinen Vater, hast du den …?« Frauke machte Unschuldsaugen.

»Jaja, ist ja schon gut, dem hab ich eine runtergehauen. Der hat doch diese Rottweilerzucht, *Bökersbrücker extra strong*. Eigentlich eine freundliche Hunderasse. Es sei denn, man behandelt sie falsch. Und Eggert meint leider, dass er die Hunde züchtigen muss, damit sie *extrastark* werden. Das hat er Martin, meinem Mann, brühwarm erzählt. Sie saßen in unserer Küche und pichelten ihr Bier und taten so, als wäre ich nicht da. Dabei bereitete ich das Essen vor und machte gerade –«

»Hackfleisch«, warf Claudia ein.

Sabine fuhr ungerührt fort. »Ich musste das alles mit anhören, und irgendwann konnte ich nicht mehr. Ich fragte diesen ätzenden Eggert, ob er überhaupt wüsste, wen er vor sich hätte.«

»Die Furie vom Strickzirkel«, murmelte Claudia.

»Lass stecken!« Peggy fauchte Claudia regelrecht an. »Ich möchte die Geschichte zu Ende hören.«

»Ich bin immerhin die Initiatorin von *BB Tierhilfe*. Und da stehe ich doch nicht untätig rum, wenn einer dasitzt und zugibt, dass er Hunde quält!« Sabine saß jetzt nicht mehr krumm und nach vorn gesackt da. Sie hatte sich wieder aufgerichtet.

»Was, du steckst hinter der Tierhilfe?« Lenas Tonfall klang nach Hochachtung. »Ich bin oft auf eurer Facebookseite. Da habe ich noch gar keinen Bericht über dich gelesen.«

»Warum auch?« Sabines Erwiderung war so kompakt wie ihre äußere Erscheinung. »Es geht schließlich um die Tiere, nicht um mich.«

»Und worum ging es seinerzeit im Kaufhaus?«, erkundigte sich Frauke Niehoff sanft.

»Meine Güte, du vergisst aber auch nichts, was?«

Frauke schüttelte den Kopf.

»Da war ich hinter Eggert junior her, dem Lehrer. Das Schw … Ich hätte ihn fast gestellt, wie er sich sehr vertraulich mit einem bekannten Tierquäler, dem die Zuchtlizenz entzogen wurde, getroffen hat. Ich hatte schon mein Handy gezückt, um ein Beweisfoto zu machen, da hat er mich gesehen. Und ist leider schlauerweise in die Menschentraube von der Kaufhauseröffnung gelaufen.«

»Und als du ihn verfolgt hast, wurdest du gestoppt?«, fragte Gabriele.

»Daher also das verrenkte Knie«, sagte Frauke wie zu sich selbst.

»Ja, so ist es.« Sabine Oltrogge verschränkte ihre Hände ineinander, als wäre alles Wichtige gesagt. Dann holte sie noch einmal Luft. »Aber jetzt werde ich erst mal stricken, da kommt mir hoffentlich keiner in die Quere. Danke übrigens für meine Lieblingswolle, Henri.«

Henri zuckte zusammen. Die Wolle! Die hatte er völlig vergessen! »Bei euch … bei dir war niemand zu Hause«, stotterte er. »Da habe ich gedacht, ich schaue mal bei deiner Tochter vorbei.«

»Die hat die Wolle auch gefunden und mir gebracht. Aber was für ein Aufwand …«, bemerkte Sabine Oltrogge süffisant. »Alle meine Nachbarn waren zu Hause und hätten die Lieferung für mich entgegengenommen.«

Gabriele Lösch hatte von dem Moment an, in dem Oltrogges Schilderungen Fahrt aufgenommen hatten, Notizen in einen kleinen karierten Block geschrieben.

»Ich rufe dann morgen meinen Kontakt bei der Polizei an«, verkündete sie. »Hat irgendwer was dagegen?«

Claudia Schlotterbek schreckte auf. »Du musst doch keine Namen nennen, oder? Nicht dass plötzlich alle denken, ich baue Überwachungstechnik in ihre Autos ein.«

»Überleg mal«, meldete sich Lena, »vielleicht wäre das ein

neues Geschäftsmodell. Mutti bringt Vatis Wagen zur Reparatur, und hinterher ist ’ne Wanze drin.«

Henri nahm sich vor, mit Engelbert Bruns über Fahrten zur Reparaturwerkstatt zu sprechen.

23

Die lange Nacht

Henri war von der Gartenlaube nach Hause geradelt und hatte sich vorgenommen, auf dem schnellsten Weg ins Bett zu gehen. Da lag er, lang ausgestreckt, ohne Ruhe zu finden. Er schob die Bettdecke hin und her, faltete das Kopfkissen einmal in der Mitte, um eine höhere Auflage zu haben, kippte das Fenster, schwitzte immer noch, öffnete das Fenster vollständig, sprang auf, nachdem eine Horde Mücken ins Zimmer geflogen war, und knipste das Deckenlicht im Flur vor dem Schlafzimmer an, damit die Insekten davon angezogen würden und ihn in Ruhe ließen.

Die Eindrücke des Tages jagten ihm durch den Kopf. Sabine Oltrogges hängende Schultern, Hauswolle, Nachbarn, Jochen, die Kamera, Claudia auf der Leiter, Edda, wie sie Wolle einpackte, Lena, die ihre Shakira-Mähne schüttelte, rosa Clematis-Wogen, die Augen vor dem Laubenfenster. Wenn er weiter in diesem Gedankenkarussell gefangen bliebe, würde er keinen Schlaf finden.

Wie gern würde er Maike alles berichten!

Er erhob sich und tapste ins Wohnzimmer.

Meine Geliebte,

ich muss Dir einen Brief schreiben. Wie sonst kann ich Dich erreichen?
Ich vermisse Dich.
Es ist Nacht und kein Licht in Sicht. Die Nacht ist lang, und ich weiß nicht, wie ich sie weiter aushalten soll.
Du warst mein Stern. Selbst wenn sich manchmal eine Wolke davor geschoben hat, ich wusste, dass hinter der Wolke Dein Licht darauf wartete, mich anzustrahlen. Jetzt sehe ich manchmal eine helle Wolke, doch sie ist nur hell, weil sie indirekt beleuchtet wird. Wenn sie weiterzieht, ist nichts dahinter.

Er stand auf, schob das Plissee hoch und sah aus dem Fenster. Der Himmel war verhangen. Kein Mond, keine Sterne zu sehen.

Weißt Du, ich bringe Stunden damit zu, Schuldige und Zusammenhänge zu suchen. Diese Suche quält mich, doch ich kann nicht anders. Ich recherchiere wie ein Ermittler. Und tatsächlich gewinne ich immer neue Einsichten. Doch manchmal frage ich mich: soll ich weitermachen? Denn die Konsequenz aus all den Erkenntnissen könnte lauten, dass man Dich in den Tod getrieben hat. Dass es weder Zufall noch Unfall war. Und das heißt: Man hätte es verhindern können. Ich hätte es verhindern können. Warum um alles in der Welt hast Du Dich mir nicht anvertraut? Ich hätte mehr fragen müssen, oder? Ich habe Dich nie gefragt, warum Du so häufig und so eifrig zum Hof fährst! Mir hätte klar sein müssen, dass mehr dahintersteckt als der Ehrgeiz, das nächste Gutachten zu erstellen. Und was tat

ich? Ich war gekränkt und unwillig. Hätte ich mich einfach auf Dich verlassen! Ich wusste doch, dass ich Dir vertrauen kann. Stattdessen ließ ich Dich allein.
Jetzt hängt mein Himmel voller düsterer Wolken. Kein warmes Licht erstrahlt. Mir ist kalt.
Ich begreife selbst nicht, dass ich die Aussagen der Möllerhahns nicht angezweifelt habe. Selbst Edda war sofort klar, dass Du nie wissentlich eine Weide überquert hättest, auf der ein Bulle steht.
Man hat Dich absichtlich ins Verderben laufen lassen, und ich habe die Story vom Unglücksfall geschluckt. Wie ein Naivling, ein Theoretiker, der nichts von der Welt verstanden hat. Ich habe mich benommen wie damals, als wir mit dem Bus nach Lübeck zur Schule gependelt sind und ich mit großen Augen Jochens Geschichten angehört habe. Hätte Max mich nicht in die Seite geboxt, hätte ich wahrscheinlich bis in alle Ewigkeit mit offenem Mund dagesessen.
Deshalb muss ich diese Recherchen jetzt zu Ende führen. Ich muss wissen, was wirklich passiert ist. Du hast es verdient, dass die Umstände Deines Todes geklärt werden. Glaub mir, ich weiß, dass es keine Genugtuung für mich geben wird. Was ist schon der kurze Triumph, einmal nicht auf Jochen Möllerhahns Lügen hereingefallen zu sein, verglichen mit meinem Verlust, der ewig bleibt?

Henri war vom Wohnzimmer in die Küche gewandert und hatte sich dort an den Tisch gesetzt, der höher und stabiler als der Couchtisch war. Er las die Zeilen bis hierhin durch und hatte plötzlich Bedenken, dass er Maike ein schlechtes Gewissen machen würde. Er musste eine Wendung zustande bringen! Doch wie? Sollte er ihr von den belauschten Gesprächen und den Plänen der *Nadeln* berichten? Das wären konkrete Ereignisse, keine belastenden Gefühle.

Aber nein. Derlei Schilderungen würden sich wie ein Polizeibericht lesen, eine nüchterne Nacherzählung, kühl und unverbindlich. Er aber wollte etwas von der Wärme zurückstrahlen, mit der sie ihn all die Jahre bedacht hatte. Wärme! Ja, vorhin, beim Anblick von Peggys Garten, hatte ihn ein warmer Schauder durchströmt.

Aber hab bitte keine Angst, dass ich dauerhaft in Selbstmitleid versinke! Ich werde noch lernen müssen, Verlust und Trauer zu ertragen. Im Moment fühle ich mich ihnen ausgeliefert, wie sollte es auch anders sein? Wie sollte ich mich an Dich erinnern und nicht vor Schmerz verrückt werden?

Doch heute Abend habe ich vielleicht eine Ahnung davon bekommen, wie ich die Erinnerung irgendwann ertragen kann. Sieh es mir nach, wenn das etwas wirr klingt, ich tue mich schwer, meine Gedanken und all die Bilder in meinem Kopf zu ordnen. Doch ich muss es Dir unbedingt erzählen: Ich habe vorhin ein Meer von Waldreben gesehen und wusste, das würde Dir gefallen! Wir haben in unserem Garten so viele Rosen gepflanzt und waren doch nie richtig zufrieden. Und jetzt habe ich den Eindruck, ich hätte einen Wink erhalten. Ich werde am Wochenende ganz in Ruhe einen Rundgang durch den Garten machen und überlegen, wo sich ein Plätzchen findet – oder zwei oder drei. In meinen Gedanken wirst Du mich dabei begleiten.

Apropos Wink. Torben Wucherpfennig ist im Moment froh, dass ich ihm nicht auf der Tasche liege, glaube ich. Er

würde mich sicher weiter beschäftigen, doch noch herrscht Flaute in seinem Laden, das hat er Andy Blumenroth erzählt, als der seine Uhr von der Reparatur abholte. Und Andy hat es mir natürlich sofort weitergetragen. Deshalb fügt es sich gut, dass ich den Sonderurlaub genommen habe und nun dem Frollein in Deinem Laden helfen kann.
Weißt Du übrigens, dass wir uns schon duzen? Sie hat das geschickt im Häkelclub eingefädelt. So, dass ich gar nicht Nein sagen konnte. Und weißt Du auch, dass ich manchmal »unser Laden« denke?
Jedenfalls gehe ich morgens gern zum Nähschiff. Das hat bestimmt auch damit zu tun, dass ich tagsüber so viele wertschätzende Kommentare über Dich höre.
Weißt Du, was unglaublich ist? Ich selbst hätte es gar nicht als Besonderheit bemerkt, aber den Frauen vom Häkelclub ist es sofort aufgefallen. Ich häkele genauso fest (oder locker) wie Du! Man sieht überhaupt keinen Absatz, wo Du aufgehört hast und ich angefangen habe. Sie sagen, so etwas gäbe es eigentlich nicht.

Henris Blick fiel auf die Küchenuhr. Viertel vor drei.

Auch wenn die Nacht noch lang ist, früher oder später erahnt man in der Ferne einen silbergrauen Streifen. Es wird ein Morgen geben, das nicht mehr über mich hereinbricht, sondern das ich erwarte. Irgendwann werde ich dazu beitragen, dass der Lauf mancher Dinge eine gute Richtung nimmt. Das bin ich Deinem Andenken, das bin ich Dir schuldig. Ich habe noch keine Ahnung, was das für Dinge sein können. Aber vielleicht fällt Dir etwas ein, wenn Du von dort aus, wo Du bist, alles mit Abstand betrachtest.

Wenn Du eine Idee hast, schick sie mir mit einer frischen, süßen Brise. Ich werde sie sofort erkennen!

Das verspricht Dir
Dein Henri

Er war ruhiger geworden. Dennoch scheute er das Bett. Er holte sich das Werktäschchen mit dem angefangenen Sommerschal aus dem Wohnzimmer, entwirrte daraus die Häkelnadel und begann eine neue Zeile As und Vs aneinanderzureihen, das Muster, das ihm mittlerweile mühelos von der Hand ging. Er trank noch etwas Bier aus der Flasche. Da fielen ihm die Augen zu.

Henri erwachte in dem Bewusstsein, etwas von Gartenplanung und leuchtenden Wolken geträumt zu haben. Doch dieses Häkelzeug, wie passte das noch gleich in den Traum? Und warum sah es so plastisch aus, so greifbar?

24

Großbauer und Großtrottel

Mittwoch. Es war kein Stammtisch, kein Skatkreis, keine Familien- oder Vereinsfeier für den Abend geplant. Max hatte den Termin für seine Verabredung mit Bedacht gewählt. Während er normalerweise die ruhige Zeit zwischen Mittags- und Abendgeschäft nutzte, um sich auszuruhen, tigerte er jetzt im Gastraum hin und her. Zum x-ten Mal kontrollierte er, ob alle Tische abgewischt waren und die Stühle ordentlich davorstanden. Die Pflanzen in den Blumenkübeln hatte er von welkem Laub und kaffeebesprenkelten Blättern befreit. Auf den größeren Tischen hatte er schlichte Glasvasen mit bunten Wiesenblumen drapiert. Er hatte neue Saftflaschen in die Kühlschubladen gestellt und eine frische Keksdose aus der Vorratskammer geholt.

Max hatte die *Kekskollektion Spielfarben* ursprünglich extra für die Kartenclubs angeschafft. Nur sprachen sowohl Skat- als auch Doppelkopfspieler meist dem Bier zu, wozu süße Kekse als Begleitung nicht recht passen wollten. Da Max die Gebäckdosen allerdings im Dutzend billiger erworben hatte, musste er sich ein wenig sputen, um den Inhalt vor Erreichen des Verfallsdatums unter die Leute zu bringen.

Also hatten sie damit begonnen, die Plätzchen allen Gästen, die Kaffee bestellten, auf die Untertasse zu legen. Dabei erlaubten er und sein Service-Team sich manchen Privatwitz. Karo-Plätzchen verteilten sie wegen ihrer Form gern an Gäste, die protzige Autos fuhren (»mit eingebautem Vorfahrtsschild«), wie etwa an Jochen Möllerhahn oder Dominic Flieder, den Bürgermeister. Herz-Plätzchen, von denen es in jeder Dose enttäuschend wenige gab, waren den Lieblingsgästen vorbehalten. Manchmal musste ein Pik-Plätzchen, dem man das Stielende abbrach, ebenfalls für diesen Zweck herhalten, normalerweise jedoch wurden unversehrte Pik-Plätzchen Kaffeetrinkern auf den Teller gelegt, die sich nach Meinung der Crew für piekfein hielten, also meist Hamburgern und anderen Auswärtigen. Die Kreuz-Kekse gab man gern Menschen mit osteuropäischem Akzent (»Die Polen sind doch alle gläubig!«). Heute hatte Max die Dose geöffnet und sogleich alle Herzkekse nach oben sortiert.

Sollte er die Schürze ablegen? Nein, lieber nicht, denn zum einen kaschierte sie seine etwas zu füllige Körpermitte, und zum anderen sah er damit nicht wie ein Privatmann aus. Sicherheitshalber wollte er lieber als Kneipenwirt daherkommen, geschäftsmäßig-professionell-sympathisch, um das Wohl netter Gäste besorgt.

Kira Schluff stand vor ihm, als er mit einem Tablett frisch gespülter Kaffeebecher aus der Küche kam.

Er hatte sich vorgestellt, ihr schlanker Körper würde sich wieder geschmeidig in den Raum schieben, nachdem sie die Situation mit ihren grün schillernden Augen von draußen taxiert hatte. Vielleicht hatte sie das sogar getan, jedenfalls war er zum entscheidenden Zeitpunkt am falschen Ort gewesen und hatte es verpasst. Typisch!

Sie trug ein leichtes, aquamarinfarbenes Strickkleid, das

vom tiefen V-Ausschnitt bis zur Hüfte eng anlag und dann in einen knielangen, ausgestellten Rock überging. Ihre champagnerblonden Haare hatte sie zu einem lockeren Knoten zusammengefasst. Max' Herz machte einen Sprung: Sie hatte die gleiche Frisur wie er! Bildete er sich das nur ein, oder sah sie ihm einen Moment zu lange in die Augen?

Tu was! Ergreif die Initiative! »Käffchen?«, fragte er und bemerkte im selben Atemzug den Fauxpas. Sie wusste ja, dass der Kaffee hier nur Muckefuck war. Schnell zwinkerte er ihr zu. »Oder vielleicht doch lieber einen KiBa?«

»Was trinken Sie denn selbst?«

Hatte sie neulich schon mit dieser betörenden Altstimme gesprochen? Ein prickelnder Schauer lief Max' Rücken hinunter. *Ich brauche einen doppelten schottischen Malt.* Laut sagte er: »Um diese Zeit trinke ich gern einen Rosenblütentee.« Zufällig hatte er vorhin beim Aufräumen gesehen, dass sich diese exotische Sorte im Bestand befand. Wahrscheinlich hatte er sie Sinja, der neuen Teilzeitkraft, zu verdanken. Egal, Hauptsache, man konnte einen Keks dazu reichen!

»Dem schließe ich mich gern an.«

Aha, es funktionierte! Womöglich war Rosenblütentee gerade der neueste Schrei in Hamburger Cafés. Gut, dass er keinen Hagebuttentee angeboten hatte, vermutlich hätte sie in dem Fall belustigt den Mund verzogen. *Du machst das, Bro!* Obwohl Henri neulich unbedingt unken musste, dass das mit Kira aussichtslos wäre, hielt sich Max bis jetzt ganz wacker, wie er fand. Wer weiß, wie es hinter der Fassade dieses munteren jungen Paares wirklich aussah? Vielleicht war der Umzug von der Großstadt ins Ländliche ein verzweifelter Versuch, neuen Schwung in die Beziehung zu bringen? Und überhaupt: Keno Schluff hatte doch eine Stelle in Lübeck gefunden, warum suchte Kira dann ein Geschäft im Raum Bökersbrück?

»Wo möchtest du … ach, jetzt hätte ich Sie beinahe automatisch geduzt. Wo möchten Sie gern sitzen?« Max deutete in einer ausladenden Bewegung mit dem Arm in Richtung des Gastraums. »Im Moment herrscht freie Platzwahl.«

»Ach, ich bleib gern bei dir hier.« Kira lächelte. »Ich finde Siezen übrigens etwas oldschool.«

Max lächelte, drehte sich um und befüllte den Wasserkocher.

»Und du hast neue Infos für mich?« Kiras Stimme klang selbst dann sinnlich, wenn sie eine sachliche Frage stellte.

»Hm, nicht direkt.« Max schluckte. Jetzt kam der heikelste Teil. Er wollte auf keinen Fall, dass sie bemerkte, wie fadenscheinig seine Begründung für dieses Treffen gewesen war. »Ich wollte dich ermutigen, noch mal über ›Nähschiff & Nadelflotte‹ nachzudenken. Der Laden ist gut eingeführt, und mittlerweile haben sich die Wogen zwischen Henri und dem Fr … und Frau Langner geglättet. Ich finde, man sollte Verständnis dafür haben, dass das neulich ein bisschen holprig gelaufen ist. Schließlich hat er gerade seine Frau verloren, und mit der Angestellten hatte er vorher nichts zu tun. Die beiden sind sehr unterschiedlich und mussten sich erst mal ein bisschen eingrooven.«

Kira legte den Kopf schief. »Und das haben sie jetzt hingekriegt?«

Max hatte das Teewasser aufgegossen. »Ja. Und genau das ist meine Message an dich. Check die Lage noch mal, ich denke, das lohnt sich.« Er stellte die Untertassen bereit, legte Teelöffel darauf. Die Keks-Box stand in Griffweite. Spontan entschied er sich, für Kira ein kleines Extra-Schälchen zu füllen. Dann fuhr er fort: »Schick doch mal eine Freundin in den Laden, die keine Ahnung von Handarbeiten hat. Und die will vorgeblich ein ultra-kompliziertes Muster häkeln. Oder sticken. Oder irgendwas in der Art.«

»Hm, das klingt ja ausgebufft!« Kira hatte sich einen Bierdeckel gegriffen und ließ ihn auf dem Tresen kreisen, wobei sie eine Ecke mit dem Zeigefinger fixierte.

Max platzierte die Teebecher auf den Untertassen. Er nahm zwei Plätzchen für sich aus der Dose, eines in Pik-, eines in Kreuzform. In das Schälchen füllte er fünf Herzen. Er stellte Kiras Getränk auf der Theke ab, daneben ihre Kekse.

»Oh, Herzchen! Wie nett. Das ist … das ist …«

»Ich sage jetzt nicht, dass es Zufall ist.« Max merkte, wie seine Gesichtshaut rot anlief. Er hatte sich weit vorgewagt. Sie war verheiratet, alle Welt wusste das, und deshalb musste ihr klar sein, dass auch er das wusste. *Max, der Schwerenöter.* Hoffentlich sah sie etwas anderes in ihm!

Kira hatte einen Schluck Tee getrunken. Sie umfasste den Becher mit beiden Händen, als müsste sie sich festhalten. Sie hob den Kopf, sah ihn aber nicht direkt an, sondern eher knapp an ihm vorbei, vielleicht bis nach Lübeck, vielleicht bis nach Hamburg, vielleicht nur bis zum Wollladen. Dann rieb sie mit beiden Händen über die Stirn. »Max. So gern ich …«

Rums! Die Eingangstür. Kiras Kopf fuhr herum.

Die Tür polterte ein zweites Mal. Jochen Möllerhahn war eingetreten, gefolgt von einem schlanken, kantigen Mann mit eisblondem, kurz gestutztem Haar. Der Mann war größer und muskulöser als Jochen, wirkte aber wegen seines schmaleren Körperbaus weniger imposant.

»Wir brauchen was zu essen, Bro.«

Max war außer sich. Nicht nur, dass das Küchenpersonal erst wieder am Abend kommen würde – er hatte mit Kira allein sein wollen und extra einen Tag gewählt, an dem es nichts weiter vorzubereiten gab. Und nun musste ausgerechnet dieser besonders dreiste Eindringling sie stören! Er setzte zu einer gesalzenen Entgegnung an.

Möllerhahn schien ihm den Ärger anzusehen. Er winkte ungeduldig ab. »Ja, ich weiß, ich weiß, Mittagszeit ist vorbei. Aber Jakub, mein Freund hier, hat eine katastrophale Fahrt hinter sich, fünf Stunden Stau, und das mit den Viechern hinten drin, der braucht jetzt einfach was Vernünftiges zu beißen.«

»Ja und?« Max war wütend wie lange nicht mehr. »Habt ihr keine Küche in eurer Villa, oder was?«

»Ach, komm, Bro, hab dich doch nicht so.« Wenn Jochen etwas wollte, konnte er einen richtig netten Tonfall anschlagen. »Meine Sammy ist heute früh zu einem *Mädelstreffen* abgedüst, drei Tage Berlin, da bleibt die Küche kalt.«

Kira mischte sich ein. »In dem Fall wirken Tiefkühlpizzen Wunder. Dicker Teig, American Style, belegt mit Hack und Wurst und Mais und doppelt Käse. Weiß ich aus eigener Erfahrung.«

Jochen musterte sie eingehend von Kopf bis Fuß und wieder zurück bis zum großzügigen Halsausschnitt. »Du bist doch die Frau von diesem Musiker, der kein Bier trinkt, oder? Sieht man dir gar nicht an.« Er grinste anmaßend. »Dass du auf fettige Pizza stehst, meine ich.«

Kira hustete einmal trocken. »Und dir sieht man überhaupt nicht an, dass du ein intelligenter, weltgewandter Geschäftsmann bist.«

Max war verzaubert. Schlagfertig war sie auch noch!

»Und was macht Miss Music-Braut hier, wenn die Frage

gestattet ist? Hat wohl eine Privataudienz bei unserem hochwohlgeborenen Mundschenk, der sich zu schade ist, gut zahlenden Stammgästen aus der Patsche zu helfen?« Wenn man mit freundlichem Tonfall nicht weiterkam, musste man eben wieder andere Saiten aufziehen. Allerdings fiel Jochens Blick gerade noch rechtzeitig auf Max. Er besann sich, trat neben seinen Begleiter und legte ihm einen Arm um die Schulter. Dabei warf er Max einen Hundeblick zu. »Oder lässt sich der Top-Wirt von Bökersbrück vielleicht doch noch dazu herab, im Sinne der Völkerverständigung seinen Herd anzuwerfen?«

Heute nicht, mein Lieber. Heute wickelst du mich nicht um den Finger. Max konnte es nicht fassen, dass Möllerhahn alle Signale ignorierte, und seien sie noch so eindeutig. Er schnaubte. »Verzisch dich! Kauf Pizza und werd glücklich. Soll ich dir den Weg zum Supermarkt aufmalen?«

Kira kicherte. »Ich führe euch hin, wenn ihr wollt. Vielleicht habt ihr ja Angst, so allein, dreihundert Meter im fiesesten Ghetto, ganz ohne Begleitung …«

»Ich geb dir gleich Begleitung!« Auf Jochens Hals traten die Adern hervor. Er fuchtelte mit dem Smartphone, das er aus der Gesäßtasche gezogen hatte. »Ich ruf nämlich mal deinen Kerl an und frage ihn, ob er weiß, was du hier treibst. Wäre doch gelacht …«

Ein Knarren war zu hören.

»Mit Lachen is ja nu erst mal vorbei, nech.«

Wieder fiel die schwere Tür ins Schloss. Wieder fuhr Kiras Kopf herum.

Max' Magen krampfte sich zusammen. Da hatte er es hinbekommen, sich mit der Frau seiner Träume zu treffen, und sie war kurz davor gewesen, ihm etwas Wichtiges zu sagen – und dann trampelten dieser Großbauer und jetzt auch noch zwei Großtrottel der örtlichen Polizeistation herein, Gestalten, die noch niemals zuvor um diese Tageszeit hier aufgetaucht waren!

Möllerhahns Geschäftspartner war, nachdem Jochen die joviale Umarmung schnell wieder gelöst hatte, auf den nächststehenden Stuhl gesunken. Er war in sich zusammengesackt, und seine Augen fielen ihm immer wieder zu.

Einer der Polizisten war einige Schritte vorgetreten und stand nun Seite an Seite mit Möllerhahn. Der andere blieb direkt neben der Tür stehen. Wollte er einen möglichen Fluchtweg abschneiden?

Der Rinderbaron machte sich nicht die Mühe, den Neuankömmlingen das Gesicht zuzuwenden, nicht einmal demjenigen, der direkt neben ihm stand. Er fegte mit der Hand durch die Luft, als wollte er lästige Insekten vertreiben. »Was willst du denn hier, Leichtgewicht?«

Max unterdrückte ein Stöhnen. Jetzt ging das wieder los! Er hatte Jochens Imponiergehabe so satt, dass er allein deshalb die Partei des Uniformierten ergreifen musste. Der Junge war noch nicht lange bei der Polizeistation Bökersbrück, es war seine erste Stelle nach der Ausbildung. Er war reichlich unbedarft und hieß auch noch Leichtfuß, was ihm diverse Spottnamen einbrachte. »Hasenfuß«, »Leichtkopf« und »Schnellvorbei« hatte Max seine Kollegen ihn bei einem ihrer monatlichen Treffen hinter der Falttür rufen hören. Der junge Mann würde ein dickes Fell brauchen, um sich in dieser eingeschworenen, eingefahrenen Gemeinschaft zu behaupten. Die Tatsache, dass er aus Lübeck-Dummersdorf stammte und von dort aus gerade nach Luschendorf umgezogen war, machte es nicht besser. »Das ist so, als wenn sich eine Blondine die Haare färbt, um den IQ zu steigern«, hatte Bjarne Beuermann, der Bökersbrücker Oberbulle, gelästert. Max hatte darüber spontan gelacht, doch später war ihm der Witz allzu billig erschienen.

Und genau diesem jungen, unbeholfenen Mann und seinem Kollegen, der noch jünger und zurückhaltender erschien, würde er jetzt beispringen. »Mir scheint, die Herren sind offiziell hier«, bemerkte er mit ruhiger Stimme in Jochens Richtung. Dabei nickte er den Polizisten aufmunternd zu.

»Jo.« Leichtfuß nickte zurück.

Als nichts weiter passierte, ergriff Kira Schluff das Wort. »Und in welcher Mission, wenn man fragen darf?«

»In der Mission, dass wir den Herrn Möllerhahn jetzt gern abfüh ... gern bitten würden, aufs Revier mitzukommen.«

»*Was* willst du?« Jochen sah Leichtfuß nun doch ins Gesicht, wobei er die Augenbrauen drohend zusammenzog.

Wehr dich endlich gegen das Duzen!, dachte Max.

Möllerhahn hob den Kopf und ließ seinen Blick demonstrativ die Deckenbalken entlanggleiten. »Das alles ist doch wohl 'n Witz. Habt ihr hier irgendwo 'ne versteckte Kamera, oder was?«

»Klar, Jochen, jetzt wirst du auch noch Fernstehstar.« Max lachte sarkastisch auf. Er war hin- und hergerissen. Er fühlte sich abgestoßen von Jochens Großsprecherei, bewunderte aber gleichzeitig seine Kaltschnäuzigkeit.

Kira applaudierte extralaut und schaffte es, dabei einen unschuldigen Gesichtsausdruck aufzusetzen.

Leichtfuß räusperte sich. »Also, Jochen Möllerhahn, ich fordere Sie hiermit offiziell auf, meinen Kollegen und mich zu begleiten. Sollten Sie Widerstand leisten oder ...«

Der eisblonde Jakub war mit dem Kopf vornüber gesunken und schreckte nun auf. »No dobrze«, murmelte er im Halbschlaf. Max wusste von seinen Wodka-Lieferantinnen, dass das so viel wie »na gut« hieß.

Jochen schüttelte vehement den Kopf. »Hier bin ich, und hier bleibe ich.« Wie zum Beweis legte er seine Hand besitzergreifend auf die Rückenlehne des Stuhls, auf dem sein Geschäftspartner gerade wieder eingeschlummert war.

Max warf Kira einen Blick zu, um zu ergründen, was sie angesichts dieses absurden Spektakels denken mochte. Kira sah Max an. Sie hob die Augenbrauen und zuckte schicksalsergeben mit den Schultern. *Selbst jetzt lässt sie sich nicht aus der Ruhe bringen.* Max war erneut mehr als angetan.

Mit Leichtfuß ging eine Verwandlung vor sich: Er korrigierte seine Körperhaltung in eine aufrechte Stellung. Er zog die Schultern zurück und reckte den Kopf in die Höhe. Das linke Bein, das er vorher lässig angewinkelt hatte, drückte er nun ebenso wie das rechte durch. Plötzlich schien er zehn Zentimeter größer zu sein. »Ganz wie Sie wünschen, Herr Möllerhahn. Wir wollten Ihnen das eigentlich ersparen, aber nun lassen Sie uns keine Wahl: Gegen Sie liegt eine Anzeige wegen besonders schweren Betrugs vor. Selbstverständlich erhalten Sie die Gelegenheit, sich zu äußern. Doch Sie müssen uns bitte aufs Revier begleiten.«

Max schluckte. Das war starker Tobak. Abgesehen davon, dass Leichtfuß' Äußerungen womöglich nicht ganz rechtskonform waren – da war er sich nicht sicher –, musste der Rinderbaron eine Straftat begangen haben. Und die schien nun entdeckt worden zu sein. Max hielt Letzteres für die eigentliche Sensation; dass Möllerhahn krumme Dinger drehte, überraschte ihn nicht übermäßig.

Jochen war erstaunlich kleinlaut geworden. Brauchte er Bedenkzeit, um einen Plan auszuhecken? Statt sich weiter zur

Wehr zu setzen, verließ er mit den Polizisten das Lokal, buchstäblich, ohne nach links oder rechts zu schauen.

»Das passiert hier aber auch nicht alle Tage, was?«, erkundigte sich Kira nach einer kurzen Verschnaufpause.

»Nee.« Max verzog die Mundwinkel. Er fühlte sich wie ein Statist in einem Filmdrama, das er selbst als Romanze in Auftrag gegeben hatte. Doch trotz seiner Benommenheit wollte er originell sein. »So was veranstalten wir nur für besondere Gäste.«

Kira kicherte. »Und was jetzt?« Sie deutete auf den schlafenden Polen.

»Jetzt haben wir einen heimlichen Zuhörer. Oder einen unheimlichen?« Er war stolz auf das Wortspiel und sah Beifall heischend zu Kira hinüber. Die jedoch erwiderte seinen Blick nicht, sondern hatte die Augen auf den Boden gerichtet. Max seufzte. »Aber sollte er herunterrutschen, biete ich ihm die Liege in unserem Ruheraum an.«

»Das ist lieb von dir.« Kiras Blick war weiter auf den Fußboden geheftet. »Echt nett, dass du …« Dann sah sie betont auf ihre Armbanduhr. »Ich muss jetzt leider wieder los. Aber ich überlege mir das noch mal mit dem Laden von deinem Freund Henri.« Mit diesen Worten schwebte sie aus dem Raum.

Auf Max' Gesicht breitete sich ein glückliches Grinsen aus. Sie überlegte es sich! Es war denkbar, dass sie sich in Bökersbrück niederließ!

Während der Mann namens Jakub leise schnarchte, räumte Max Kiras und sein Teegeschirr beiseite. In dem Schälchen lagen noch genau zwei Herzplätzchen. Er fuhr mit dem Finger die Kanten nach und dachte an Kiras Kleid. Sie hatte sich für ihn schick gemacht! Dem Möllerhahn waren fast die Augen übergegangen, und prompt hatte er das Treffen ihrem Mann stecken wollen. Ein Knistern hatte in der Luft gelegen, da mochte einer sagen, was er wollte!

»Sag mal, habe ich vorhin Jochen Möllerhahn in Polizeibegleitung hier rausgehen sehen?«

Max hatte Henri nicht gehört und schreckte auf.

»Ich war mit dem Auto unterwegs, Wollpakete ausliefern. Sonst wäre ich sofort reingekommen.«

»Ach so, Jochen, ja. Tatsächlich.« Max musste sich anstrengen, seinen Traum loszulassen.

Henri war herangekommen, legte die Hände auf die Theke und sah Max forschend an. »Sag mal, ist was? Hast du irgendwas genommen?«

Der schlafende Pole gab ein herzzerreißendes Stöhnen von sich. Henri fuhr zusammen und drehte sich um. Offenbar hatte er den Mann vorher nicht bemerkt.

Max war wieder im Hier und Jetzt angekommen. Er berichtete seinem Freund, was geschehen war. Dann konnte er sich eine Bemerkung nicht verkneifen: »Du bist doch sonst nicht so sensationslüstern. Und jetzt wärst du fast aus dem Auto gesprungen, um nichts zu verpassen?«

»Sagen wir mal so: Ich habe eine Idee, wer die Polizei informiert hat.« Henri ließ sich auf einem Barhocker nieder. Er hatte Zeit. Zeit, eine Anekdote zu erzählen.

Max fuhr sich durch die Haare. Er wollte jetzt keine Story hören, und sei sie noch so mitreißend. Er brauchte selbst einen Zuhörer!

»Henri, sie hat genau zwei Herzchen übrig gelassen!«

»Wie?« Max erntete einen verdatterten Blick.

»Kira war hier. Wir haben geredet. Über deinen Laden. Sie

will noch mal darüber nachdenken. Ich habe ihr Kekse hingestellt, mehrere Herzen. Und sie hat genau zwei übrig gelassen. Glaubst du, das ist ein Zeichen?«

Max hatte fast damit gerechnet, sein Freund würde die Augen verdrehen oder wieder von psychologischer Beratung anfangen. Doch Henri sah ihn nur eindringlich an. Dann verlor sich sein Blick in der Ferne.

»Hey, Bro. Hey. Was ist?« *Jetzt könnte ich dich fragen, ob du was genommen hast …*

Henri ächzte leise. »Ach weißt du, Max … Ich weiß gar nicht mehr, ob ich den Laden noch abgeben will.«

»Waaaaas?!« Max hatte das Gefühl, vor seinen Füßen tue sich ein Abgrund auf. Er griff nach der Kante des Tresens. So banal konnte, so durfte diese Geschichte nicht enden! Diese Geschichte, die damit begonnen hatte, dass eine schmale Hand seine Türklinke aufdrückte, zart und doch voller Nachdruck. Er sah das bunte Patchwork ihres Mantels vor sich, hörte die betörende Stimme. Selten hatte er eine derart tiefe Sehnsucht empfunden.

25

Der Schatz

Maik, ausgerechnet Maik hieß der Bulle. Henri war ganz sicher, dass er so hieß. Hatte sich eingeschlichen – ach was, wohl kaum, eher hineingestampft – in diese schöne, edle Pferdeherde, deren Tiere Henri mit geschlossenen Augen einzeln beim Namen nannte, wenn er nicht einschlafen konnte. Anmutig galoppierten sie über die Weide, setzten elegant über einen im Weg liegenden Baumstumpf oder einen Graben. Henri bewunderte ihr seidiges Fell, ihre wehenden Mähnen, wenn sie an ihm vorbeipreschten.

Wie oft hatte Maike ihn, wenn sie während eines Spaziergangs an einer Koppel vorbeikamen, auf Details aufmerksam gemacht. »Betrachte das feine Muskelspiel rund um die Kruppe!«, »Hat man schon jemals so glänzende Augen gesehen!«, »Achte auf die geblähten Nüstern!« All das sah er nun abends vor sich, wenn er – statt wie andere Leute Schäfchen – Rappen, Braune und Schimmel zählte.

Doch Maik! Henri war aufgeschreckt von dem furchterregenden Getrampel. Der Bulle, ein schwarzer Angus, stampfte nervös auf, dann wieder scharrte er jähzornig mit den Vorderhufen, dass es staubte. Er senkte den Kopf, der Nasenring wurde sichtbar, an dem er hätte festgehalten werden sollen, zurückgehalten, unschädlich gemacht, statt seine Aggression auf andere zu übertragen. Die Pferde in seiner Nähe wurden zusehends angriffslustig.

Henri blinzelte kurz, dann klappten die Lider wieder zu.

War er kurz vor dem Tiefschlaf wieder aufgeschreckt, oder hatte er richtig geträumt? *Sieh doch auf die Uhr, dann weißt du Bescheid.* Es dauerte eine Zeit, bis er die Energie aufbrachte, die Augen zu öffnen. Kurz vor fünf Uhr, er hatte also geschlafen ... und hatte ausgerechnet von seiner Einschlaf-Herde geträumt! So zerknautscht wie das Laken aussah, hatte er vermutlich sogar gegen den Bullen gekämpft.

Die Erinnerung an das Telefonat am Abend zuvor kehrte jäh zurück. Gabriele Lösch hatte angerufen. Sie hatte über einen ihrer Kontakte im Justizbereich erfahren, dass Jochen Möllerhahns Entlassung aus der Untersuchungshaft bevorstand. Knapp drei Wochen hatte der Rinderbaron eingesessen. Henri hörte Gabriele Fachausdrücke wie *dringender Tatverdacht*, *Betrug in besonders schwerem Fall* und *gewerbsmäßiges und bandenmäßiges Vorgehen* benutzen. Doch nun war man offenbar zu dem Schluss gelangt, dass keine Haftgründe mehr vorlagen. Gabriele hatte von einem Wegfall der Verdunkelungsgefahr gesprochen und davon, dass Jochen dringend auf dem Hof gebraucht werde. Doch die meisten Details aus ihrem Bericht waren an Henri vorbeigerauscht, ihm brannte sich diese eine Erkenntnis ein: Jochen war frei.

»Aber hat er nicht meine Frau auf dem Gewissen?« Die Frage war ihm herausgerutscht; er hatte sie einfach stellen müssen, auch wenn die Journalistin nicht die richtige Adressatin war.

Gabriele hatte ihm ausführlich geantwortet, aber auch davon hatte Henri nur einen Teil wahrgenommen. Es schien kaum Aussicht auf Klärung der näheren Umstände von Maikes Tod zu geben, es sei denn, es fänden sich Belastungszeugen, oder aber Möllerhahn würde gestehen. Doch dafür sah sie wenig Chancen: »Dass er Maike über die Weide mit dem Bullen geschickt hat, wird er niemals zugeben.«

Nach einer Pause, die Henri nicht für weitere Bemerkungen oder Fragen nutzte, fuhr sie fort: »Immerhin ist jetzt klar, dass er beim Pferdehandel gefälschte Papiere benutzt hat. Es muss natürlich noch offiziell bewiesen werden, mit Verhandlung und allem. Aber dass Anklage erhoben wird, ist so sicher wie das Amen in der Kirche, Henri. Das heißt, Jochen wird für längere Zeit aus dem Verkehr gezogen. Ich wollte, dass du das weißt.«

Gabriele hatte ihn sicher nicht nur auf dem Laufenden halten wollen. Sie erwartete wahrscheinlich, dass ihm die Nachricht, Jochen Möllerhahn stehe eine längere Gefängnisstrafe bevor, Genugtuung verschaffte. Sie selbst klang jedenfalls erleichtert.

Henri bemühte sich, Triumph oder Befriedigung zu empfinden. Er stellte sich Jochen, der gern mit dem Pick-up seine weitläufigen Ländereien abfuhr, gefangen in einem engen Raum vor. Spürte er dadurch irgendeine Art von Befreiung? Nein, höchstens einen Anflug von Häme, die ihm jedoch weder half noch etwas bedeutete. Er versuchte, Jochens Situation in seiner Vorstellung zu verschärfen: Gabriele Lösch könnte sein Vergehen in einer aufsehenerregenden Enthüllungsstory an den Pranger stellen. Henri merkte, dass diese Idee seinem Gerechtigkeitsempfinden guttat. Aber würde ein Zeitungsbericht Jochen in die Enge treiben?

Irritiert stellte Henri fest, dass Jochens Schicksal ihn einigermaßen gleichgültig ließ. Vor wenigen Wochen noch hatte er sich insgeheim gewünscht, ihn persönlich vor aller Welt bloßzustellen. Kleinmütig und verzagt sollte er werden! Die Menschen sollten ihn verachten, er sollte leiden! Dies würde nun passieren, denn durch die Haft würde er alles verlieren, was ihm etwas bedeutete: Autorität, Respekt, Vermögen, womöglich sogar die ansehnliche Samantha.

Warum brachte Henri das seinem Ziel nicht näher? Was hatte er eigentlich damit erreichen wollen, Jochen zu überführen? Henri versuchte, sich über seine Gefühle Rechenschaft abzulegen, doch alle Gedanken mündeten in einem um sich selbst kreisenden Grübeln. Er kam sich vor, als befände er sich auf einem Karussell, das sich nicht mehr anhalten ließ, sondern sich im Gegenteil schneller und schneller drehte, bis sich die Achse verflüssigte und zu einem reißenden Strudel wurde, der einen unheimlichen Sog entwickelte: tiefer, tiefer, tiefer.

Halb sechs. Henri hatte sich aufgesetzt, weil ihn das Liegen unruhig machte. Jetzt war ihm das Kopfteil als Rückenlehne zu hart, er stopfte sein Kissen dazwischen. Nun saß er zu weit vorn, sodass er nicht mehr an seinen Nachttisch herankam, auf dem das Mineralwasser stand. Er versuchte, das Kissen flacher zu klopfen, dadurch wurde es uneben, und der Rücken lag nicht mehr gleichmäßig an. Er rutschte nach rechts, nach links, trank vom Wasser, zupfte sich an der Nase, rang mit den Händen, griff wieder nach der Wasserflasche – und erschrak. So hatte sein Großvater immer gezappelt, wenn ihm etwas nicht passte; Henri hatte diese Marotte gehasst. Wie konnte er sich nur beruhigen? Als er die Flasche auf das Nachtschränkchen zurückstellte, fiel sein Blick auf die Skizze, die er auf einem Blatt Karopapier angefertigt hatte. Ja, das würde er ausprobieren!

Auf dem Weg ins Wohnzimmer schlurfte er in die Küche

und setzte einen Kamillentee auf. Flüchtig musste er an Keno Schluff und seine geölten Stimmbänder denken, daraufhin natürlich an Kira und dann an Max. Hoffentlich steigerte der sich nicht in seine aussichtslose Verliebtheit hinein! Wenn er den Freund bloß unterstützen könnte! Er würde ihm demnächst sowieso einen Besuch abstatten, um die Überraschung zu überreichen, an der er gerade arbeitete. Die Gelegenheit könnte er dann nutzen, um noch einmal ausführlich mit ihm zu sprechen.

Hoffentlich fiel die Überraschung so aus, wie er sie sich vorstellte! Immerhin wäre es seine erste eigene Kreation, das war schon etwas aufregend.

Zufällig hatte er in einem Handarbeitsbuch Anleitungen für ausgefallene Topflappen und Ofenhandschuhe entdeckt. Einer der Handschuhe hatte einen schräg abgespreizten Daumen, der Henri an den Ausgießer einer Kanne erinnerte. Da kam ihm die Idee: Er würde Topfhandschuhe für Max häkeln, die zum Kneipennamen passten. Muckefuck-Kannen! Wie er Max kannte, würde er sich über ein individuelles Geschenk freuen. Und weil er als einziger Mann in Henris Bekanntenkreis nicht über seine Handarbeiten lästerte, hatte er es sich redlich verdient. Henri hatte sich also Papier und Stift geschnappt und so lange eine abgewandelte Form des Handschuhs skizziert, bis er tatsächlich wie eine Kaffeekanne aussah. Das ursprünglich bunt geringelte Muster verwarf er; vom marineblauen Grund sollten sich nur einige zarte weiße Streifen abheben. Wenn er es schaffte, würde er sogar noch weiße Noppen aufnähen. Damit würden die neuen Topfhandschuhe farblich bestens zu Max' kultigen Papierservietten passen. *Was natürlich kein Kunde sehen würde – es sei denn …* Henri begann davon zu fantasieren, dass bald alle Servierpfännchen mithilfe seiner *Muckefuck*-Handschuhe an die Tische gebracht würden. Doch bevor er dermaßen große Pläne schmiedete, sollte er erst einmal ein Exemplar fertigstellen. Und zunächst überhaupt einmal beginnen …

Während der Tee zog, sammelte Henri im Wohnzimmer das Material zusammen. Er leerte das Werktäschchen aus, in dem sich noch das Restknäuel vom Sommerschal und die Häkelnadel mit dem Bambusgriff in Stärke 5 befanden. Schere und Nadeletui legte er zurück, dazu packte er je ein Knäuel weiße und blaue Baumwolle und eine dünnere Häkelnadel, Stärke 3. Er strich, wie schon so oft, über den Schal, der neben dem Täschchen lag. Er hatte ihn fertiggestellt, einmal probeweise um den Hals geschlungen, sich im Spiegel angeschaut, sich nicht wohlgefühlt und ihn daraufhin sorgfältig zusammengefaltet. Seitdem lag er auf dem Wohnzimmertisch, und Henri wartete auf eine Idee, was er damit anstellen sollte. Ihm war beim Blick in den Spiegel klar geworden, dass er den Schal nicht benutzen würde. Zwar stand er ihm gut. Doch er würde es nicht übers Herz bringen, ohne Maike mit einem Kleidungsstück herumzulaufen, das sie ihm zum Hochzeitstag hatte schenken wollen. Für ihre gemeinsame Berlinreise war er gedacht, er hätte ihn im Hoppegarten getragen, im Museum, bei ihren Spaziergängen, ein Accessoire ihrer Verbundenheit wäre er gewesen. Allein damit unterwegs zu sein, kam ihm falsch vor.

Henri trug Tee und Werktäschchen ins Schlafzimmer. Es war nicht einmal sechs Uhr, er wollte noch nicht aufstehen, schließlich war Wochenende. Er würde es sich im Bett richtig bequem machen. Zu diesem Zweck holte er diverse Kissen und dünne Wolldecken von der Wohnzimmercouch herüber.

Das Nachtschränkchen schob er ein wenig von der Wand ab, so konnte er die abgestellten Gegenstände auch mit einer gemütlichen Polsterung im Rücken gut erreichen.

Henri begann mit dem Oberteil des Handschuhs. Später würde dieser Teil von einem aufgesetzten *Deckel* eingehüllt werden, was den Vorteil hatte, dass der Anfasser an der Spitze vierlagig war und besonders gut schützte.

Einen sogenannten magischen Ring, mit dem er beginnen wollte, hatte er mit dem Frollein einige Male geübt, da fühlte er sich sicher. Dann musste er in den ersten Runden gleichmäßig feste Maschen zunehmen, bis schließlich die Breite der Kanne über dem Ausguss erreicht war. Henri prägte sich die ersten wichtigen Meilensteine der Anleitung ein, dann zog er den Anfangsfaden aus dem Inneren des Wollknäuels. Die letzten Male war ihm das problemlos gelungen, jetzt hingegen hatte er ein dickes Gewirr aus Garn zu fassen bekommen. *Mist, was für ein Gewusel! Da hätte ich auch den Außenfaden nehmen können.* Wieder spürte Henri die Unruhe, mit der er aus dem Traum aufgeschreckt war. Er rutschte auf der Matratze hin und her, nahm dann einen tiefen Atemzug und legte sich schließlich die Häkelnadel zurecht.

Bevor er mit der Arbeit begann, drehte er ein Stück Garn zwischen Daumen und Zeigefinger auseinander und betrachtete die vier einzelnen Fäden des Baumwollzwirns. Drehte man diese Fäden zu einem, so war dieser wesentlich reißfester als die nicht verzwirnten Garne allein. Details wie dieses konnten Henri begeistern. Was den Menschen alles einfiel! Wie war wohl die Idee entstanden, mittels eines primitiven Hakens Fäden so miteinander zu verschlingen, dass sie praktische und dekorative Textilien ergaben?

Henri häkelte sechs feste Maschen in den magischen Ring,

dann zog er ihn mit dem Fadenende zusammen. In der zweiten Runde stach er in jede Masche zweimal ein, sodass daraus zwölf Maschen wurden. Er stülpte sich das entstandene Minihütchen über den Zeigefinger und freute sich über das kompakte Gebilde. *Weiter geht's.*

Sieben Uhr: Henri hatte elf Runden gehäkelt und bereits einen weißen Streifen eingearbeitet. Summte er da gerade etwa einen Popsong? Tatsächlich, ›Road to nowhere‹ von den Talking Heads, wie kam er nur darauf? Henri fühlte sich so leicht wie lange nicht mehr. Egal, wie er auf dieses Stück gekommen war: Nicht jede Idee, nicht jede Gefühlsregung musste bedeutungsschwer sein.

Er zog die aktuelle Masche auseinander und nahm die Nadel aus der Arbeit heraus. Mittlerweile war aus dem Hütchen eine schützende Kuppel geworden, die die Spitzen von Zeige- bis kleinem Finger bedeckte. Noch einmal elf Runden, dann konnte er mit der Aussparung für den Daumen, den *Ausgießer*, beginnen.

Henri spürte, wie ihn die Handarbeit beruhigte. Einstechen, Faden holen, Faden holen, durch. Die gleichförmigen Arbeitsschritte hatten etwas Meditatives, und ganz nebenbei fertigte er einen Gebrauchsgegenstand. Er war gespannt, was Max dazu sagen würde.

Während er eine weitere Runde feste Maschen häkelte, sinnierte er über den Unterschied zwischen seiner Tätigkeit als Feinwerkmechaniker und den Handarbeiten. Er mochte die Arbeit in der Uhrmacherwerkstatt, auch wenn sie nur darin bestand, etwas instand zu setzen, was andere erschaffen hatten. Bis vor Kurzem war ihm dieser Aspekt gar nicht aufgefallen. Doch seit er begonnen hatte, den Sommerschal weiterzuhäkeln und sich dabei als Herr über Muster und Länge, also über dessen gesamtes Erscheinungsbild, zu fühlen, vermisste er das Eigenständige am Reparaturprozess. Fehlersuche und anschließende Instandsetzung kamen ihm vor wie die Arbeit eines Detektivs: Er ermittelte, woran es der Uhr mangelte, und versuchte, es zu beheben. Doch das ließ ihn immer nur reagieren, nie gestalten. Mochte auch die Erfindung eines *Muckefuck-Topfhandschuhs* nicht dazu beitragen, den Lauf der Welt zu verändern – was das Gefühl der Sinnhaftigkeit betraf, war er einer Uhrenreparatur trotzdem überlegen.

Acht Uhr: Henri hatte ein Tomaten-Rührei auf der Terrasse verzehrt und gönnte sich zur 22. Häkelrunde einen Espresso aus der türkischen Mokkakanne. Nun stand die Aussparung an – letztlich musste er nur elf Luftmaschen häkeln und eine entsprechende Maschenzahl in der Vorrunde überspringen. Als er die Anleitung im Voraus gelesen hatte, hatte ihn diese Stelle ziemlich verwirrt. Doch jetzt, als er die Arbeit bis hierhin vor sich sah, waren die beschriebenen Schritte ganz logisch.

Henris Blick fiel auf die abgestorbene Eberesche mitten im Garten. Maikes Lieblingsbaum, der zwei Wochen nach ihrem Tod verendet war. Ein Mysterium. Schon länger hatte sie der Knubbel am Stamm irritiert, der eine ausufernde Form angenommen hatte; allerdings hatten sie ihn für einen reinen Schönheitsfehler gehalten. Doch nachdem der Baum verdorrt war, hatte ein Nachbar Henri erläutert, es handele sich wohl um Baumkrebs.

Henri hatte zwar verständig genickt, aber insgeheim gab er nichts auf diese Erklärung. Für ihn stand fest, dass der Baum mit dem Ausbleiben von Maikes Fürsorge seinen Lebensmut verloren hatte. Der Nachbar hatte angeboten, ihm beim Fällen zu helfen, der Baum war nicht hoch, und zu zweit konnte man das problemlos bewältigen. Doch Henri hatte erschrocken abgewehrt. Er konnte sich nicht vorstellen, die Vogelbeere dem Erdboden gleichzumachen. Maike hatte die weißen Blütendolden, die knallroten Früchte und die orange-rote Herbstfärbung gleichermaßen geliebt. »Der Baum macht sich zu jeder Jahreszeit für uns schön«, hatte sie gesagt. Allerdings war er nun, verdorrt und mit kahlen Ästen, kein Schmuckstück mehr.

Henri sah die wogenden Blüten im Wachtelweg vor sich, und plötzlich wusste er, was zu tun war. Ohne über Wochentag und Uhrzeit nachzudenken, wählte er Peggys Nummer.

»Nanu, Henri«, meldete sie sich mit verschlafener Stimme, »gibt's einen Notfall? Was für ein Tier hast du überhaupt?«

Nachdem Henri sein Anliegen verlegen vorgebracht hatte, verabredeten sie sich für zehn Uhr im Kleingarten.

Henri beschloss, die Zeit bis zum Aufbruch für eine Bodeninspektion rund um die Eberesche zu nutzen. Er stach mit dem Spaten ins Erdreich und fand viele Stellen, an denen er tief genug in den Boden kam, um eine Clematis einzugraben. Er würde sie leicht schräg gegen den Baumstamm geneigt pflanzen, dann würden ihre Ranken schnell Halt finden.

Könnte man nicht noch etwas anderes vergraben? Am besten einen Schatz, etwas Persönliches, etwas nur für Maike …

Während Henri die Eberesche noch einmal umrundete und gedankenverloren hier und dort mit dem Spaten einstach, entdeckte er eine Stelle, an der das Erdreich nach dem Einstich von allein weiter eingebrochen war, darunter musste ein Hohlraum gewesen sein. Die Öffnung war so tief wie für die Zeitkapsel bei einer Grundsteinlegung und sogar noch breiter.

Platz für die Schatulle!

Eine von Maikes Freundinnen hatte ihnen zur Hochzeit ein

Holzkästchen geschenkt, dessen Deckel und Vorderseite mit geschnitzten Blüten- und Blattornamenten verziert waren. »Für gemeinsame Erinnerungen«, hatte sie gesagt. In der ersten Zeit hatten sie Reiseandenken darin verwahrt, drei Sticker aus Cornwall, diverse Bierdeckel, eine Minimaske aus Venedig, einen silbernen spanischen Souvenirlöffel. Dann hatten sie auf ihren Reisen den Andenkenläden den Rücken gekehrt und waren dazu übergegangen, gelungene Urlaubsfotos zu vergrößern und zu rahmen. Die Schatulle war eingestaubt und deshalb von Maike in den Vitrinenschrank verbannt worden, doch gleichzeitig hatten sie sich vorgenommen, das Kästchen einmal für etwas ganz Besonderes zu verwenden.

Henri musste nicht lange nachdenken, was er hineintun würde. Er hatte vor einigen Tagen einen kleinen Berlinführer gefunden, den Maike anlässlich der geplanten Hochzeitstagsreise besorgt hatte. Er selbst hatte sich als Vorbereitung Notizen gemacht, die er noch nicht hatte wegwerfen mögen: die Öffnungszeiten des Uhrenmuseums, die Tarifbezirke der Berliner U- und S-Bahn, die Namen dreier empfohlener Restaurants. Darum herum würde er den Sommerschal wickeln.

Peggys Schwester, Clematis-Liebhaberin und -Expertin, hatte mit der Wahl der Sorte nicht lange gezögert, nachdem Henri erklärt hatte, sie solle eine kahle Eberesche überwachsen. Mit den Worten »Das ist eine Viticella, robust, winterhart und blühfreudig« hatte sie Henri in ihrem Garten drei Ableger überreicht. »Die vermehre ich laufend, denn die Nachfrage ist groß«, erklärte sie und begleitete ihn zu dem runden Pavillon, von dessen Metallstreben nicht mehr viel sichtbar war. Vier oder fünf verschiedene Waldreben-Sorten – Henri konnte sie angesichts der Blütenfülle nicht so schnell auseinanderhalten – umrankten das Gerüst. »Hier siehst du sie in Aktion«, sagte Peggys Schwester und deutete auf ein Meer aus lavendelfarbenen Blumen. »Sie heißt Sunny Sky.«

Den Kaffee, zu dem Peggy und ihre Schwester ihn eingeladen hatten, stürzte Henri beinah hinunter, so eilig hatte er es, nach Hause zu kommen.

Sunny Sky – wie symbolisch! Er musste an die lange Nacht denken, während der er den Brief an Maike verfasst hatte, und entschied, dass er das Schreiben ebenfalls in die Schatulle geben würde.

Er wählte rund um die Eberesche drei Stellen für die Ableger aus, pflanzte sie ein, wässerte sie und befestigte dreimal Blumendraht am Baumstamm, deren Enden er zu den Pflänzchen hinleitete. Dann befasste er sich mit dem Schatz. Er faltete den Sommerschal passend zu den Abmaßen des Kästchens zusammen und steckte Reiseführer, Berlin-Notizen und Brief in die offenen Enden der Falten. Den Brief nahm er noch einmal heraus. Er suchte im Schreibtisch nach einem passenden Kuvert und fand schließlich eines in zartem Violett, das mit hellgrauem Seidenpapier gefüttert war. Er beschriftete es sorgfältig mit Maikes Namen und schob den Brief hinein. Doch immer noch war er nicht zufrieden. Henri drehte und wendete den Umschlag, und endlich kam er darauf: Er musste noch eine Schnur herumbinden! Vor seinem inneren Auge sah er Filmszenen, in denen Liebesbriefe zum Bündel verschnürt auftauchten, und genau diese romantische Anmutung fehlte noch. Vom Frollein hatte er gelernt, eine Kordel zu drehen, dazu verwendete er das Restknäuel vom Sommerschal. Es kostete ihn vier Anläufe, ein Band passender Länge zu produzieren, das außerdem fein genug war. Zunächst hatte er zu viele Fäden zusammengedreht und nicht bedacht, dass sich die

Stärke der Kordel beim Zusammennehmen der Enden verdoppelte.

Als er endlich zufrieden war, steckte er auch den verpackten Brief in den zusammengelegten Schal. Beinah andächtig bettete er ihn in die Schatulle. Er verschloss das Kästchen mit dem metallenen Schnappmechanismus und wickelte spontan eine der dicken Kordeln herum, deren Ende er zu einer Schleife band.

Bevor Henri die Schatulle in den Erdboden sinken ließ, nahm er noch einmal auf der Veranda Platz, um Sichtachsen zu überprüfen und sich die karge Eberesche im nächsten Jahr vorzustellen. Ja, er hatte die richtige Idee gehabt: Dies war ein würdevoller Ort.

Henri stand auf und vergrub das Schatzkästchen.

26

Der Ariadnefaden

Henri hatte es sich zur Gewohnheit gemacht, morgens vor Ladenöffnung einen Blick ins Schaufenster von ›Nähschiff & Nadelflotte‹ zu werfen. Ihn interessierte nicht nur die ausgestellte Dekoration, sondern auch der Blick in den Laden. War er anheimelnd? Wirkte der Verkaufsraum ordentlich, aber auf keinen Fall pedantisch aufgeräumt? Ein Hauch von kreativem Chaos müsse sein, hatten ihm die Damen des Häkelclubs klargemacht, das wirke einfach gemütlicher.

Er war jedes Mal gespannt auf Eddas Outfit. Trug sie vielleicht ein hochgeschlitztes Kleid? Eine aus konzentrischen Kreisen zusammengefügte Tunika? Einmal – da gehörte der Schaufensterblick noch nicht zu seinem Ritual – hatte sie ihn mit einer gestrickten, schmal auslaufenden babyblauen Hose überrascht. »Kommst du vom Sport?«, hatte er gefragt und an Joggingsachen gedacht, sie damit jedoch, ohne es zu wollen, brüskiert. Am nächsten Tag lag eine Ausgabe der Zeitschrift ›Elle‹ neben seinem Rucksack. Als er sie später zu Hause aufschlug, war ihm sofort klar, welchen Artikel er lesen sollte: den über die Berliner Designerin Claudia Skoda, die sich mit ausgefallenen Strickmodellen einen Namen gemacht hatte. Ihre Bedeutung für die Modewelt wurde mit der von Coco Chanel und Vivienne Westwood verglichen. Henri las den

Artikel mit großem Interesse und suchte später im Internet nach aktuellen Fotos von Skodas Kollektion. Es gab nicht nur Schnitte und Farbkombinationen, die er gewöhnungsbedürftig fand, sondern auch Hosen und Overalls aus gestricktem Gewebe. Eiferte das Frollein der Berliner Ikone nach? Er würde genau überlegen, wie er die Frage formulierte, bevor er sie stellte. Nicht dass Edda den Verdacht heraushörte, sie kopiere die Designerin … Henri wollte sie nicht noch einmal vor den Kopf stoßen.

An diesem Montag trug Edda ein weinrotes, mit silbernen Lurexfäden durchwirktes Jäckchen, dazu die passende Baskenmütze. Henri musste sofort an Bordeaux und Baguette denken, mahnte sich aber im selben Atemzug, mit Anspielungen vorsichtig zu sein. Als er vor dem Schaufenster kehrtmachte und zum Hintereingang des Ladens ging, flogen ihm französische Worte durch den Kopf. *Jeanette, Claudette, Cigarette*. Vielleicht sollten sie einmal eine Nationenwoche planen? Baskenmützen ließen sich stricken, schottische Tweedkappen konnte man nähen, und die kretischen Sariki sahen so aus, als würden sie gehäkelt.

Als er den Trenchcoat in der Garderobe aufhängte, begegnete ihm Edda auf dem Weg in die Küche, um Kaffee zu holen.

»Auch einen?«, rief sie ihm zu.

»Oui, merci, Mademoiselle«, entgegnete Henri spontan.

Da stoppte sie vor der Küchentür, rückte ihre Baskenmütze zurecht, wandte sich ihm zu und trat ein paar Schritte heran. Einladend breitete sie die Arme aus. »Et en plus? Was dazu? Baguette ou cigarette?«

»Baguette mit Mett wäre nett!« Henri lachte. »Ich musste eben schon an Jeanette und Claudette denken.«

Edda hob die Augenbrauen. »Meinst du das Lied von den Bläck Fööss?«

»Ja, genau. Ich habe dich und deine Kappe nämlich schon durchs Schaufenster bewundert.«

»Und?« Edda stellte sich gerade hin und drehte den Kopf zu beiden Seiten. »Wie findest du sie?«

»Sehr apart, oh là là, oh là là! Sie hat mich sogar zu einer Idee inspiriert.«

Henri erwähnte die Nationenwoche, und Edda war begeistert. »Lass uns gleich ein Konzept machen!«

»Später. Vorher muss ich noch mal los. Und davor wollte ich dich um Hilfe bitten.«

»Soll ich etwa jemanden für dich ausspionieren?« Ihre Stimme klang beinah übermütig.

Henri sah Edda an. Nachdem sie von den konspirativen Treffen des Häkelclubs erfahren hatte, die ohne sie stattfanden, war sie eine Zeit lang verstimmt gewesen. »Ich hätte auch gern zur Aufklärung beigetragen, doch ihr habt mich einfach übergangen«, hatte sie sich beschwert und war auch nicht durch Fraukes Hinweis zu beschwichtigen gewesen, dass sie abends schließlich nie Zeit habe. »Dafür hätte ich sicher Zeit gefunden«, hatte sie sichtlich enttäuscht erwidert. Daraufhin trat sie den Frauen des Häkelclubs gegenüber deutlich distanzierter auf; nur Henri blieb von ihrem Groll verschont. Vermutlich deshalb, so erklärte er es sich, weil auch er nicht zu den *Nadeln* gehörte.

Mittlerweile schien ihr Unmut jedoch verflogen, sonst würde sie kaum so unbefangen über eine Tätigkeit reden, die mit Ermittlung und Geheimnis zu tun hatte.

»Du könntest für mich die Spur einiger Maschen verfolgen«, antwortete Henri, leise seufzend. »Mit dem Stricken tue ich mich immer noch schwer.«

»Du bist eben Häkel-Henri«, gab Edda zurück.

Henri stutzte. War es Zufall, dass sie den gleichen Ausdruck benutzte wie seine Stammtischbrüder? Wer weiß, wer noch alles ihn so nannte! Er holte seinen Rucksack und packte das Werktäschchen aus, in dem sich ein angefangener Pulswärmer samt Stricknadeln befand.

»Ui!« Eddas Reaktion kam spontan. »Da hast du ja einige Laufmaschen produziert.«

Sie zeigte ihm, wie er Maschen, die sich über mehrere Reihen nach unten geribbelt hatten, mit der Häkelnadel zurückholen konnte. »Doch jetzt üben wir erst einmal in Ruhe die Handhaltung. Mach mir mal ein paar rechte Maschen vor!«

Henri stach konzentriert mit der rechten Nadel durch die erste Masche auf der linken Nadel, wobei er den linken Zeigefinger stark krümmte, um alle hinteren Maschen zurückzuhalten. Dann kippte er den rechten Handrücken, drehte damit die Nadel nach oben und nahm den Faden auf.

Edda unterbrach vehement. »Total verkrampft, das habe ich befürchtet. Du musst die Hände viel lockerer halten.«

Henri schnaubte verzweifelt. »Ich weiß. Das habe ich schon versucht, glaub mir. Aber dann flutscht die Masche wieder runter.«

»Oder willst du es erst einmal beim Häkeln belassen?«

Henri blickte bestürzt auf. »Nein, natürlich nicht! Manche Sachen sehen gestrickt viel besser aus. Oder glaubst du vielleicht, ich würde einen gehäkelten Pullover anziehen?«

Edda lächelte.

Henri war in Fahrt. »Und Socken stricken will ich auch lernen. Ich habe mir schon ein paar Videos angesehen. Genial, wie man die Ferse macht, das probiere ich auf jeden Fall aus!«

»Wenn das so ist … warte kurz.« Edda erhob sich und holte

eine Stricknadelsammlung aus der großen Schublade des Handarbeitstischs. »Ich habe eine Idee. Wir beginnen mit Trockenübungen. Du nimmst nacheinander verschiedene Nadelstärken in die Hand und strickst damit. Aber noch ohne Wolle.«

Henri betastete die unterschiedlichen Nadeln.

Edda beobachtete ihn. »Wir werden das so lange üben, bis du es kannst, Henri Ketelsen, und ich werde mir mehr Mühe geben als mit jedem anderen Schüler vor dir.«

Henri sah auf. »Warum? Weil ich mich so trottelig anstelle?«

»Nein. Sondern weil dein Herz für diese Arbeit schlägt. Und für diesen Laden.«

»Und dein Herz, Edda? Wofür schlägt das? Für Modedesign, oder?«

»Ja.« Eddas Blick wanderte in die Ferne. »Ja, natürlich, das ist so.« Sie strich über ihr weinrotes, glitzerndes Jäckchen. »Ich kann nicht anders.« Nach einer Pause fügte sie hinzu: »Doch für diesen Laden schlägt es auch. Ich hoffe doch, das merkst du …«

Kurz vor zehn bat Henri Edda, die Lektion zu unterbrechen. »Ich muss noch mal los. Es kann etwas dauern, bis ich zurückkomme. Aber vorher würde ich dir gern etwas zeigen.« Er öffnete die Seitentasche des Rucksacks und zog ein kleines, in Seidenpapier eingeschlagenes Bündel hervor, das er ihr reichte.

Edda wickelte es aus. »Eine Kaffeekanne als Anfasser!« Sie drehte und wendete die beiden Topfhandschuhe, strich mit den Fingern über die Maschen. »Schöne Stücke, Henri! Pfiffige Idee und sorgfältig gearbeitet.«

»Und selbst kreiert.«

»Wirklich? Das könntest du als Arbeit des Monats einreichen!«

Henri überlegte. »Ach nein, das wäre mir peinlich.« Verlegen packte er das Geschenk wieder ein und verließ den Laden zum Heidi-Klum-Boulevard hin.

Bevor er sehen würde, ob Max ebenso begeistert reagierte, hatte er allerdings noch etwas anderes zu erledigen.

Vorübergehend geschlossen stand kaum leserlich auf einem handgeschriebenen Schild an der gläsernen Ladentür. Jemand hatte einen abgerissenen Zettel mit Kugelschreiber beschriftet und nur an der oberen linken und der unteren rechten Ecke von innen mit Klebestreifen befestigt.

Henri beschlich ein ungutes Gefühl. Diese achtlose Mitteilung passte nicht zum gediegenen Ambiente des Uhrenladens. War Torben Wucherpfennig kurzfristig krank geworden? Hatte er sich womöglich überarbeitet, war im Geschäft zusammengebrochen und hatte gerade noch Zeit gefunden, den Zettel anzubringen? Henri fuhr sich mit der Hand über das Gesicht. Er hatte Wucherpfennig im Stich gelassen, er musste nach ihm sehen!

Während er der Straße ein Stück Richtung Westen bis zur nächsten Querstraße folgte, fiel ihm ein, was Andy Blumenroth berichtet hatte: Torben sei momentan froh, ein Gehalt einsparen zu können. Also hätte er ihn gar nicht im Laden haben wollen. Henri atmete wieder ruhiger.

An dem unauffälligen Sechzigerjahre-Bau, der allerdings, wie Henri wusste, geschmackvolle und kostbare Antiquitäten beherbergte, drückte er das untere Klingelschild. Nichts rührte sich. Henri umrundete das Haus, denn Wucherpfennigs Schlafzimmer lag zum Garten hin. Henri klopfte gegen das Fenster, zunächst vorsichtig mit dem Fingerknöchel, schließlich hart mit der Faust.

»Der is nich da.« Das darüber liegende Fenster im ersten Stock war aufgestoßen worden, und ein extrem beleibter Mann unbestimmten Alters grölte mehr, als dass er rief.

»Können Sie mir denn sagen, wo Herr Wucherpfennig ist?«, rief Henri nach oben.

»Na, in sei'm Geschäft, denk ich.« Das Fenster schlug zu.

Henri beschloss, zunächst Max in der Kneipe einen Besuch abzustatten. Vielleicht wäre Torben danach wieder im Uhrenladen.

Wenn man mit Max eine längere Unterhaltung führen wollte, war vormittags die beste Gelegenheit. Manchmal verirrte sich zwar ein Handelsvertreter oder auswärtiger Monteur in die Kneipe, um ein Spiegelei mit Backtomate und Toast als zweites Frühstück zu sich zu nehmen, doch das waren Gäste, die sich nicht sonderlich für die Gespräche Einheimischer interessierten und insofern nicht störten.

Henri zuckte zusammen, als er Torben Wucherpfennig vor der Theke hocken sah. Er hätte ihn beinah nicht erkannt, denn anstelle des ehemals sorgfältig getrimmten Kurzhaarschnitts wucherte nun etwas, das an einen abgenutzten Wischmop erinnerte. Die Haare waren fettig und strähnig. Der Mann hatte Kummer! Sein Oberkörper hing kraftlos nach vorn.

Max sah Henri eintreten und nickte ihm über den Kopf seines einzigen Gastes hinweg besorgt zu. Henri hatte den Eindruck, der Freund wolle ihm ein Zeichen geben, das er jedoch nicht zu deuten wusste.

»Hallo Torben«, begrüßte er seinen Chef, scheute sich aber, ihm die Hand hinzustrecken. Wucherpfennig wandte den Kopf und sah ihn nur aus glasigen Augen an. Henri fröstelte. Um kein verlegenes Schweigen entstehen zu lassen, trat er an die Theke und packte seine Arbeit aus. Mit den Worten »Sieh mal: Topfhandschuh *Muckefuck*, ein Prototyp. Vielleicht für eure Servierpfännchen«, überreichte er Max das Geschenk.

Auf Max' Gesicht breitete sich ein Lächeln aus. »Geil, Henri. Hast du selbst gemacht, oder?«

Henri nickte und setzte zu einer Erläuterung an.

»Henri Ketelsen.« Es klang wie *Enri Etellen*. Der Uhrmacher hatte Henri erneut den Kopf zugewandt. Er richtete sich auf und hob mühsam den Arm, um Henri an der Schulter zu tätscheln. »Weißt du, was mein Problem ist, seit du nicht mehr bei mir bist?«

Henri fing einen weiteren bangen Blick von Max auf und murmelte nur ein unbestimmtes »Hm?«

»Mein Problem ist …«, Wucherpfennig hob das Bierglas an die Lippen, die er um ein Haar verfehlt hätte, wackelte mit dem Kopf und nahm einen tiefen Schluck, »… das ist, dass mir keiner mehr beim *Glashütter Uhrenöl* hilft.« Er rülpste. »Nun muss ich das ganz alleine leer machen.«

Henri fasste sich ein Herz. »Du hast momentan wohl ein ganz anderes Problem, wenn ich das mal sagen darf.«

»Hä?« Wucherpfennig stutzte, dann fing er sich. »Ach ja. Leeres Bierglas. Nachschub bitte, Herr Wirt!«

»Nein, damit ist Schluss für heute. Du hast genug.« Max nahm das Bierglas entgegen und wusch es mit routiniertem Druck gegen die Gläserspülbürste aus.

Wucherpfennigs Stimme wurde weinerlich. »Aber du kannst doch nicht einem armen Mann sein Glas wegnehmen. Ich bezahle doch auch immer pünkt …«

Max unterbrach ihn. »Willst du Henri nicht was anderes sagen, Torben?« Er blickte ihn ernst an.

»W-w-wieso, w-w-was denn?« Der Uhrmacher war wieder in sich zusammengesackt. Sein Hals schien zwischen den Schultern verschwinden zu wollen. Er schwieg bekümmert.

Er traut sich nicht, mir zu sagen, dass es aus ist mit meinem Job. Henri holte Luft. »Dann mache ich das jetzt.« Er wusste, dass es dafür keinen guten Zeitpunkt geben würde, und da sein Chef ohnehin schon sichtlich schlecht gelaunt war, konnte er es auch direkt über die Bühne bringen. »Ich habe dich sowieso schon gesucht, Torben. Es fällt mir nicht leicht, dir das zu sagen, aber du musst dich ja darauf einstellen können. Ich werde nämlich im Wollladen bleiben.« *So, nun ist es raus.* Es war Henri, als hätte sich ein Pfropfen gelöst, irgendwo in seiner Brust.

Wucherpfennig fiel fast vom Hocker, so abrupt drehte er sich um. »Wie, du willst gar nicht mehr zurück?«

»Nein. Ich weiß, das war nicht vorhersehbar, und wir können natürlich eine Übergangszeit ausmachen, in der …«

Wucherpfennigs Umarmung erstickte Henris weitere Worte. Sein graues Baumwollhemd müffelte ganz beträchtlich, besonders in der Achselgegend. Henri stemmte beide Arme gegen die Sitzfläche seines Barstuhls, um nicht von der haltlosen Gestalt seines Chefs umgerissen zu werden. Er fing einen weiteren Blick von Max auf, der diesmal strahlte. Henri verstand die Welt gerade nicht.

Wucherpfennig hatte leise zu schluchzen begonnen. »Und ich wusste nicht, wie ich's dir sagen sollte. Und nun … und nun …« Er löste die Umarmung, streckte den Rücken und sah Henri wie einem vermisst geglaubten Gefährten ins Gesicht. »Und nun muss ich's dir gar nicht sagen. Ha!« Er rutschte vom Hocker und strebte schwankend den Toiletten entgegen.

Henri schüttelte den Kopf. Eigentlich hatte er mit Max über

Kira Schluff sprechen wollen, doch nun musste erst einmal diese Situation geklärt werden. »Weih mich ein, Max.«

Max sog vernehmlich Luft ein, während er begann, ein Glas abzutrocknen. »Torben ist fertig mit der Welt, weil er dich nicht mehr bezahlen kann. Und er wusste nicht, wie er dir das sagen soll. Er dachte doch, dein Leben ist auf seine Werkstatt ausgerichtet. Dann diese ganzen Stornierungen und geplatzten Aufträge, und wegen Maikes Tod hat er sich nicht getraut, ein offenes Wort mit dir zu sprechen, es wurde jeden Tag schwieriger – über ihm ist einfach alles zusammengebrochen.« Max schwieg.

Henri dachte, wie viel einfacher es doch wäre, wenn Menschen eher den Mut fassen würden, vermeintlich unangenehme Dinge auszusprechen. Eigentlich wusste man das ja, so ganz allgemein. Doch auch er selbst hatte sich schwergetan, Torben gegenüberzutreten.

Max zog den Topfhandschuh unter dem Tresen hervor, wo er ihn abgelegt hatte. Dann sah er zu Henri auf. »Und du willst jetzt Wollkönig von Bökersbrück werden, was?« Er betrachtete den Handschuh von allen Seiten, schlüpfte mit der Hand hinein und lächelte breit. »Passt!«

Wucherpfennig kam zurückgetorkelt und hievte sich ächzend auf seinen Stuhl.

Wie will er die Arbeit im Laden bloß allein schaffen?, schoss es Henri durch den Kopf. Da fiel ihm eine Bemerkung ein, die sein Chef einige Wochen zuvor gemacht hatte. Daran konnte man vielleicht anknüpfen.

»Willst du nun eigentlich einen Azubi einstellen? Du hattest ja gesagt, du könntest dir das mal wieder vorstellen. Und für dich allein sind Laden und Außendienst doch auf Dauer zu viel.«

Der Uhrmacher kratzte sich umständlich am Hinterkopf. »Das wäre wohl drin. Finanziell, meine ich. Aber …«

Henri war klar, warum Torben zögerte. Wie sollte er neben den anderen Aufgaben auch noch die Einarbeitung eines Neuen schaffen? Doch dafür gab es vielleicht eine Lösung: »Ich könnte dich bei der Ausbildung unterstützen. Gelegentlich, nach Absprache. Ohne Bezahlung, meine ich.«

Wucherpfennig schniefte. »Das würdest du tun, Henri Ketelsen?« Diesmal klang es wie *Enri Hetellsen*.

»Ja, das würde ich tun. Ich hatte so viele gute Jahre mit dir als Chef.« Henri schluckte. »Und außerdem … außerdem muss die beste Uhrmacherwerkstatt Schleswig-Holsteins weiterhin in Bökersbrück bleiben.«

Auf dem Rückweg zum ›Nähschiff‹ wurde Henri bewusst, dass er während der letzten Wochen etwas gefunden hatte, das ihm Halt gab. Seine Trauer hielt an, doch er hatte nicht mehr das Gefühl, den Boden unter den Füßen zu verlieren. Wenn er seinen Gemütszustand mit Wucherpfennigs Niedergeschlagenheit verglich, spürte er große Erleichterung darüber, dass er nie in Versuchung geraten war, sich *die Rübe zu fluten*.

Unversehens hatte er eine Aufgabe gehabt, vor der er sich nicht drücken konnte, und das hatte ihm gutgetan. Henri musste lächeln, als er an den Inventursonntag mit dem Frollein dachte, an die Aufregung um seinen vermeintlichen Notruf. Edda Langner hatte ihn seitdem mit ihrer resoluten Art auf Trab gehalten. Erst jetzt wurde ihm langsam klar, wie viel er ihr verdankte! Kurz entschlossen machte er auf dem Absatz kehrt und ging ein Stück zurück bis zu einer kleinen Ladenzeile. Als er seinen Weg wenig später fortsetzte, hielt er einen riesigen Strauß bunter Sommerblumen im Arm.

Zwei Kundinnen verließen den Laden, kurz bevor Henri die Eingangstür erreicht hatte. Er blieb stehen, wickelte die Blumen aus, steckte das Papier in die Manteltasche und trat ein. Edda machte große Augen, als er mit dem prachtvollen Strauß auf sie zuschritt.

»Ich möchte dir für alles danken, wozu du mich in den letzten Wochen gedrängt hast.« Henri stellte fest, dass das eigentlich anders hätte klingen sollen, und lachte herzlich. »Entschuldige, das hörte sich etwas komisch an, aber das mit der Dankbarkeit meine ich ernst.«

Edda grinste schief. »Du findest es gut, dass ich dich zum Häkeln und Stricken zwinge?«

Henri lachte. »Genau, und außerdem zur Teilnahme an den Handarbeitszirkeln.«

»Und zum Nachschubholen aus dem Lager.«

»Und überhaupt.« Henri, der mit dem Strauß vor Edda stehen geblieben war, drückte ihr nun die Blumen in die Hand. Sein Gesichtsausdruck wurde ernst. »Und überhaupt, dass ich morgens aufstehe und hierherkomme, statt irgendwo zu versacken, verdanke ich dir.«

Edda schluckte. »Moment, ich stelle eben diese wunderbaren Blumen in die Vase.« Sie sah an Henri vorbei. »Aber dann muss ich dir auch etwas sagen. Oder eher: gestehen.«

Gestehen? Sie hatte sich doch wohl nicht etwa nach einem anderen Job umgeschaut? Oder beschlossen, vorzeitig in Rente zu gehen?

Als Edda zurückkam, lehnte sie sich an den Verkaufstisch und senkte den Kopf. »Ich war das mit der Aktionswolle.«

»Wie bitte?« Henri überlegte, ob sie wohl von der Hauswolle sprach, die sie Sabine Oltrogge unter Einkaufspreis überlassen hatten. Das wusste er doch längst, außerdem war es Teil ihrer gemeinsam entwickelten Strategie gewesen.

»Na, all diese Sonderposten«, fuhr Edda fort, »die man nicht zurückgeben konnte. Die hatte nicht Maike bestellt, sondern ich. All die Pakete, die du wieder annehmen musstest.« Sie zögerte einen Moment. »Und an denen letztlich der Verkauf des Ladens gescheitert ist.«

Henri sah sich im Lager zwischen intakten und aufgerissenen Kartons stehen und -zig Lieferscheine studieren. Er rieb sich über die Augen. Davon also sprach sie! Er hatte schon lange nicht mehr daran gedacht. »Dafür konntest du doch nichts«, beschwichtigte er Edda, die nervös die Hände knetete.

»O doch, Henri.« Jetzt sah sie ihn direkt an. »Das hatte ich genauso geplant.« Sie wartete einen Moment, als wollte sie ihm Gelegenheit geben, etwas zu sagen. Als er schwieg, sprach sie weiter. »Ich wollte erreichen, dass du den Laden weiterführen musstest.« Erneut senkte sie den Blick. »Ich wollte meine Arbeit behalten.«

Henri fühlte sich von einem Augenblick auf den anderen beschwingt. »Haben wir eigentlich noch Prosecco im Kühlschrank?«, fragte er beherzt.

Edda schrak auf. »Was hast du gesagt? Ich habe doch glatt *Prosecco* verstanden.«

»Ja, das habe ich gesagt.« Henri klatschte in die Hände. »Ich sehe einfach mal nach.«

Als er an ihr vorbei in Richtung der hinteren Räume ging, nahm er aus dem Augenwinkel ein Kopfschütteln wahr.

Henri kehrte mit einem Tablett aus der Küche zurück, auf dem er zwei Sektflöten und eine gekühlte Flasche hereintrug.

»Setzen wir uns«, forderte er Edda auf und steuerte den Handarbeitstisch an.

»Bin gleich bei dir«, rief Edda und verließ nun ihrerseits den Verkaufsraum. Als sie zurückkehrte, hatte sie die Vase mit dem Blumenstrauß bei sich, die sie feierlich in der Tischmitte platzierte. Sie setzte sich und sah Henri erwartungsvoll an.

Henri räusperte sich umständlich. »Ich möchte dir meine Dankbarkeit wirklich gern erklären. Ich versuche es noch einmal. Liebe Edda, ich …« Er erhob sich und zog sein Poloshirt glatt. »Liebe Edda, wie du vielleicht weißt, lese ich gern griechische Sagen. Ich denke, deshalb fiel mir auf dem Weg hierher die Geschichte vom Sieg über den Minotaurus ein.« Er hob sein Sektglas und prostete Edda zu. Edda trank auch, sah aber nicht wesentlich verständnisvoller aus als vor seiner Rede.

Henri setzte das Sektglas ab. »Liebe Edda, du hast mir den Ariadnefaden zugesteckt.«

Edda stützte die Ellenbogen auf und legte ihren Kopf in die zusammengefalteten Hände. »Ich verstehe nicht ganz, was du meinst.«

Schnell nahm Henri noch einen Schluck aus dem Glas. »Der Vergleich ist vielleicht nicht perfekt. Aber du hast mir aus dem Labyrinth mit dem Stier herausgeholfen.«

»Ach …« Edda sah ihn weiter abwartend an.

»Ich war gefangen in den Erinnerungen an dieses schreckliche Ungetüm, das Maike auf dem Gewissen hat. Ich sah den Bullen mit seinem breiten Kopf und dem glänzenden Nasenring immer wieder vor mir. Nachts im Traum. Tagsüber in der Werkstatt. Abends in der Kneipe. Ich kam nicht davon los.« Henri rieb sich übers Gesicht. »Doch jetzt wird es langsam besser. Und das liegt daran, dass du mir zu einer neuen Aufgabe verholfen hast. Auch durch deine List mit den Wollpaketen.«

Edda schenkte in beide Gläser Prosecco nach. Dann erhob sie sich ebenfalls. »Ich sage ja: dein Herz schlägt für diesen Laden. Das wusste ich viel eher als du selbst.«

Sie stießen mit den Gläsern an.

»Auf Strickzirkel, Häkelclub und Sonderposten«, sagte Henri.

Edda lachte. »Auf Laufmaschen und griechische Sagen.«

Epilog

Henri hatte ein langes Telefonat mit einem Lieferanten führen müssen, dessen Wollpakete mehrmals hintereinander schlampig gepackt und ohne Lieferschein angekommen waren. Deshalb traf er erst zehn Minuten nach Beginn beim Häkelclub ein. Sein Stuhl war besetzt; Sabine Oltrogge hatte darauf Platz genommen, also holte er für sich den Sessel vom Verkaufstisch.

Offenbar war Sabine dabei gewesen, etwas Wichtiges zu erzählen, denn die Frauen hingen an ihren Lippen. Sie hatte sich unterbrochen, als Henri eingetreten war.

»Das musst du auch erfahren«, sagte sie an ihn gewandt, als er saß. Sie holte tief Luft.

Henris Gedanken überschlugen sich. *Man kann Jochen leider doch nichts beweisen, und nun klagt er auf Schadenersatz für die Untersuchungshaft. Jochen muss seine Pferdezucht aufgeben, darf aber mit der Hundezucht beginnen und will Nicoles Zwinger »vom Schmiedeberg« Konkurrenz machen. Jochen ist selbst vom Bullen angegriffen worden.*

»... deshalb bin ich sehr stolz auf sie«, hörte er Sabine sagen.

Henri zögerte, rang sich dann aber zu dem Geständnis durch, er habe nicht zugehört, und bat Sabine, noch einmal zu beginnen.

Sie seufzte leise. »Meine Tochter Samantha wird gegen ihren Mann aussagen. Sie hat nämlich sehr wohl mitbekommen, wie er mit den Tieren umgeht. Sie wusste immer, dass so einiges nicht in Ordnung ist, doch als sie das Barren der Springpferde mitangesehen hat, ist ihr erst richtig klar geworden, dass er nicht nur nicht nett ist, sondern auch gegen das Tierschutzgesetz verstößt. Das hat sie viel zu lange verschwiegen, um ihn zu schützen.« Sabine schüttelte sich.

»Und warum will sie nun reden?«, fragte Henri. Er vermutete, dass die anderen die Antwort bereits kannten und dass sie außerdem etliche Details erfahren hatten; was Sabine jetzt berichtete, war offenbar die Kurzfassung.

»Während seiner U-Haft ist sie auf dem Hof eingesprungen und hat zusammen mit Jochens Mutter die Rinder versorgt. Dabei ist ihr aufgefallen, wie scheu einige Tiere sind. Ihre Schwiegermutter ist schließlich mit der Sprache rausgerückt, dass Jochen manche Kühe und Färsen richtig auf dem Kieker hat. Er soll unvermittelt auf sie eindreschen – immer vorsichtig genug, dass keine Wunden entstehen, aber hinterhältig und gemein. Ihr selbst ist wohl manchmal angst und bange geworden.«

Peggy Pump musterte Sabine nachdenklich. »Euch ist schon klar, dass solche Aussagen Konsequenzen haben, nicht?«

»Ja, hoffentlich«, fuhr Sabine auf, »nämlich, dass die Tiere endlich artgerecht behandelt werden!«

»Ich meine, auch wirtschaftliche«, erläuterte Peggy sachlich. »Wenn die Vorwürfe schwer genug wiegen, wird die Behörde ein Tierhaltungsverbot prüfen.«

Rinderbaron ohne Rinder. Henri sprach es nicht laut aus, ebenso wenig wie die anderen hämischen Bemerkungen, die ihm auf der Zunge lagen. *Rinderbaron ehrenhalber. Nicht mehr Herr der Rinder, nur noch Herr der Fliegen.*

»Was den Betrug betrifft, sind die Messen ja auch noch

nicht gesungen«, meldete sich Gabriele Lösch zu Wort. »Wenn es zu einer Anklage kommt, kann es sein, dass dem selbst ernannten Herrn Baron ein mehrjähriger Freiheitsentzug droht. Sagt jedenfalls mein Kontakt in der Justiz. Schließlich geht es um Betrug in besonders schwerem Fall.«

Sabine Oltrogge war ein Stück vom Tisch abgerückt. Ihr Blick schweifte durch den Raum zum Schaufenster und vermutlich weit darüber hinaus. Henri beschloss, sie nicht nach den Berufsaussichten ihrer Tochter zu fragen. Er wusste nicht einmal, über welche Ausbildung Samantha Möllerhahn verfügte.

Während der restlichen Häkelclub-Zeit blieb es ungewöhnlich still. Jeder schien seinen eigenen Gedanken nachzuhängen.

»Wir haben es aber trotzdem richtig gemacht, oder?«, warf Evelyne Krull in den Raum, als alle bereits die Häkelsachen zusammenpackten. »Auch wenn jetzt vielleicht Existenzen vernichtet werden?«

»Natürlich«, antwortete Claudia Schlotterbek im Brustton der Überzeugung. »Man kann doch so jemanden nicht einfach gewähren lassen. Und noch dabei zugucken.«

Henri hoffte, dass Claudia sein Schmunzeln nicht gesehen hatte. Der Ausdruck *dabei zugucken* hatte angesichts ihres Technikeinsatzes eine doppelte Bedeutung.

Auf dem Heimweg beschloss Henri, einen Abstecher zum Eiscafé Rialto einzulegen. Die warmen Spätsommertage würden bald herbstlicheren Temperaturen weichen, dann würde die Inhaberfamilie nach Italien abreisen und erst im nächsten Frühjahr zurückkehren.

Die Eisdiele war an der Ecke Heidi-Klum-Boulevard/

Parkweg gelegen, von wo aus man in den kleinen, mit alten Eichen und Platanen bestandenen Stadtpark abbiegen konnte. Am Rand des Parks war eine Gruppe gemütlicher Holzbänke aufgestellt, die der *Grünhöker* genannte Inhaber des Obst- und Gemüsegeschäfts zusammen mit seinem Bruder, dem Fuchsienzüchter, gespendet hatte.

Henri bemerkte erst auf den zweiten Blick, dass es Roselinde Flieder war, die inmitten einer Gruppe halbwüchsiger Mädchen auf einer der Bänke saß. Sowohl die Jugendlichen als auch die Bürgermeistergattin leckten so wenig begeistert an ihrem Eis, als äßen sie es gezwungenermaßen.

Sollte er einfach weitergehen, oder sollte er die offensichtlich niedergeschlagene Frau ansprechen? Henri beschloss, das Schicksal entscheiden zu lassen: Säße sie noch auf der Bank, wenn er seine Eiswaffel ergattert hatte, ginge er zu ihr. Doch zunächst musste er sich vor dem Verkaufsfenster anstellen, und die Schlange hatte eine beträchtliche Länge.

Sie saß noch da. Henri näherte sich mit seiner Nougat-Heidelbeer-Mango-Waffel ihrer Bank, als Roselinde Flieder aufblickte. Sie rang sich ein Lächeln ab.

»Mädchen, das ist Herr Ketelsen. Bei ihm hätten wir die Wolle gekauft.«

»Häkel-Henri«, bemerkte eine schmale, sehnige Brünette ungerührt. Sie hatte diesen wachen, unverblümt neugierigen und eine Spur unverschämten Gesichtsausdruck, der Henri schon öfter bei weniger behüteten Kindern aufgefallen war.

Er schaltete schnell. Dies mussten die *Kratzbürsten* sein, Madame Flieders neue Schützlinge. Sie hatte mit Edda vor einiger Zeit über sie geplaudert. »Wieso sagen Sie ›hätten‹, Frau

Flieder? Haben Sie das Projekt Guerilla-Häkeln etwa aufgegeben?«

Die Mädchen, von denen Henri Proteste oder zumindest genervte Kommentare erwartet hatte, sahen gespannt zu Roselinde Flieder hin.

»Wir müssen die Idee leider begraben«, antwortete sie. »Der Bürgermeister will nicht, dass wir Laternenpfähle umhäkeln. ›Das sieht mit der Zeit schmuddelig aus‹, sagt er, ›und kann ein Schandfleck in unserer schönen Stadt werden‹. Deshalb dürfen wir uns keine öffentlichen Pfosten vornehmen. Und das bedeutet das Aus, denn die Pfosten und Pfähle sind natürlich alle öffentlich.«

Guerillas würden wohl kaum das Stadtoberhaupt um Erlaubnis fragen, dachte Henri, verstand aber Roselinde Flieders Dilemma. Die Tatsache, dass sie ihren Mann in diesem Zusammenhang *der Bürgermeister* nannte, offenbarte ihre Enttäuschung. Die Mädchen sahen entsprechend zerknirscht aus.

Eine frische Brise kam auf. Er spürte den süßen Geschmack des Nougateises besonders intensiv auf der Zunge. Und plötzlich war ihm klar, was zu tun war.

»Umhäkelte Pfosten und Tonnen und so etwas in der Art gehören doch auf jeden Fall vor ein Handarbeitsgeschäft, oder was meint ihr?« Er sah zuerst die sehnige Braunhaarige an, dann ließ er den Blick über alle Mädchengesichter schweifen.

Die meisten nickten.

»Wir stellen nämlich demnächst ein paar dicke Kübel und Blumensäulen vor unserem Laden auf. Die sind nicht öffentlich, und wir würden uns sehr freuen, wenn ihr sie umhäkelt.«

Eine kleine Lockige mit spitzbübischem Gesicht klatschte in die Hände.

»Ach, das wäre ja schön, Herr Ketelsen«, sagte Roselinde Flieder und lächelte ganz ungekünstelt.

Henri überlegte kurz. »Ja, und wenn ihr uns so helft, stellen wir euch natürlich die Wolle zur Verfügung. Froll ... Frau Langner, meine Kollegin ...«

»Das Frollein«, kommentierte die Braunhaarige.

»... also Frau Langner zeigt euch, wie man die Maße nimmt.«

»Sie wollen die Wolle spenden?«, fragte Roselinde Flieder ungläubig.

»Ja, das tun wir. Dann haben Sie ...«, Henri sah wieder in die Mädchenrunde, »dann habt ihr noch Geld für etwas anderes übrig.«

Henri war sich nicht sicher, ob er es sich einbildete. Doch ihm war so, als schmecke den *Kratzbürsten* der Rest ihrer Eiswaffeln besonders gut.

Merci! Thanks! Danke schön …

Ich danke von ganzem Herzen Laura Breuer, Thomas Schmitt-Schech, Sigrid Urban, Ute Scharmann, Gudrun Hebel, Nadine Jendrusch und Isabel Eder, ohne die dieser Roman nicht wäre, was er ist!

Es begann mit einer Idee bei Büschelmaschen und doppelten Stäbchen: Man müsste mal einen Häkelkrimi schreiben! *Man*? Ich! Wer sonst, bitte, hätte in seiner Jugend derart intensiv davon geträumt, Wollladenbesitzerin zu werden, und gleichzeitig derart gierig Krimis verschlungen?

Doch wie beides miteinander verheiraten? Mit Häkelnadeln als Mordwaffe vielleicht? Ach nein, man stelle sich die Wunden vor, igitt! Kampf um das Ladenerbe? Kaum noch zeitgemäß, oder?

Bei zahllosen ausgiebigen Spaziergängen mit der aktivsten Zuhörerin aller Zeiten kristallisierte sich eine andere Konstellation heraus: ein Wollladenbesitzer wider Willen. Ein Erbe, dem es irgendwann dämmert, dass der Tod der Erblasserin gar kein Unfall war, wie zuerst alle dachten. **Laura**, beste Tochter aller Zeiten: Ich danke Dir für Deine Anteilnahme, Deine Anregungen, Dein kritisches Hinterfragen, Deine Ermutigung – und für die unschätzbaren Hinweise zu Henris Modegeschmack!

Und dann, wenn der Plot steht, die Kapitel nach und nach Form annehmen: Verfängt die Story? Ist sie spannend? Nimmt man mir den Bösewicht ab? Wer sonst als engagierte Testleser*innen könnten diese Fragen beantworten? Ich weiß, das ist ein echter Liebesdienst – wie wenn man die Beta-Version einer Software ausprobiert, und das auch noch *für umme*, will sagen: für einen warmen Händedruck und fünf Herzkekse kurz vor dem Verfallsdatum … Lieber **Thomas**, mein Schatz, liebe **Sigi**: Ihr habt mir diesen Liebesdienst erwiesen, das werde ich Euch nie vergessen. Und beim nächsten Mal gibt es auch ein Gläschen echtes *Glashütter Uhrenöl*, versprochen!

Sagt man *er fröstelte* oder *ihn fröstelte*? Wird Eddas Dilemma wirklich klar? Ist diese Wendung in Kapitel 5, die mir beim Schreiben so originell vorkam, nicht doch eher albern? Meine liebe **Ute**, nachdem wir uns gemeinsam schon durch einiges Dick und Dünn des Autorinnendaseins gekämpft hatten (nicht nur längs des Nord-Ostsee-Kanals, sondern mindestens *Von Lübeck bis Laboe* und zurück), habe ich Dich um klare Worte gebeten. *Klare Kante*, wie man hier in Norddeutschland sagt, das uns beiden zur zweiten Heimat geworden ist. Und Du hast mich tatsächlich nicht verschont mit Anmerkungen und Gegenvorschlägen. Zum Glück! Du warst unermüdlich – hast Dich in meinen Text verbissen, hast nicht nachgelassen, unverständliche Stellen zu hinterfragen, hast Dir die Zeit genommen, mit Häkel-Henri zu ermitteln, obwohl doch Deine Clara auf Dich wartete. Chapeau für Deine Geduld – und merci! Ohne Dich wäre die Geschichte nicht, wie sie ist.

Liebe **Gudrun**, beste Agentin, die ich mir wünschen kann: Du hast sofort an meinen Roman geglaubt. Dafür fändest Du einen tollen Verlag, hast Du mir versichert. Wenn ich ungeduldig wurde, hast Du mir die Gepflogenheiten des Buchgeschäfts erklärt; als mich Zweifel beschlichen, hast Du beschwichtigt. Weißt Du eigentlich, wie gut mir das tat? Und das Beste ist: Du hattest mit allem recht! Thanks a lot! Ach ja, und ich hätte da noch eine nette Geschichte in petto …

Nach gefühlt 20 eigenen Korrekturdurchgängen würde das Lektorat nicht mehr viel finden (können). Dachte ich. Wie habe ich mich getäuscht! Henri geht in die Küche, um Edda einen Tee einzuschenken – dabei hatte er den Tee längst in den Verkaufsraum gebracht. Oder: Edda steht *vor dem hinteren Busausstieg*, ja wo denn: drinnen oder draußen?

Liebe **Nadine**, liebe **Isabel**, Ihr habt selbst die feinsten Logikfehler und Zweideutigkeiten aufgespürt und ausgemerzt! Habt die letzten Störenfriede unschädlich gemacht, egal, wie gut sie sich versteckt hatten: Wortwiederholungen, Unschärfen, Hürden für den Lesefluss. Mit der Cleverness gewiefter Detektivinnen und der Präzision von Scharfschützinnen habt Ihr diesem Krimi den Feinschliff verliehen. Eine Glanzleistung! Ich danke Euch für die vertrauensvolle und wertschätzende Zusammenarbeit!

So, Henri, Edda und Max, nun danke ich Euch für Eure Geduld! Ich weiß, Ihr wartet gespannt auf dieses Public Viewing – als wüsstet Ihr schon, was dabei passieren wird. Aber Ihr könnt nicht ahnen, was das für ›Nähschiff & Nadelflotte‹ bedeutet. Kommt, lasst es uns gemeinsam herausfinden – ich habe jetzt wieder Zeit für Euch!

HÄKELANLEITUNG FÜR HENRIS SOMMERSCHAL IM A-V-MUSTER

MATERIAL:

100 % mercerisierte Baumwolle, Lauflänge ca. 125 m auf 50 g. Farbe: z. B. Weiß, Natur, Puderrosa, Vanille. Häkelnadel Nr. 3,0. Für einen Schal mit 40 cm Breite und 150 cm Länge (ohne Fransen) benötigen Sie 350–400 g Baumwolle.

Das A-V-Muster, das Maike für Henris Sommerschal gewählt hat, besteht aus Luftmaschen und Stäbchen. Es eignet sich auch für luftige Stolen, Loops oder als Musterstreifen in einer Tagesdecke. Selbst Anfänger*innen kommen schnell damit klar.

UND SO GEHT'S:

BEGINN: Für den Sommerschal häkeln Sie eine Luftmaschenkette in der gewünschten Breite. Achten Sie auf eine gerade Maschenzahl, z. B. 70 Maschen.

1. **REIHE (BASISREIHE):** Häkeln Sie eine Wende-Luftmasche und dann in jede Luftmasche eine feste Masche. Diese erste Reihe zählt nicht zum eigentlichen Muster, sondern dient als Basis für die spätere Befestigung der Fransen.
2. **REIHE (1. MUSTERREIHE):** Häkeln Sie 4 Wende-Luftmaschen und dann in die übernächste feste Masche ein Stäbchen (eine Masche überspringen). Es folgen eine Luftmasche sowie

ein Stäbchen in dieselbe feste Masche. So entsteht das erste V. Nun überspringen Sie eine feste Masche und häkeln ein Stäbchen in die folgende Masche. Dadurch entsteht das erste A. So fahren Sie fort: Luftmasche, Stäbchen in dieselbe Masche (ein V), eine Masche überspringen, Stäbchen in die Folgemasche (ein A), usw.
Beenden Sie die 2. Reihe mit einem einzelnen Stäbchen (einem »angefangenen« V).
Ihre Häkelarbeit biegt sich an den Enden leicht nach außen; dieser Effekt verschwindet nach einigen weiteren Reihen.

3. REIHE UND ALLE FOLGEREIHEN: 4 Wendeluftmaschen häkeln, dann in die Mitte des 1. V einstechen, ein Stäbchen häkeln, eine Luftmasche sowie ein weiteres Stäbchen. D. h., Sie arbeiten in das V der vorigen Reihe ebenfalls ein V. So fahren Sie fort und schließen die Reihe mit einem Stäbchen ab, das Sie in den letzten Zwischenraum häkeln.

LETZTE REIHE: Hat Ihr Schal die gewünschte Länge, schließen Sie mit einer Reihe fester Maschen ab.

FRANSEN: Schneiden Sie Fäden in doppelter Fransenlänge zu. Um eine gleichmäßige Länge zu erreichen, können Sie die Wolle z. B. um ein schmales Büchlein wickeln und dann an der offenen Buchseite aufschneiden.
Legen Sie jeweils zwei Fäden zu einer Schlaufe zusammen. Stechen Sie mit der Häkelnadel durch die erste feste Masche in der Basisreihe, ziehen die Schlaufe durch und ziehen dann die Fadenenden durch die Schlaufe. Verfahren Sie mit allen weiteren festen Maschen ebenso; evtl. reicht es aus, wenn Sie in jede 2. Masche eine Franse einarbeiten.